世界満腹食べ歩き

# 腹ペコ騒動記

岡崎大五

講談社

# 腹ペコ騒動記　世界満腹食べ歩き

目次

イラストレーション＝伊野孝行
タイトルデザイン＝岡澤慶秀（ヨコカク）
ブックデザイン＝日下潤一＋赤波江春奈＋石田恵

# 腹ペコ騒動記　世界満腹食べ歩き

# その1 社会主義国キューバの食卓

フィデル・カストロが存命中にキューバに行くべし——。

海外旅行マニアの友人たちの間で、数年前から囁《ささや》かれていたフレーズだ（そして本エッセー連載中にお亡くなりになりました）。

もちろん僕も危機感を強めていた。世界が市場経済一色となる中で、残り少ないこの社会主義国がいつまで持つのか。植民地時代の建造物や五〇年代のアメ車なども、今ならまだ生き続けているはずである。食いしん坊の僕としては、食べ物も楽しみだ。キューバの人たちは一体どんなものを食べているのだろう。

そこで二〇一〇年、僕と妻は、中米旅行の途中、メキシコのカンクンからキューバの首都ハバナに飛ぶことにした。距離は五百十キロ、飛行機で一時間半である。

二月上旬は繁忙期《はんぼうき》らしく欧州系の人々で満席だった。妻の頭上から水滴がポタポタ落ちる。まるで水滴責めの拷問だ。客室乗務員を呼ぶと、修理などまったく眼中にないとばかりに、にこやかにティッシュを多めに渡された。

そういうことじゃないだろう？

でもまあこういうことは、世界ではよくある。満席だし。不都合な事実に対しては、自分の都合のいいように解釈するのだ。文句を言っても始まらない。しょうがないので妻は、僕の持っていたタオルを頭の上にターバンのように巻く。インド人じゃないけれど。

そして機内食である。梅雨時の生乾きの洗濯物のような臭《にお》いのするケーキとぬるいコーヒーが出てくる。

メキシコとの物価の差、この機がキューバの航空会社運航ということを考え合わせると、ケーキもまたキューバ製造なのだろう。だからといって、まずいからと拒否しないのが僕である。腐っていたら、それこそ拙《まず》いが、そこまではなかったので全部いただく。

やがて飛行機が降下し始める。するとクーラーの噴出口から水煙が立ち込めてきた。

機内はまるで霧の中……三つ前の座席もよく見えなくなってくる。

次から次へと社会主義国キューバの洗礼を受けているかのようだ。

不安に脅《おび》えるざわめきと緊張に包まれながらも、飛行機は無事滑走路に降り立った。どこからともなく拍手が起こった。アフリカで飛行機に乗った時とまるで同じ反応である。

空港内には万国旗が飾られていた。しかしいくら探してもアメリカ国旗はなかった。

こういう事実がやたらにうれしい。

入国を済ませると両替が待っている。米ドルからの両替だと十パーセントも手数料を取られるので、ユーロを事前に用意しておいた。CUC《クック》（兌換《だかん》ペソ）に両替。地元の人が利用する商店や食堂などはMN（人民ペソ）を使っているので、CUCから若干MNにも両替する。

ああ、社会主義って、めんどくせえ！

ホテルはこれも社会主義らしく、ざっくりと高級ホテルとカサ（民宿）しかない。インターネットで調べられるが、予約はできない。住所を示してタクシーで向かった。

町には、ピンクや水色できれいに塗装された五〇年代アメ車が走る。カッコいい。しかし観光客用なのだろう。いかんせん数が少ない。大半がおんぼろの車で、白い煙を吐き出しながら走っている。新車は欧州車か韓国車。今時アジアでも見かけないようなぼろバスに、褐色の肌をした労働者が鈴なりになって乗っている。

内務省のビルが見えてきた。鉄製のチェ・ゲバラの肖像アートが壁面に飾られている。これがクールでイケている。町で目を引くのはカストロではなく、ゲバラばかりだ。

カサの建物玄関には、政府公認を示すブルーの錨《いかり》マークが付いていた。インターフォンを押すと、しばらくしてワンピース姿の老婦人が出てきた。色白である。

物腰の優雅なご婦人は、渋い顔をして首を横に振った。

わからないスペイン語だが、雰囲気で解釈するとこうである。

「中華レストランで働く中国人たちがずっと泊まっているんですの。彼らはキューバで中華料理のコック資格を取って世界に働きに行くようですわ。ですからうちは、このところいつも満室なのです」

おかげで僕と妻は、別のカサを探すことになった。

スーツケースを押しながら、旧市街をとぼとぼ歩く。徐々に暗くなってくる。

町は安全そうだが、着いたばかりだ。よくわからない。不安が募る。

町には年代物の古い建物が建ち並ぶ。おおむね五、六階建てである。写真ではきれいだったが、よく見ると壁がはがれ、腐った木製の柱がむき出しになっている。

下水が詰まっているのか悪臭が漂い、汚れた水たまりもそこここにある。

憧れていたハバナのイメージが、不安とともに音を立てて崩れ始める。

カサはどこにある？　それにハラも減ったし。雑貨屋を覗《のぞ》いた。

店内にはカウンターがあり、商品はまるで温泉街の射的場のように、カウンターの奥に陳列されていた。自分で商品に触れられないばかりか、射的場の景品よりも数が少ない！

「これだけしかないのか？」

僕は英語と身振り手振りで訊《たず》ねた。

「そ、そうですが……」

白いＴシャツにジーンズ姿の若い店員が、ややのけ反りながら言う。

「あ、でも、明日の朝には商品が届きますから」

一転、呑気《のんき》な顔になって、彼は僕に微笑《ほほえ》みかけた。

「……そうなんだ」

僕は納得するよりほかになかった。

これが配給制の計画経済なのである。レストランも少ないというし、にわかに飢餓に対する恐怖が胃のあたりからせり上がってきた。

慌ててビールを二本にポテチを二袋、水を一本、白ラム酒の小瓶をＭＮで買っておく。

小一時間も歩いて汗だくになり、ようやく錨マークのある建物を見つけた。

アパートの中の一戸がカサを営んでいる。リフォームされた中はきれいだ。四十代のご夫婦に高校生くらいの女の子とお手伝いさんがいた。

ご主人は筋肉ムキムキで、聞けばボクシングの選手だったという。スポーツで活躍し、政府からこのような生活を与えられたのだろう。夫人のファッションは、先ほどの老婦人とは違い、どことなく成り金趣味である。

一人一泊二食付で二十二CUC（約二千六百円）は、この国では安くはなかった。すぐに夕食を用意するため、夫人がどこかに走って出かけた。

この夜の献立は、レタスとトマトのサラダ、真っ白いごはんに煮豆とビーフステーキである。ステーキはほどよい硬さで普通にうまい。煮豆に手を付ける。豆は黒インゲン豆。あずきより一回り大きい。少々煮崩れている。ごはんに混ぜて口に運んだ。

豆の丸みのある甘さが口中に広がった。ゆっくりと噛《か》む。やわらかい豆が米粒にまとわりついて、豆と米、二種類の甘みが重なり合ってくる。鼻からはほんのりとビネガーとコリアンダーの香りが抜けていった。

やさしいうまさにうっとりとした。

砂糖など使っていないようである。素朴な味が、かえって素材の味を繊細に伝えてくれる。パエリアやリゾットに愛用されるバレンシア米だから余計に合うようである。

料理の名前はアロス・コン・フリホーレス・ネグロス。キューバの代表的な家庭料理だ。豆と肉を一緒に煮込んだら、ブラジルのフェジョアーダである。

空腹がおさまり、白ラム酒の「ハバナクラブ」を軽く飲む。キッチンではお手伝いさんが立って食事をしていた。サラダと煮豆ごはんだけの予定だったが、僕たちが来たことでビーフが加わった。そんなことを、肉を頰張《ほおば》りながらうれしそうに語った。

米と豆、野菜が中心の食事なのだろう。なるほど、だから町でアメリカのように超肥満体型の人を見かけないのだ。ほろ酔い気分で妻と二人夜の町に繰り出した。

町の中心に近づくにつれ、ラテン音楽がどこからともなく聞こえだし、僕たちの歩みも軽くなる。生演奏をやっているバーでカクテルを飲む。

かのヘミングウェイが愛したモヒートは、ミントの葉が新鮮だからか、白ラム酒がいいせいか、爽《さわ》やかで、暑気払いにもってこいだった。小腹がすいてきた。妻がメニュー表を見て、「カスタード」を発見！　いわゆるプリンのことである。

注文すると、バーテンダーがキッチンでごそごそやっている。覗くとコーラの空き缶を半分に切った容器からプリンを出している。型もないのか？

皿にコーラ缶のかたちをしたプリンが載せられ出て来た。やや不格好である。

しかし妻は、一口スプーンですくって食べると快哉《かいさい》を叫んだ。

「おいしいーっ！」

なぬなぬ……僕も妻の手元に目をやってから一口。

やや粗めの舌触り、濃厚で豊潤な味わい。どこか懐かしい。そう、その昔、料理下手な母親が、子供の喜ぶ顔が見たい、その一心で作ってくれた味と似ている。

似ているが、それよりもちろんうまかった。なぜか？

二人で首を捻《ひね》った。

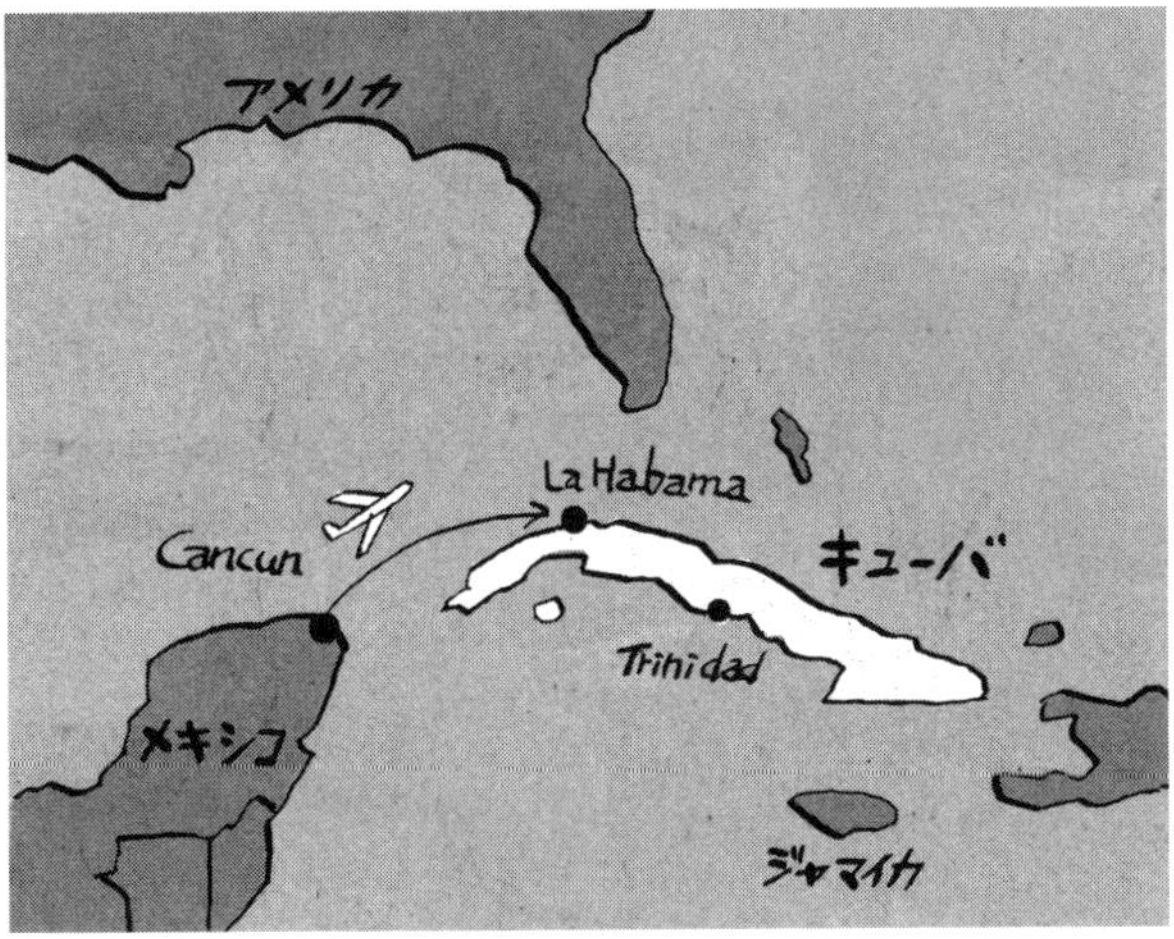


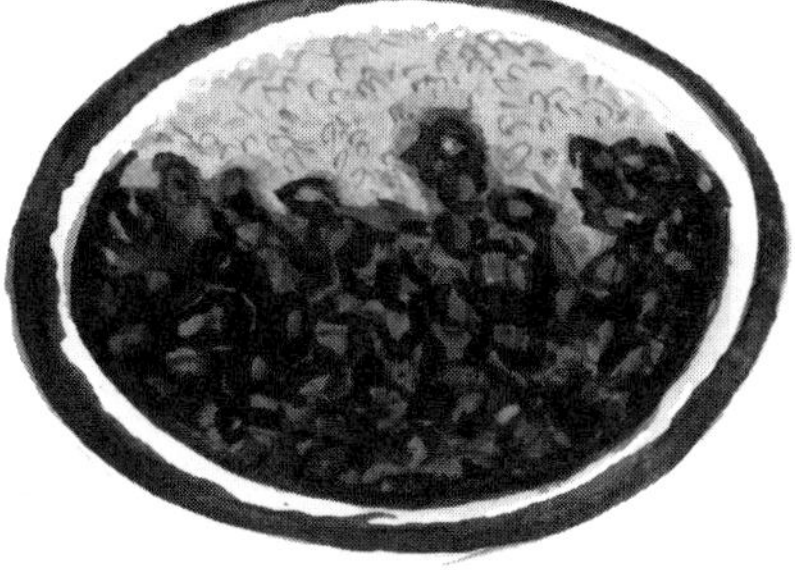

アロス・コン・フリホーレス・ネグロス

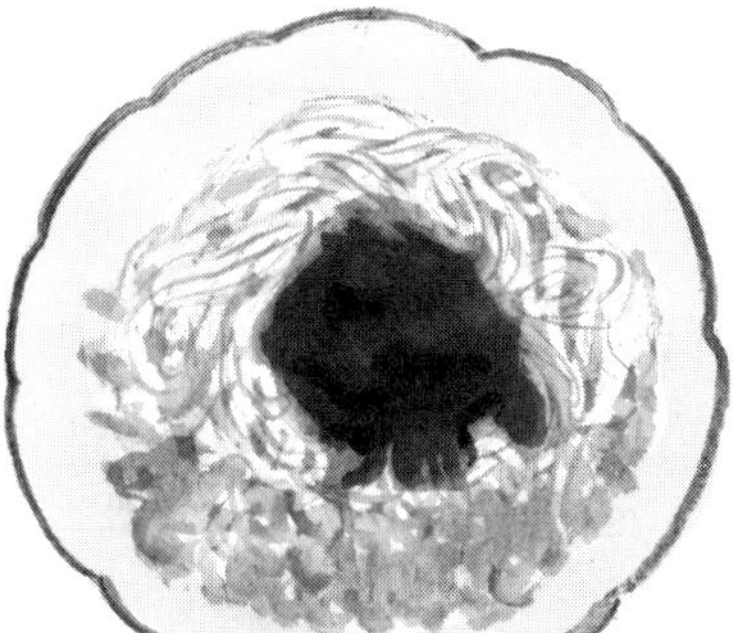

外国人専用ファミレスのナポリタン

コーラ缶入りプリン

「そもそも牛乳と卵がおいしいんじゃない」と妻。

なるほど。しかしそれだけではないはずだ。じっと食べかけのプリンを見つめる。黒光りするキャラメルソースが妙にキラキラして見える。

「サトウキビ！」

僕と妻はプリンを指差し声を合わせた。これが何よりプリンを引き立てていた。

それから僕たちは世界遺産の町トリニダーに行った。トリニダーは時間が止まったような町だった。石造りの建物や路地に車はほとんど通らない。馬車が行き来し、子供たちは自転車に乗っている。日陰に集まった人たちがおしゃべりに興じる。

夕方になると街角でおじさんバンドがラテン音楽を奏でる。地元の人や観光客が集まってきて、多くが立ったまま音に耳を傾ける。この町の静けさが何よりの音響効果だ。混じりけのない音に混ざるのは、風の音と遠くから聞こえる子供たちの笑い声である。

演奏を聴きながら心からくつろげた。

泊まったカサには中庭があり、食事は庭を見ながら、真っ白いテーブルクロスのかかったテーブル席でいただく。メニューはサラダと海老《えび》ごはん。

塩コショウで軽く炒めた小海老を容器に敷き詰めて、その上から米を押しずしのように載せ、皿にひっくり返せば出来上がり。白い米の山の頂を覆っているのはピンクの海老だ。実に鮮やかできれいだね。

シンプルな料理だったが、これがなかなか。海老の甘さと米の甘さが、塩とコショウでいい塩梅《あんばい》に混ざり合わさる。日本に帰ったら、ぜひとも作ってみよう。

そしてトリニダーからの帰り道、ドライブインで、僕史上最高のコーヒーに出くわした。香りが抜群、味わい深く、しかもスプーンの代わりにサトウキビのスティックが付いてきたのだ。これでコーヒーをかき回し、しゃぶる。浸してまたしゃぶる。

言ってみれば、しゃぶるコーヒー？　最後はもちろん飲んだけど。

コーヒーもサトウキビも、キューバの名産である。うまくて当たり前だった。

ハバナでの最終日はバレンタインデーだった。多くの若者が晴れ着のように白い服を着ている。白い日傘に帽子から靴まで全身白というカッコマンもいた。

この夜僕たちは、町のレストランにパエリアを食べに行くことにしていた。海に囲まれたこの国で、シーフードパエリアは外せない。二日前の海老ごはんもおいしかったし……。

午後六時過ぎ、昼間目をつけておいたレストランに赴《おもむ》いた。すると一軒家の店のまわりを一周するように百メートル以上はあるだろう長蛇の列ができている。

妻を列に並ばせて、近所にある数軒のレストランをチェックする（数軒しかない！）も、どこも同じような混み具合だ。家族連れも多いが、それ以上に白い服で身を固めたカップルが多かった。

しかもどいつもこいつも抱き合って、チュッチュ、チュッチュとやっている。

いい加減にしろ！

それくらいこの国は、夜でも安全なのである。

治安の良さは北中南米では群を抜き、日本以上かも。キューバの反米社会主義は、この国から自由と経済を奪った代わりに、健康と安全をもたらし、素朴と音楽を残した。

妻のところに戻って順番を待った。待つこと二時間。ようやく僕たちの番が来た。まずはビールを頼む。渇いた喉《のど》に一気に潤いが広がった。

次に食事のメニュー表が来た。あった、これだ、シーフードパエリアだ。ところがである。

白いシャツに蝶《ちょう》ネクタイ姿のマネージャーは、気の毒そうに首を横に振った。

「申し訳ございません。品切れでございます。……残るはチキンだけでして」

なんだと？　前夜もチキンなのである。しかしここで怒るわけにもいかない。この日の配給分が終了しただけなのだ。雑貨屋での寂《さび》しい光景がにわかに蘇《よみがえ》った。

僕たちは、チキンをやんわり断り店を出ると、外国人専用のファミレスで、値段の高いナポリタンを食べた。これがやけにまずかった。

旅には忘れられない夜がある。この夜はそんな夜だった。

その後僕たちは、五つ星ホテルの最上階にあるディスコで、夜更けまでラテンのリズムに合わせて踊りまくった。

注文したのはもちろんモヒートである。

# その2 日式ハマグリと北朝鮮の喜び組

近隣国に短期で行く時は、もっぱら航空券とホテルの付いたツアーで行くようにしている。別々に予約するよりよほど安く済むからだ。

ホテルは三つ星クラスで十分。朝食は豪華でなくていい。これまではそれで満足していた。ところが中国《ちゅうごく》・大連《だいれん》のホテルでは、いかんせん朝食が不味《まず》すぎた。

一見焼きそばにも見える、ご当地グルメの干し豆腐とキュウリの和え物（拌干豆腐《バンガンドウフ》）、セロリとネギのサラダ、山菜炒め、中国風ソーセージなど、どれも刺々《とげとげ》しいほど塩辛く、いくら食いしん坊の僕でも食べられなかった。

しょうがない……と心で泣きながらお粥《かゆ》とゆで卵だけの朝食となる。

周囲を見れば、日本人と思《おぼ》しき客は参ったなという表情で、しかし中国人らしい人たちは、頑張って食べていた。

それにしても宿泊客の日本人は大半が男だ。飛行機の中でもそうだった。ビジネスマンより目立っていたのは、年配の男たちである。幼馴染《おさななじ》みのようなグループが多く、おおむねゴルフと夜のカラオケの話に終始し、大連ならまかせておけよというようなリーダーがいた。

大連市内には、旧満鉄《まんてつ》本社や旧ヤマトホテル、上野《うえの》駅にそっくりな大連駅など、戦前の日本統治時代に建てられた建物が健在である。軍事施設のある旅順《りょじゅん》も一般開放されたので、さらに多くの日本関連施設が見学できる。赤い絨毯《じゅうたん》の敷かれた旧ヤマトホテルの豪華な喫茶店でお茶を飲んでいると、まるで戦前、戦中にタイムスリップしたかのような気持ちになった。

これほどまでに戦前の日本を追体験できる場所を、大連以外に僕は知らない。おかげで年配の人たちには、大連は旧交を温めるのにもってこいなのかもしれない。

僕は、ホテルの朝食のせいで、東北《とうほく》料理に恐れをなしていた（日本ではまあうまいけど）。ガイドブックにも小さくこう記されている。「東北料理は中国四大料理には含まれていない。味付けの特徴は塩辛くて脂っこい。ひと言でいえば、いなか料理」だと。広東《カントン》料理や北京《ペキン》料理などを探して食べた。

そして高速バスで北朝鮮《きたちょうせん》国境の丹東《たんとう》に向かった。季節は秋、広大な旧満州《まんしゅう》の大地が、赤くなったコーリャン（モロコシ）で埋め尽くされていた。

戦時中はこの花が、満州国の国花であった。多くの日本人や朝鮮人が入植し、寒さと戦いながら荒野を耕した。この風景を見て感傷的な気分になるのは日本人だけかもしれない。

丹東ではガイドの閻《えん》さんが待ってくれていた。身長は百八十五センチほど。中国には五十五の少数民族がいるが、満族だという。モンゴル人に近い雰囲気で、体の大きな人が多いようである。

その他、このあたりには昔から朝鮮族も住んでいる。第二次大戦の時、日本によって移住させられた朝鮮人も多い。それが一九九二年、中韓国交正常化によって、韓国《かんこく》に住む親戚との行き来が始まり賑《にぎ》やかになった。実は中韓は、日中、日韓よりも関係修復が難しかったのだ。

閻さんは、タクシーで食堂に向かう道すがら、そんな話を流暢《りゅうちょう》な日本語でしてくれた。

「大連には日系企業が四千社近くあり、日本人が六千人も住んでいます。これを促進し、経済発展させたのが元市長の薄熙来《はくきらい》。もともと東北地方は、日本の占領で日本語を話せる人が多かった。その人たちが日本語の先生になって、今では二十万人もの人が日本語を勉強しています。たぶん世界一の多さじゃないかな。だからここでは反日デモは起きない」

そのおかげで東北出身の中国人が、日本にも多く住んでいる。年配の日本人男性グループが安心して遊びに来られるのも、行く先々で日本語を話せる人が多いからにちがいない。

閻さんの話の中で出た薄熙来は、この頃、重慶《じゅうけい》市長を務めていたが、のちに失脚、無期懲役刑を受けて現在収監中である。親日派だった彼の失脚と時を同じくして日中関係が冷え込んだのは、偶然とも思えないのだが……。

それに先の中国の統一王朝、清《しん》の皇帝愛新覚羅《あいしんかくら》氏は満族である。現在の中国で多数派の漢族とは民族が異なる。チベットや西域でもそうだが、この国は一筋縄ではいかない。

閻さんが連れて行ってくれたのは、彼曰《いわ》く遊牧民料理らしい焼肉店だった。

膝《ひざ》ほどの高さの木製のテーブルの真ん中に焼き台がある。店員がブリキのバケツに赤くなった炭を入れて持ってくる。

閻さんは箸《はし》や古びたプラスチック製の皿を、これでもかというくらい紙ナプキンで拭《ふ》く。これが中国式衛生対策だ。

「ハマグリ、美味しいよ。すぐそこの鴨緑江《おうりよくこう》で採れたものさ。戦前に日本の霞ヶ浦《かすみがうら》から持ち込まれた。ワカサギも入ってきたけど全滅し、残ったのがハマグリだった。だからこの料理も日式（日本風）かな」

鴨緑江では育たなかったワカサギも、朝鮮半島全域と中国の一部で養殖が続いているようで、それが日本に輸出されているという。中国産のハマグリも大量に日本に出回っている。「しかも鴨緑江産ハマグリを採っているのは北朝鮮の人たちなんだよ。人件費が安いから。それを中国の業者が中国産として日本に輸出している」

鴨緑江は中朝の国境だが、両国で漁業ができる取り決めになっているので、こういうことが起こっているのだ。

さてそのハマグリである。

網焼きで食す。ぐつぐついい始めると殻が開き、「どんどん食べてよ」（もちろん払いは僕なのだが）と閻さんが皿に取り分けてくれる。

世には貝好きという種類の人間がいる。僕もその一人だ。

プリッとした身は小ぶりだが、その分濃厚な味が口いっぱいに広がる。鼻から抜ける淡い海水の匂《にお》いが堪《たま》らんね。汽水域で採れたものらしい。

貝を親指と人差し指で挟んで口に持って行き、上の歯でこそぎ落とすように食べる、次々に食べる。

食べては青島《チンタオ》ビールで胃に流し込む。僕も閻さんも間違いなく五十個は食べた。産地ならではの贅沢《ぜいたく》だ。

締めはこれも特産の黄色いトウモロコシ麺《めん》の冷麺。ツルルと喉越しがいい。

韓国では小麦粉のうどんカルグクス、北朝鮮ではそば粉を使った冷麺、さらに北方の旧満州ではトウモロコシ麺。気温が下がるにしたがって、収穫できる穀物が異なってくる。

そのため麺の色も、白から、こげ茶色、黄色と変化するのが面白い。逆に北から南へと目を移すと、モンゴルの遊牧民から満族へ、そして朝鮮半島に伝播《でんぱ》したものが焼肉なのだった。

それから僕たちは鴨緑江に向かった。最大の観光名所は鴨緑江断橋である。日本が建設したのだが、朝鮮戦争時代に米軍のB-29により爆撃を受け、橋が途中でなくなった。

その場所を中国人観光客たちが嬉々《きき》として歩き回る。新しい橋にはぼろのトラックが往来し、列車は毎日数本が通るという。

「一人十万円もあれば、四泊五日で北朝鮮のアリラン祭に列車で連れて行ってあげる。世界最大のマスゲームはすごいよ」

この場合、日朝間は国交がないので、中国の北朝鮮大使館でビザを取得する。日本政府は行かないように言っているけど、死ぬまでには行ってみたいなあ。

次に向かった先では、川のそばに、人の背丈ほどの石に「一歩跨《いっぽまたぎ》」と文字が書かれていた。何かと思えば、鴨緑江の中州があるところで、中州は北朝鮮領となり、幅一メートルほどの川が国境だ。すなわち一歩跨げば北朝鮮。

笑っちゃうけど、観光バスも立ち寄る観光名所となっていた。

草むらには銃を持った北朝鮮兵士が目を光らせており、中国人観光客が兵士を見つけては大騒ぎする。

まるで「兵士を探せ」ゲームだ。

丹東、鴨緑江の
新旧の橋 右が断橋

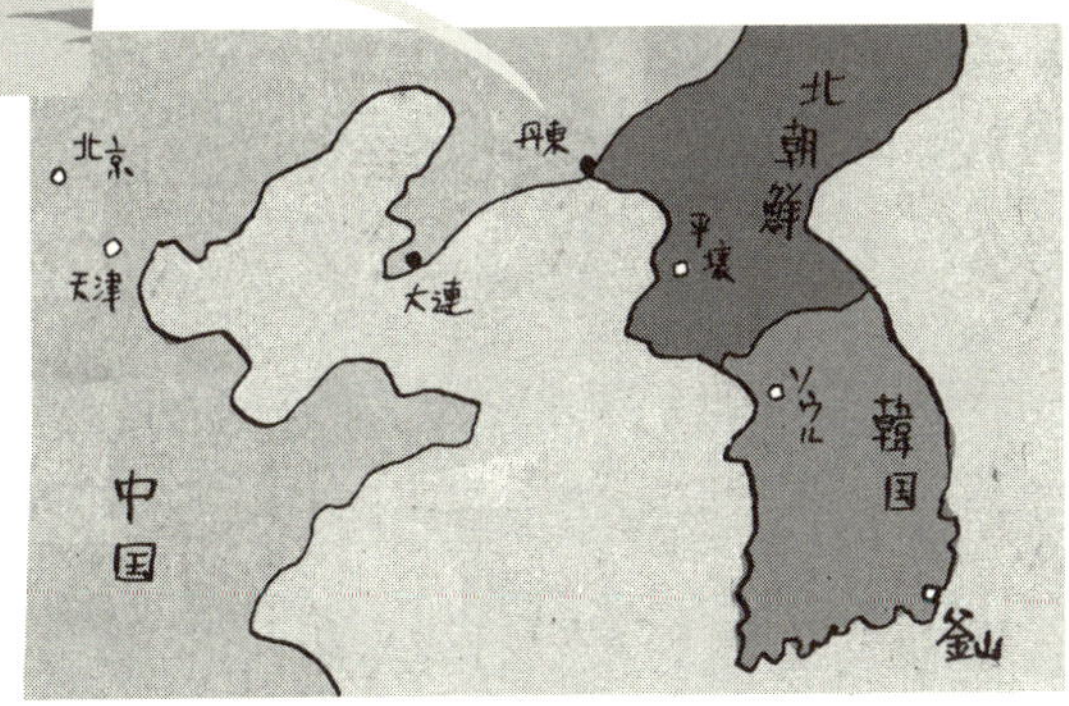


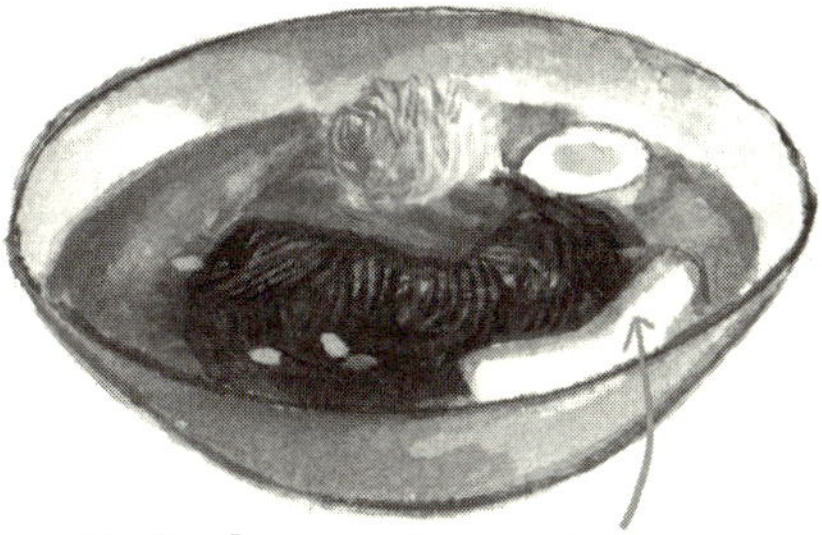

北朝鮮レストラン「三千里」の冷麺。ナシは夏はスイカになる

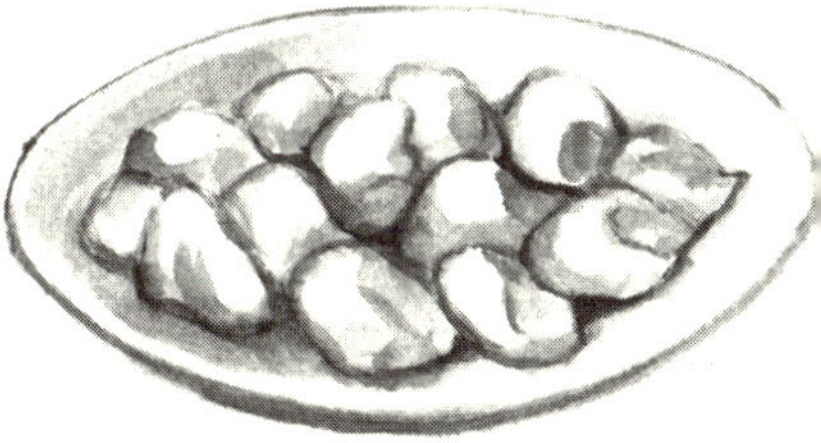

大連「大清花餃子」の羊肉香菜餃子

ハマグリのお友
青島ビール

ガイドの閻さん
（満族）

丹東の日式ハマグリ

そんなことでいいのか、中国人民？

でも、それでいいのね、たぶん……。

「昔は中国と北朝鮮とは兄弟だった。でも縁遠くなっちゃって、今は友達かな」

闇さんが北朝鮮を見ながら言った。

「これから丹東は発展するよ。きっといつかは東の都東京《とうきょう》と、北の都北京、西の都西安《せいあん》が鉄道で結ばれ、イスタンブールまでつながる」

闇さんの話は、旧鉄道省が考えた中央アジア横断鉄道計画そのものだった。時代錯誤も甚《はなは》だしいが、市の南部では台湾《たいわん》や香港《ホンコン》からの投資で開発ラッシュに沸いていた。川を挟んで一キロ先の北朝鮮サイドを睥睨《へいげい》するように高層ビルが乱立し始めている。

両国の格差は激しい。

北朝鮮側は木も生えてない。脱北者を警戒し、隠れられないよう畑ばかりにしたそうだ。

唯一橋のたもとに古ぼけた小さな観覧車があり、最高指導者の誕生日にだけ動くという……なんか侘《わび》しいねえ。

この鉄道の最大の難点は、日韓が海で隔てられていることだが、それに闇さんはこう答えてくれた。

「だからこそ、日韓トンネルを掘っているんだろう」

そんなこと寝耳に水である。聞いたことがない。

しかし二年後のこと、佐賀《さが》県唐津《からつ》市鎮西《ちんぜい》町名護屋《なごや》で日韓トンネルの工事現場らしきものを確認した。工事は中断したままだった。事業主は日韓トンネル研究会で、韓国の統一教会のグループだ。日韓の知られざる関係が見え隠れする。

現実は時におとぎ話のようである。

夜はお楽しみの北朝鮮レストランに行くことになっていた。夕闇《ゆうやみ》が迫り、川向うの北朝鮮は暗闇に包まれつつあった。

店は川沿いの繁華街の一角にある『三千里《さんぜんり》』。闇さんが言うには、ウエイトレス全員が、あの「喜び組」だとか。ほんまかいな。僕と妻は半信半疑で店内に入った。

「アンニョンハセヨ」

ピンクのチマチョゴリを着た美人が迎えてくれる。客席はテーブルが二十ほど、ほぼ満席だった。ちょっとした舞台にはドラムや電子ピアノがある。

チマチョゴリの女性が注文を取りに来た。五、六人の女性がいるが、いずれも若くて美人だ。しかも誰もが朝鮮語、中国語、日本語、英語と四ヵ国語のうち三ヵ国語は話せるようで、才色兼備そのものである。

外貨獲得のため、こうしてせっせと海外で働いているのか。

肉付きのいい美人ウエイトレスが日本語で言った。

「天ぷらあるよ。刺身もいいし、チヂミもある。何食べるか」

ぶっきら棒な日本語は、海外では聞き慣れているものの、あまりの愛想のなさにドキッとし、こちらの気持ちも一気に冷え込んだ。

しかしそこがかえってよくもある。

旅行者は常に無節操なもの。世界中どこでもたいがい、日本人とわかった時点で「オーッ、ジャパン！」とか喜ばれるのが常なのに、ここでは、なんとなく招かれざる客のようなのだ。こんな経験、なかなかできない……というより初体験である。

そう思うと、妙にうれしくなってくる。

やがて注文した料理が運ばれてきた。

ニラと人参だけのチヂミは、ジャガイモ粉の粘り気がしっかり利いている。ごま油と醬油《しょうゆ》のタレもシンプルでいい。天ぷらは衣が分厚く、日本でなら家庭料理のレベルだ。野菜炒めもしかり。冷麺にはお決まりの梨が付いている。どうしていつも新鮮な梨が付けられるのか。係の女性にたずねると、「夏はスイカが付く」とぞんざいに説明してくれた。

韓国焼酎を飲みながら、大騒ぎする中国人たちに囲まれて僕たちは静かに食べた。それでいて、我が家にいるようなホッとした感じは何だろう。そこら辺の食堂、あるいは家庭で、日ごろから食べ慣れているような味なのだ。

手を抜いてもいなければ、力も入ってない。しかし愛だけはある。旅で外食が続いた時に、毎日食べても体にやさしいような味だった。実はこういう料理が一番好きだ。

客の食事が一息ついたころ、ウエイトレスの女性たちは、ミュージシャンに早変わりした。ピンクの安っぽい化繊のワンピースに着替えたのは受付嬢で、彼女がボーカルである。僕たちの係の子はジーンズにシャツ、テンガロンハットをかぶり、ドラムの前に座った。電子ピアノ、ギターなどもいて、それからはコンサートである。係の子は力強くドラムを叩く。音に痺《しび》れた。受付嬢は松田聖子《まつだせいこ》のようである。可憐《かれん》で純朴《じゅんぼく》なソプラノが、店内にこだまする。美しさと語学力に加えて、音楽までこなすとは。こんなウエイトレスは、世界でもそうはいやしない。

さすがは喜び組。すばらしい。ブラボー！

翌日大連に戻って食べたのは東北名物の水餃子である。四大料理に入ってなくても、これだけは外せない。人気の『大清花餃子《ダーチンファジャオズー》』に行ってみた（日本語メニューあり）。五十種類以上のメニューの中から本家本元の羊肉香菜餃子を頼んだ。こちらではやはり羊肉がいい。口の中でもちもちの分厚い皮が割れ、ブチューッとマトンの熱い肉汁が溶け出してくる。肉に臭みはない。香菜の爽やかさが鼻から抜ける。出来立てを、フハフハしながら食べて呑み込む。胃に落ちる重量感がいい。だからご飯は要らない。東北では徹頭徹尾、餃子だけを食べるのだ。

この餃子、ラーメンとともに戦後満州からの引揚者が日本に広めた。ところが日本では皮が薄くなり、焼き餃子になってしまった。

どうしてだろうか？

その方がご飯に合うから……と僕はひそかに思っているのですが、皆さんはどうでしょう？

# その3　バルという名の食堂

二〇一一年三月十一日、東日本大震災が起こると、海外に住む外国人の友人たちから何通もメールが届いた。

「原発事故で日本が危ないようならば、スペインにある俺の別荘を使ってもらっていいからね。いつでもどうぞ」

これはイギリス人のパットからのものである。ありがたい……。

彼はスペイン南部のアンダルシアに別荘を持っていた。

歳は四十代前半で独身。職業は航空整備士である。

僕は被災地取材で忙しかったが、晩秋になってから時間が取れた。パットは我が家に一週間泊まったことがあるので、今回はその返礼のようなものかな。

ところが出発前に、隣町に住むフランス人のフィリップが嫌なことを言う。

「スペインはヨーロッパの端っこだぜ。ヨーロッパ文明的に見るべきものは多くないし、パッとしないって言うか……」

ダジャレを交えながら、何か言いたそうにする。こちらは旅行気分に水を差されたようなものである。まったく……。

それでもスペインにはバルがある。そしてバルにはタパスがあると思い起こせば、食いしん坊の僕としては、やはり楽しみだった。

バルとは、昼はカフェ、夜はバーになる店のこと。タパスはそんな店で出される酒のつまみの小皿料理のことを指す。種類が多く、今やスペイン名物となっている。

妻と二人、マドリードに到着したのは二〇一一年十月の午後だった。

まず向かったのは、タパスで有名なサン・ミゲル市場だ。

鉄骨にガラス窓がはめられた意匠は、アール・ヌーヴォーっぽい。最近改築されたそうでとても清潔。どの店もタパスをショーケースの中におしゃれに並べていた。椅子席《いすせき》は数えるほどしかなく、人々は通路や店頭で立ち食い、立ち飲みである。しかもごった返している。

赤唐辛子を詰めたオリーブ漬け、極薄に切られた生ハム、エビやイカ、小魚のフライは逆さ円錐形《えんすいけい》にした新聞紙に入れられている。

サラダやサーモンが一口大のフランスパンに載せられたカナッペは、こちらではピンチョスと呼ぶ。カニ、生うに、生ガキ、ムール貝、デザート類も充実している。

色合いの美しさは、さすがピカソを生んだ国。見ているだけで何度も唾《つば》を飲み込んだ。

ところがである。ビールとワイン、シーフードサラダにピンチョス三種で二十三・三ユーロ（三千円ほど）は、ちと高いんじゃない？

サラダは三口、ピンチョスは一口しかない。まずくはないが素《そ》っ気《け》ない味。張りぼての見かけ倒しとまでは言わないが、金を払って試食した気分であった。

よく見ると観光客ばかりで、地元民らしい人は見かけない。なるほど観光客用に作ったタパスの見本市ではないか。

こういうのって、正直、僕は嫌いなんだよね。やらせっぽくて。

それならば、ローカルタパスを自分の足で探してやるぜ。

と思ってもマドリードではいいバルが見つからなかった。

列車でトレドに向かった。川と城壁に囲まれた町は中世さながらである。細い石畳の道に石造りの建物が迫るように密集している。

ホテルに入ると、中は美しい幾何学《きかがく》模様に彩《いろど》られ、一瞬イスラム世界に足を踏み入れたような錯覚にとらわれる。そう、この町は、八世紀から十一世紀までイスラム教の町だったのだ。

トレドでは豪華なランチにありつけた。スープ、サラダ、羊のグリル、ワイン一本（二人で。一杯ではない）で一人十三ユーロ。

まずはカスティーリャ地方特産のソパ・デ・アホ（アホはニンニクの意味）が出てきた。スープの黄色はパプリカの色合いだ。ニンニクがよく利いている。麩《ふ》のようになったパンが熱くて、口の中で転げまわった。ハフハフ言いながら軽く嚙《か》んで飲む。とき卵の味が実にまろやか。

氷雨《ひさめ》が降る中、一気に体が温まる。

次に大盛りサラダを平らげて、メインの羊だ。やや臭うが、羊好きにはたまらない。しかも塊肉《かたまりにく》だ。牛より繊維が細かく、肉質もほどよい弾力があっていい。嚙むほどに口中に肉の甘さが広がった。

ふと僕は、フィリップの言葉を思い出した。

料理はヨーロッパ風だが、建物はここも荘厳なイスラム風なのである。僕がフランス人だったなら、きっと腰の据《す》わりが悪かったにちがいない。どっちかにしてくれってことだろう。

さらにこの町でも、タパスのいいバルが見つからなかった。いったいどこにあるのか？次に訪れたマラガは、南部アンダルシア地方の中心地、ピカソの生まれた町である。北ヨーロッパから観光客が太陽を求めて大挙して来ていた。

そのマラガで僕は、風邪を引いて寝込んでしまった。こうなっては食いしん坊も形無しだ。二日寝込んで、食事は妻に買って来てもらったマックである。トホホ……。

それでも二日目の夜には、かなりよくなった。

町を歩けば、路地のワイン居酒屋に人だかりができている。

ここでは樽《たる》から直接ワインを注《つ》いでくれるようである。甘いマラガワインは、病み上がりの胃に命を吹きかける。つまみのタパスはムール貝のワイン蒸し。大好物なので、パクついた。

店を出ると、観光客が集まる中心部からどんどん離れて歩いて行った。外国人観光客用に演出されていない店を探すのだ。

橋を渡り、デパートを過ぎると、ぐっとローカル色が出てくる。

バルにしては明るすぎる食堂のような店内で、作業着姿のおやじや、顔を真っ赤にしたのんだくれがサッカーのテレビ中継を観ていた。カウンターには、スカーフで髪を覆ったおばさんが、エプロン姿でやる気なさそうに、ショーケースに片肘《かたひじ》をついてぼんやりしている。

いいぞ、いいぞ、この倦怠感《けんたいかん》。人生とは物憂《ものう》げで、楽しいことなどちっともなく、あるのは苦労と満たされない気持ちばかりだ。店内がほぼそんなムードに包まれている。

ショーケースの中には各種の料理が作り置かれて、まるで京都《きょうと》のさびれたおばんざいの店のようである。

僕はショーケースの中を覗き込む。頼んだのは、ポテトサラダにミートボールとポテトフライ、タラのトマトソース煮、ビールが二本。パンは無料だ。すべて二分の一ポーションなのだが、零《こぼ》れ落ちるすんでのてんこ盛りである。〆《しめ》て十二ユーロ。

ついに出た、出ました。ローカルタパス。チンしてもらって料理は温かい。

ポテトサラダのポテトは大ぶりで、日本と違ってマヨネーズがとてもクリーミーでたっぷりとかかっている。タラは切り身が十切れは入っているだろう。トマトソースに絡んで、淡泊な身が引き立つ。ミートボールはソースにパプリカを使っているようだ。黄色く、甘みが増している。付けあわせのポテトフライとソースがまた合うんだ、これが。

店内を見渡すと、多くの客が注文するのは、タパス一種類、それにパンと飲み物だ。誰もがしみじみ食べている。

おやじやおばさんたちの（僕たちも似たようなものだが）、そこはかとない人生の悲喜こもごもが、料理の味によく染みている……しみじみタパス。

見本市じゃダメなんだよなあ。料理はやっぱり生活の中になくっちゃ。

翌日の夜、僕たちは、ロンドンから飛んできたパットの姿を一目見て、目を疑った。

十一月初旬なのに、半袖半《はんそで》ズボンなのである。イギリス人にとってスペインは、気分はいつでも南国なのだろう。

「もっと暖かいと思っていたのに。結構寒いな。別荘に服は置いてあるんだが」

そう言って彼は、両腕、両足をしきりに摩《さす》ってガタガタ震える。

アホか、おまえは。

たしかに昼間は暖かいけど……。

バスで彼の別荘があるオルベラに向かう。日に二便しかバスはない。到着したのは真夜中だった。ビールとワインを飲みながら、三年ぶりの再会に話も弾む。

「タパスを食べたいんだが」

「そうそう。タパスの発祥はこのアンダルシア地方なんだ。安くて、うまいぜ」

自信ありげなパットに期待も高まる。

翌日からアンダルシア地方を回った。広大な丘陵地《きゅうりょうち》には林もなく、オリーブ畑が広がっている。そんな土地の小高い山々に点在するのが白い村だ。

かつて、表向きはキリスト教徒に改宗したイスラム教徒が隠れ住んだ村々である。だからイスラム風の要塞的《ようさいてき》な作りになっている。

空はどこまでも青く、青と白、大地のコントラストが気持ちいいほど美しい。

ここまで来ると、フィリップが言っていたとおり、ヨーロッパが遠ざかっている。

有名な世界遺産はイスラム建築ばかりだし、乾燥した空気や砂埃《すなぼこり》はアフリカ大陸を思わせ、人の肌もいつしか濃くなった。八世紀にイスラム文明に支配された土地を、十一世紀になってからヨーロッパ文明がジブラルタル海峡の向こう側まで押し返した。

それからもう千年も経《た》っているのに、ここに流れるのんびりとしたムードは、イスラム世界

フランス
スペイン
バルセロナ
ポルトガル
マドリード
バレンシア
トレド
リスボン
コルドバ
セビリア
グラナダ
オルベラ
マラガ
モロッコ
アルジェリア

ポテトサラダ
(マヨネーズがクリーミー)

マカロニの
トマトソース炒め

Málaga
タラのトマトソース煮

イギリスの友人、パット
11月なのに半袖半ズボン
でやってきた
やや甘めの
発泡酒 カヴァ

Barcelona
至福の焼りんご

のそれに似通っていた。

ただ百年ほど前に起源をもつタパスは、れっきとしたスペイン料理だ。発祥の地らしく、どこでもタパスは安く、しかも大盛りである。いいねえ。こういう大らかさ。

イベリコ豚の生ハムはほんのり甘く、イカフライ、豆のスープ、大エビ焼、タラとスモークサーモンのチーズのせ、タラフライ、チキンソテー、イギリス風オックステールスープなどをいただいた。なによりハズレがなかった。ワインは発泡性のカヴァがいい。やや甘めでパットと二人でグイグイ飲《や》った。

いやあ、満腹満腹！

ちなみにパットの別荘は、パティオのある集合住宅の一角で、三階建ての3LDK。つまり一階に一部屋ずつのこぢんまりとしたもので、買値は五百万円ほどだったが、今では三百万円に値下がりしたとぼやいた。

スペインの財政危機のせいである。それでもイギリスやドイツなどから続々と人が来る。スペインの過疎地を、他国からの移住者やロングステイヤーが支え、フランス人の税金も、EUを通じてこの地域に投じられている。フィリップが、気に食わないわけである。

そして僕たちは、旅の最終地カタルーニャ地方のバルセロナに入った。途中のコルドバではいいバルが見つけられなかったが、バルセロナでは、ガウディが作ったグエル公園に行った帰り道に、何の変哲もないバルで、ローカルタパスに出合った。

その店にはメニューがないので、ビールを飲みつつ、作り置きのフランスパンのサンドイッチを食べていた。すると地元の衆が続々と来店し、温かい料理が湯気を立てて運ばれていくのだ。

中でも僕が注目したのは、マカロニである。日本の店で、グラタン以外にマカロニを主として提供している店がどれほどあるだろう？

スパゲティやペンネ、リングイネはあっても、常にサラダとして副菜に甘んじるその地位の低さったら可哀想《かわいそう》なくらいだ。しかし世界では、マカロニが主役に躍《おど》り出る店もある。

単なるマカロニのトマトソース炒めなのだが、スペインらしいやや肉厚のハム、黄色と赤のパプリカ、太めに切った玉ねぎが入り、生のトマトは崩れかけている。さらに上からチーズをこれでもかと振りかける。もちろんタバスコはないがそれでいい（タバスコはアメリカ発祥なので、ヨーロッパ各国ではなじみが薄い）。

ふにゅっとした食感は、いかにも子供の好物である。マカロニに腰など要らない。それでこそマカロニである。うまい！

妻は誰かが頼んだ焼リンゴに目を奪われて注文していた。ほどなく運ばれてくる。大ぶりのリンゴが一個、こげ茶色に焼けている。たっぷりとハチミツがかかり、オレンジとプラムが脇を固めるように添えられている。簡単にナイフが入っていく。口に運ぶと、妻の頬が揺れ、閉じた目が山を描いた。至福の表情である。最後にコーヒーを飲み、〆て十二ユーロ。

破格の安さだが、スペイン庶民は、そんな程度の値段でおいしいものをたらふく食べている。タパスを食する場合、バルという名の食堂を探したほうがいい。

しかし旅は、やはり最後まで油断ならなかった。ダリ美術館の近くのレストランでは、冷めたスパゲティとハンバーガーがまずすぎて、しかもぼられた。ホテルのそばのカフェでは、やたらに大きなグラスに入ったコーラが一杯なんと十ユーロとぼったくられ、そのインチキぶりは、発展途上国並みである。

町は埃っぽく、バル探しも思うに任せず、パエリアの名店も、値段が高く味が濃すぎた。最後にはホテルの朝食ビュッフェ会場で、食べきれなかった二枚入りのビスケットを一袋、手に持って帰ろうとした妻が、マネージャーに手首を摑《つか》まれた。

「マダム、それは困ります」

まるで泥棒のような扱いに、「こんなこと生まれて初めて」と妻はしょげた。

「いくらなんでもセコすぎだろう！」

僕は日本語で吠《ほ》えつつも、ちゃっかりビスケットをポケットに忍ばせていた。

独立を願うカタルーニャだが、こんなんで達成できるのか。

スペインには、まるで発展途上国と先進国が混在したような、せち辛《がら》さと大らかさが共存し、ヨーロッパ文明とイスラム文明が見え隠れする。

ピカソがアフリカの仮面や彫刻に着想を得たのは有名な話だし、ガウディのサグラダ・ファミリア聖堂も、何度見ても西アフリカのマリにあるモスクを真似たとしか思えない。

フランス人のフィリップは、そんな日本人には説明しがたいスペインを、僕たちに伝えたかったのかもしれない。

# その4 バンコクの朝、昼、夜

バンコクの朝が好きだ。

常夏のこの街で、いくばくかの涼やかさを含んだ風が、大河チャオプラヤーや、縦横に走る運河から運ばれてくる。

そんな時間帯に、街角に作られた屋台の席に佇《たたず》み、通りを見ながらコーヒーを飲むのは格別である。アラビカ種の味の濃いコーヒーには砂糖と練乳、牛乳がたっぷりと入っている。

市場の付近では、ゆっくりとであるが一日が動き始める。湯気や煙が立ち込め、料理を炒める音や食材を揚げる音、包丁でまな板を叩《たた》く音が聞こえる。

蛇口《じゃぐち》から水が出しっ放しになっているのは、魚介類を売る店だ。音と重なり合うように、甘く、酸っぱく、香《かぐわ》しい数々の料理の匂《にお》いが、香辛料に彩られて鼻に届く。

甘、酸、辛が空気の層に溶け込んでいるようなんだなあ。

これぞタイ、バンコク。

店の人たちは、夫婦もいれば親子で働く者もいる。高校生くらいにもなれば、女の子はれっきとした看板娘だ。彼女が、通りがかった花売りから真っ白いジャスミンの首飾りを買った。

これをバケツに入ったきれいな水で清め、僕の座っているテーブルや、無人の客席に撒《ま》く。

水の涼しさと、爽やかな香りがいいねえ。

そして屋台の中に鎮座している小さな石のガネーシャにも水を掛け、首飾りを首にかけて両手を合わせる。

今日もいい商売ができますように。

象の顔をしたガネーシャは、タイでもっとも愛されている神様だ。

まだ車もさほど通らない通りの向こうのほうから、オレンジ色の袈裟《けさ》をまとった一団がゆっくりと歩いてきた。女たちが彼ら僧に駆け寄っていく。

手には、仏様に捧げる花、作ったばかりのおかずやご飯、旬の果物、お菓子などを持っている。現金を渡す者もいる。そして膝を折り、両手を合わせる。

今日も無事でありますように。

看板娘が炭火焼きの豚串肉を三本運んできた。醬油ベースで結構甘い味付けだ。昔なら平気で十本はイケた。

この日の朝食は、これと炭火焼きトーストである。ほどなく分厚いトーストも運ばれてくる。この香ばしさは、トースターでは絶対あり得ない。外はサクサク、中はしっとり。コーヒーのお替りはアイスに。口の中をさっぱりさせる。

どれもこれまで三十年間、楽しんできた味である。

僕が世界を旅するようになったのは、三十年前。以来バンコクには、ちょくちょく訪れている。僕だけでなく、世界の旅行者たちも、いつしかバンコクを拠点に旅する人が増えた。

市内西部のチャオプラヤー河に近いカオサン通りには、百を超えるゲストハウスや、レストラン、旅行会社、コンビニ、土産屋《みやげ》、マッサージ店などが集まり、夜毎《よごと》、歩行者天国となっては屋台が繰り出す。今やバックパッカーの聖地と称される。レオナルド・ディカプリオ主演の映画『ザ・ビーチ』でも、このカオサンが描かれている。

さて、そんな時代の流れの中で、僕はすっかり世界に魅せられ、旅人になった。ちょっとだけ働いて、長く旅をするのだ。

日本人は当時カオサンではなく、ヤワラーと呼ばれる中華街にいた。谷恒生《たにこうせい》の名著『バンコク楽宮《らっきゅう》ホテル』で名の知れた楽宮がある界隈《かいわい》だ。ウォンウィエン・イーシップソーン・ガラッカダーコム（七月二十二日ロータリー）を中心に、他にもジュライ、台北《タイペイ》と安ホテルがあり、多くの日本人が長期滞在していた。

バブル時代だったので、「就職するやつ、バカなやつ」と豪語する者もいたが、楽宮のとある部屋の壁には、「豊かな青春、惨《みじ》めな老後」と書かれ、旅して遊ぶ僕たちに、警鐘を鳴らした。友人のKなど、「そろそろ日本に帰ろうかな」と口癖のように言うくせに、いつまでもバンコクで遊び続けた。なんだか知らんが、この町に引き寄せられるのだ。

僕は計画的に遊ぶKと違って、野放図だったので旅行資金が底をつき、仕方なくこの街で働くことにした。一年近く旅をして、少々旅に倦《う》んでいた。

旅をし続けると次第に感動が薄れ、まるで体が腐っていくように、ただ無為に時間を遣《や》り過ごすようになってしまうのだ。日々の暮らしを変化させてもみたかった。

そこで僕は、日本人向けクラブなら働けるんじゃないかと考えた。まだ日系企業もさほど多くはなかったのである。

市内中心街のタニヤ通りには、ビルにずらりと日本語の看板が並ぶ。東京《とうきょう》の赤坂《あかさか》に似たムードなのだが、その中の一軒の店を訪ねた。しかし一歳だけ年上のママに説教されてしまった。

「あなた、まだ若いのに、水商売なんてするものじゃない。フーテンもよくないし、昼間の仕事をしなさい」と、その店の常連だった日本人が経営する、法律事務所に勤めることになったのである。

そこで泊まっていたジュライホテルから、スワンプルー市場の隣に建つ巨大なスワンプルー・アパートに移った。一階あたり二十戸、五階建ての建物が二棟向かい合って建ち、通路でつながっている。各戸はいずれも十五畳のワンルームで、ベッドと応接セット、家具が付いて月額一万円ほど。玄関は木製のドアと鉄格子のドアが二重になっている。風通しと安全を同時に確保する南国らしい設備だ。

一階には雑貨屋やクリーニング屋、パン屋、貸しビデオ屋、ゲームセンター、レストランなどがあり、オカマがやっている洋裁店の角を曲がるとスワンプルー市場に直結し、表通りのスワンプルー通りに出られた。

そしてアパートや路地の所々には祠《ほこら》があった。神様かなと思ったら、似たようなものだけど、精霊（ピー）の住処《すみか》だと教えてくれたのは、雑貨屋の髭《ひげ》おやじだ。みんなの守り神だと。

なんとも珍妙なアパートで、バンコク最大の歓楽街パッポンで働く、踊り子である若い娘と、その稼ぎをあてにする家族や彼氏という住人が多かった。僕がここに来たわけは、同じく踊り子のテンが紹介してくれたから。彼女は、いつも外国人をだましているような性悪女だったが、僕とは変に気が合った。彼女は二階で彼氏と彼氏の妹と三人で暮らしていた。

夜の商売の人が多いから、アパートの朝はシーンとしている。早起きなのは、僕と子供たち。ネクタイを締め、スーツ姿なのは、二百戸中僕一人だけである。ついこの前までフーテンで、クラブのママに説教されるほどだったのが、一転、洟《はな》たれ小僧たちが、エリートを見るような憧憬《しょうけい》の眼差《まなざ》しで、僕を見上げた。

フッフッフ……どうだ、君たち。

朝は市場で豚串肉やトースト、お粥などを食べ、歩いて会社に通った。

休みの前には、パッポンに繰り出して飲み、テンを誘ってディスコで遊んだ。彼女の不満は、僕に金がないことで、他の外国人のようにだましようがなく、だったら遊ばなければいいのに、楽しいからつい遊んでしまうのである。そこで彼女のモヤモヤが始まる。稼いでよと僕に怒ってみても、夫婦でもなんでもないし。テンには彼氏もいるしね。

僕たちって、いったいどんな関係？

強いて言うなら、友達以上恋人未満ってやつかな。

日曜日には、決まって僕は、昼前にのそのそと起き出して、市場の路地裏に出ているラーメンの屋台に行った。パラソルの下の席で待つこと五分。こげ茶色のスープに、緑色の麵が入ったラーメンが出て来た。

これがアヒルラーメンだ。麵はほうれん草を混ぜ込んだ緑色の翡翠《ひすい》麵、スープはアヒルを醬油ベースの味付けで、八角やシナモンなど何種類もの香辛料を入れて煮込んだもの。ほぐしたアヒルの肉と、もやしにネギ、パクチーがのり、唐辛子を振りかけて食す。

濃厚なスープは、アヒルの出汁《だし》がよく出て、抜群にうまい。あっさりとした翡翠麵と実によ

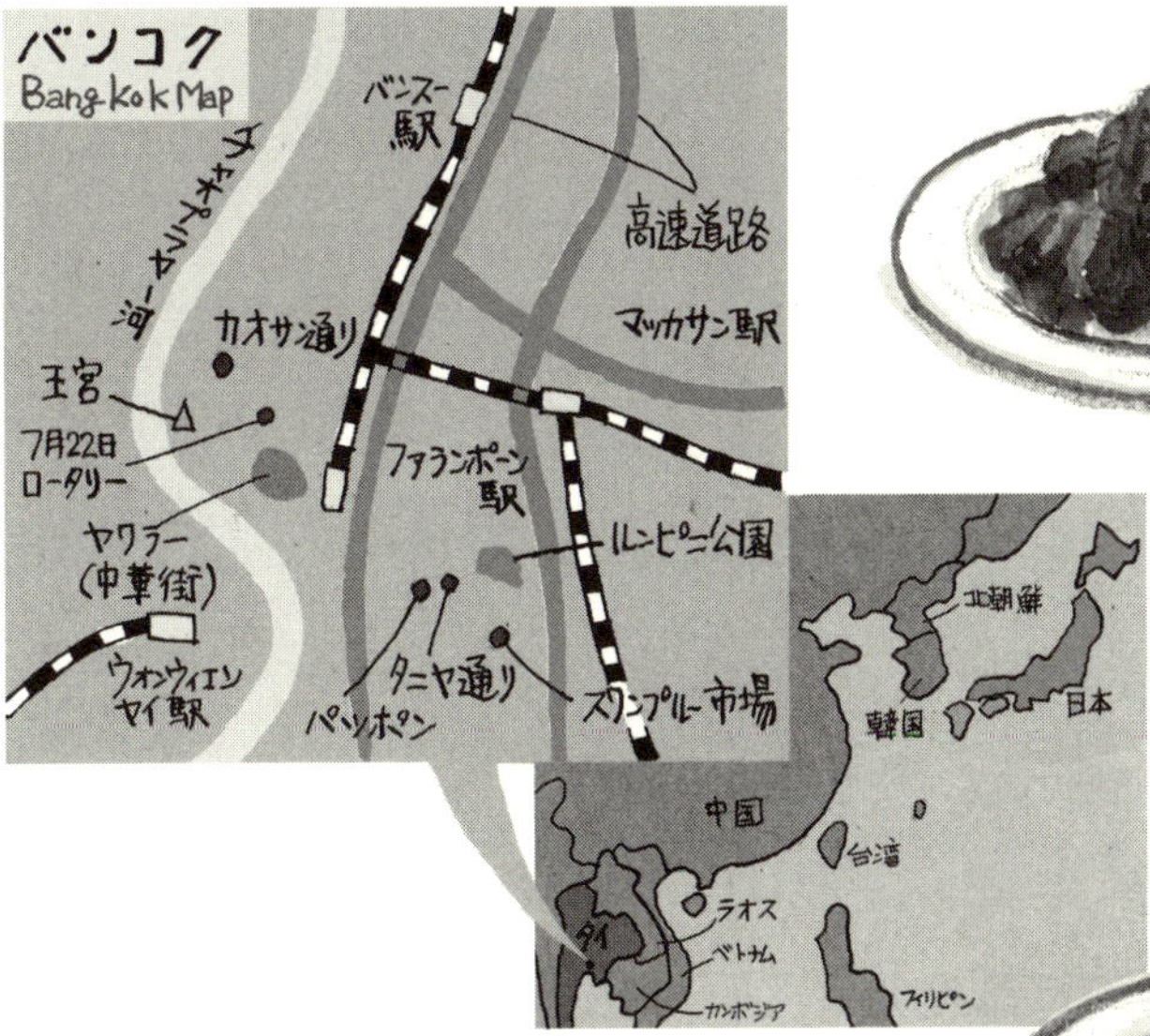

イサーン名物の
ナムトック・ムー

アヒルラーメン

谷恒生の名著
「バンコク楽宮ホテル」

メコンウイスキーの
ソーダ割り

く合う。アヒルの肉は鶏《とり》よりジューシーで、味がよく染みている。しかも油っぽくない。具材、麺、味つけ、香辛料、トッピング、見た目のすべてがアヒルという存在に集約されている。雑味がない。シンプルにして深い味なのである。

ゴチャゴチャと肉や魚を何種類も入れたスープを僕は好まない。一本の味で深みを出すのがプロであり、伝統に裏打ちされた洗練である。

夜はたいていアパートの近くの屋台で食べた。風邪を引いた時などは、近所の屋台のおばちゃんが、一面、生の青唐辛子で埋め尽くされたトムヤムクンを作ってくれる。これを飲んで寝袋にくるまって寝ると、夥《おびただ》しい汗をかき、翌朝には快癒《かいゆ》した。しかし必ずお尻が、半日は、ヒリヒリモゾモゾ疼《うず》くように痛かった。

給料日の前になると、遊び過ぎてピンチになった。しかしこのアパートでは、毎週のように宴会が催されていた。みんな日頃から煮炊きは通路でするのだが、通りがかって世間話をしているうちに、今日あたりやろうかと通路にゴザを敷いて始まる。参加は無料。その代わり、給料が入ったら、おかずなどを買っていく。何人もがおかずを買って持ち寄ってくる。

雑貨屋の髭おやじは、こんな夜には嬉々として、コーラやビール、氷、水などを配達した。スズキの煮物、煙突のあるドーナッツ状の鍋には春雨スープ、鶏の炭火焼き、各種野菜料理に塩辛いソーセージ、タイカレーなどが並ぶ。

若い男が僕ににじり寄ってきた。

「テンに聞いたけど、金がないから、ここに来たんだってな。スーツなんか着ているけど、俺らと同類じゃねえかよ」

僕は一ヵ月もしないうちに、いとも簡単にエリート層から転落していた。

「そういうおまえだって、ヒモだろ」

「うるせい、バーロー」

ヒモ男は赤ら顔で、栄養ドリンクで割った焼酎《しょうちゅう》を飲む。

ある夜、主催者のおばちゃんが、踊り子の自分の娘を僕に紹介してくれた。

「恋人がいないんだったら、うちの子なんてどうだい」

「バッカだな。こいつ、金がないばかりか、テンの話じゃ……」

ヒモ男が下卑《げび》た笑いで娘に耳打ちすると、娘の僕を見る目がさっと曇った。

いったいテンは、どんな悪い噂《うわさ》をこのアパートで吹聴《ふいちょう》しているのか。麻薬中毒者《ジャンキー》とか嘘を言い触らしているんだろうな。「じゃなかったら、日本人のエリートがこんなアパートに住むわけがない。そうでしょ？」

腹黒いテンなら言いそうで、言われたくなかったら、金を出せとか言ってくる。

でも僕に金はない。堂々巡りだ。

ここの住人たちの中で、一番の働き者は髭おやじだった。店では駄菓子類から生活雑貨、煙草《たばこ》などを売っており、アパート内なら配達もした。家族は女房と二人の男児。一階の店舗もワンルームタイプだから、部屋を半分に仕切って、手前が店、奥を寝室にしていた。

店は二十四時間営業で、深夜などは南京錠《なんきんじょう》のかかった鉄格子越しに中が覗けた。二段ベッドの上で髭おやじが寝ている。

「コーラ、ヌン（一本）！」

彼の脳天に向かって声を上げると、髭おやじはびくりと反応し、体を反転させて、顔だけをこちらに向ける。「わかった……」という表情で、パジャマ姿でフラフラとベッドの上の段から降りてきて、冷蔵庫から冷えたコーラを出し、受け取った金をたしかめるときだけ、目をパッと見開く。そしてまたベッドに潜りこむ。

それにしたって、このアパートにはプライバシーがなかった。僕の暮らしぶりなど、全部住人たちに筒抜けなのだ。どうも髭おやじが情報を流している節があったが、アジアらしくあけっぴろげで、そこここに神様がいたり、精霊が宿っているから安心でもある。夏目《なつめ》漱石《そうせき》が言うような近代の個人主義など、この街では溶かされていくようで、ぬくぬくと暮らせた。

日曜の夜にはヤワラーに行き、ロータリーの周囲の歩道に出ている屋台に陣取った。このロータリーからは五本の道が延びている。ラウンドアバウトだ。走る車やバイク、トゥクトゥクが、一本の道からここに入って、ぐるりと回って別の道に出る。

刺青《いれずみ》をした労働者が上半身裸で街娼《がいしょう》と絡みながら行き過ぎる。田舎《いなか》から出てきた若い女が、男と追い駆けっこして嬌声《きょうせい》を上げている。

こんな光景を見ながらの一杯が実によかった。

つまみは東北《イサーン》名物のナムトック・ムー。炭火で焼いた豚肉を細切りにして、辛いだし汁で和えた料理だ。青パパイヤと沢蟹《さわがに》を和えたソムタムも定番である。

これらに、千切《ちぎ》って丸めた蒸しもち米を浸して食べながら、メコンウィスキーのソーダ割りを飲む。辛い料理がもち米の甘さを際立たせる。

滋味《じみ》だね、まったく。

ある時、屋台のおばちゃんに、公《おおやけ》の歩道で商売してて問題ないのかたずねた。

「何言っているのさ。この国は王様の国。私らは王様の子供さ。子供が親の土地で商売したって、誰が文句を言うのさ」

なるほどこの国には神様だけでなく、王様もいた。孤独に頑張ることはない。

ある夜、バンコクに長いKが、交通事故で右手を骨折、包帯で巻いた腕を肩から吊って通りがかった。

「またこれで、帰国が延びたよ」

そう笑っていた彼は、今ではバンコクの日本語新聞編集長である。またずいぶんと、帰国が延びたもんだね。彼はこの街に溶かされたのかもしれない。

数年後、僕はヒマラヤに旅立った。

この時のバンコク暮らしは、旅の休暇としてはちょっと長すぎた。

それだけ楽しく、心地良かった。

そして今でもこの街は、僕にとって、ラウンドアバウトのロータリーであり続けている。

# その5 サハラ砂漠腹ペコツアー

西アフリカは、セネガルの首都ダカールから三キロ離れた小島、世界遺産のゴレ島に来ていた。

施設内では観光客たちが、顔を太陽のほうに向け、目を細めて陽光を楽しんでいる。

二月でも、ここでは夏の気候だ。

大半がヨーロッパ人で、若干のアメリカ人、僕たち日本人が十三名いた。

二十代のほとんどを海外で旅しながら暮らした僕は、三十代に入って帰国。多くの旅の友人たちが社会復帰を果たす中、なかなか腰が落ち着かなかった。それでも、「おまえにぴったりの仕事があるさ。遊びながら、世界をうろつくんだぜ」という友人の勧めで資格を取って就いたのが、海外専門の添乗員である。

以来、年間二百五十日くらいは海外の空の下にいた。本当に僕にぴったりだった。

この時も、十二名のお客と一緒に西アフリカ・サハラツアー十六日間の最中であった。

観光客は常に旅を楽しもうと陽気に盛り上がる。

イスラム風の長襦袢《ながじゅばん》のような民族服を着た年配のガイド氏が、朗々と話をするのに、中にはふざけて、キャッキャッと声を上げる若者までいる。

「そこの君たち、黙らっしゃい。私が今説明しているのは、君たちの祖先の話なのだ。白人たちが過去にどんな惨《むご》いことをしてきたか。その結果、今の君たちの豊かな暮らしがある。そのことをよーく考えてみたまえ」

この島が世界遺産に認定されたのは、ここから多くの黒人が、奴隷にされてアメリカ大陸に運ばれたからである。ガイド氏は、この奴隷の家の専属ガイドであった。

僕たちは中庭にいた。ピンク色をした馬蹄形《ばていけい》の階段を上がった二階が奴隷商人の部屋、一階が奴隷たちが鎖につながれ、押し込められていた部屋である。

ガイド氏の怒りに、全員がシーンとなった。「ごめんなさい」と騒いでいた若い女性が涙ながらに謝った。

「船内で一人に与えられた空間は百八十センチ×四十センチ×十六センチ。二ヵ月間、糞尿《ふんにょう》は垂れ流し、食事は米やトウモロコシ、豆などの粥、二週間に一度甲板《かんぱん》に集められ、家畜のように水を浴びせられて運ばれた……」

生真面目《きまじめ》な空気が漂う中でも、食いしん坊の僕は、けしからんことに、つい食い意地が張ってしまった。なんと奴隷船で米が出されていたとは……初耳である。

その夜の夕食は、セネガルの民族食とも言われるチェブジェンだった。

香辛料やトマト、キャベツ、ナス、ニンジン、ニシン科のヤーボイを落花生の油でいためて煮詰めつつ、上の段に重ねられた鍋では米を蒸し、魚と野菜がいい具合に煮詰まったら、具材を取りだし、残ったスープの中に今度は上段の蒸し米を入れる炊き込みご飯だ。

見かけはチキンライスなのだが、魚の香りが移ったご飯はまるで鯛めし。

しかも香辛料が舌にピリッと来るのがいいね。具が崩れてないのもうれしく、野菜の甘さが何よりだ。落花生の油の重たさも悪くなかった。

多少割れた長粒米にスープが十分に染み込み、逆にこの料理には合うようだ。お客の面々も食が進んだ。

「やっぱり日本人は米だ」

日本人らしい意見を言ったのは、六十五歳の橋上《はしがみ》氏。一人参加の男性である。

「フランスのブイヤベースの作り方に似ているし、米の蒸し方は北アフリカのクスクス。味はピラフそのものじゃない」

絶妙な解説をしてくれたのが写真マニアの友永《ともなが》さん。七十歳とツアー最高齢で、旅慣れたご婦人だった。このツアーの参加者平均年齢は六十二歳。

「中近東が発祥とされるピラウが、フランス語でピラフとなったのですが、北アフリカを舐《な》めるように西進し、このセネガルに到着したようですね」

僕は語った。

日本の炊き込みご飯も、中国の炒飯《チャーハン》も、インドのビリヤニ、イタリアのリゾット、スペインのパエリアもピラウが起源だ。

「そうして新大陸では、ニューオリンズのジャンバラヤに、このチェブジェンは、肉を使ってジョロフライスとなりました」

ピラウ文化は、船で地中海から西アフリカへ、そして奴隷貿易で大西洋を渡ってアメリカ大陸に伝えられたのだ。

遠かった西アフリカが、チェブジェンを食することで、たちどころに近づいてきた。

翌日我々一行は、飛行機でマリの首都バマコに飛び、僕は小柄な黒人ガイドのモンと二人で買い出しに行った。玉ねぎ、ジャガイモ、ニンジン、スパゲティ、水、ナツメヤシなど。添乗員が買物し、自炊するなどあり得なかったが、サハラツアー自体が前代未聞だったのである。

砂塵《さじん》の舞う町は埃っぽく、高い建物はほとんどなかった。僕たちの車はトヨタの旧式のランクルだったが、それでもきれいな方に見えた。

市場で売られる野菜類は貧弱で量が少なく、肉も魚も果物もあまりなかった。しかも値段まで高い。

発展途上国は物価が安いというのは、アジアの常識で、ここでは物がないから物価が高い。西アフリカの典型だった。

女性は鮮やかな色の民族服を身にまとい、男はワイシャツにズボンという恰好《かっこう》が多かった。黒人だけでなく、色の濃いアラブ人風の顔つきの者もいる。都会的な雰囲気のダカールと比べると、町も人々も田舎っぽかった。

お客の面々は、いよいよサハラということで緊張していた。

この夜はテント泊である。出発前に告げると、

「聞いてないぞ」と橋上氏が怒った。

四、五人の女性も「ええっ、ホテルじゃないの？」とうろたえている。

たぶん説明会に参加せず、パンフレットもよく読まずについてきたのだ。ツアー客らしい。だいたい、サハラ砂漠にホテルなんかあるわけがない。常識だ。しかし時に常識が通用しな

いのが、ツアー客である。

「でもみなさん、満天の星を見ながら眠るんですよ。しかもサハラ砂漠の中で。なんてロマンチックなんでしょう」

実際はテントの中から星は見えないけれど、イメージが大切である。

「あら、そうなの。ステキそうじゃない」

一人のご婦人の意見に、他のお客も流される。これだからご婦人は好きである。

初日は、アフリカらしく出発が半日も遅れたおかげでサハラ砂漠に到達せず、急遽《きゅうきょ》小学校の校庭をお借りしてキャンプした。

夕食は僕が作ったカレーライスだ。テントはモンとドライバーが張った。

まだまだ僕たちは人類文明の中にいた。

「トイレはどこよ」

翌朝、ご婦人たちがモジモジしながら聞いてくる。

夜は真っ暗だったので、みなさん適当にすませたのだろうが、朝となっては人目が気になる。

「あの辺ですね。傘もお忘れなく」

僕は校庭の先のブッシュを指差す。

女性陣が連れ立ってトイレに向かった。

ブッシュにきれいな傘の花が咲く。ブツは小さなシャベルで穴を掘って埋めておく。紙はゴミ袋に入れて持つ。みんなも徐々に土地柄に慣れてきていた。

町の郊外には、ニジェール川から引かれた灌漑《かんがい》用水路が満々と水を湛《たた》え、緑の水田地帯が広がっていた。なるほど、だから奴隷船でも米が使われたのである。

「ニジェール川が稲作を盛んにさせ、十三世紀から十七世紀までマリ帝国を支えたのです。今回の旅は、サハラ砂漠の南端を通って、マリ帝国の黄金の都と謳《うた》われたトンブクトゥを目指します」

すでに日程より一日遅れ、トンブクトゥまでまだ六百キロもある。しかも食料は残すところ一食のみだ。

旅行会社のサービスとして、レトルトの粥とインスタントみそ汁を持参していたが、今回ばかりはそれが非常食になる。

昼食をとる村で何か手に入ればいいのだが……。

ブッシュを過ぎると、町も緑も見えなくなった。

あるのは茫洋《ぼうよう》とした砂とわずかな草だけである。

空には一片の雲もなく、四十度を超える熱波が押し寄せる。

鼻や耳に砂が入り込み眼鏡が曇った。車にクーラーなどついてないのだ。

道はアップダウンが激しく、時に砂に絡まれスタックし、蠍《さそり》が潜んでいそうな棘《とげ》のある草を千切ってきてはタイヤの下に敷き、何人かで車を押して砂の穴を脱出した。

昼には国境に近いナンパラ村に到着。食堂はないだろうけど、せめて何か食い物はないかと

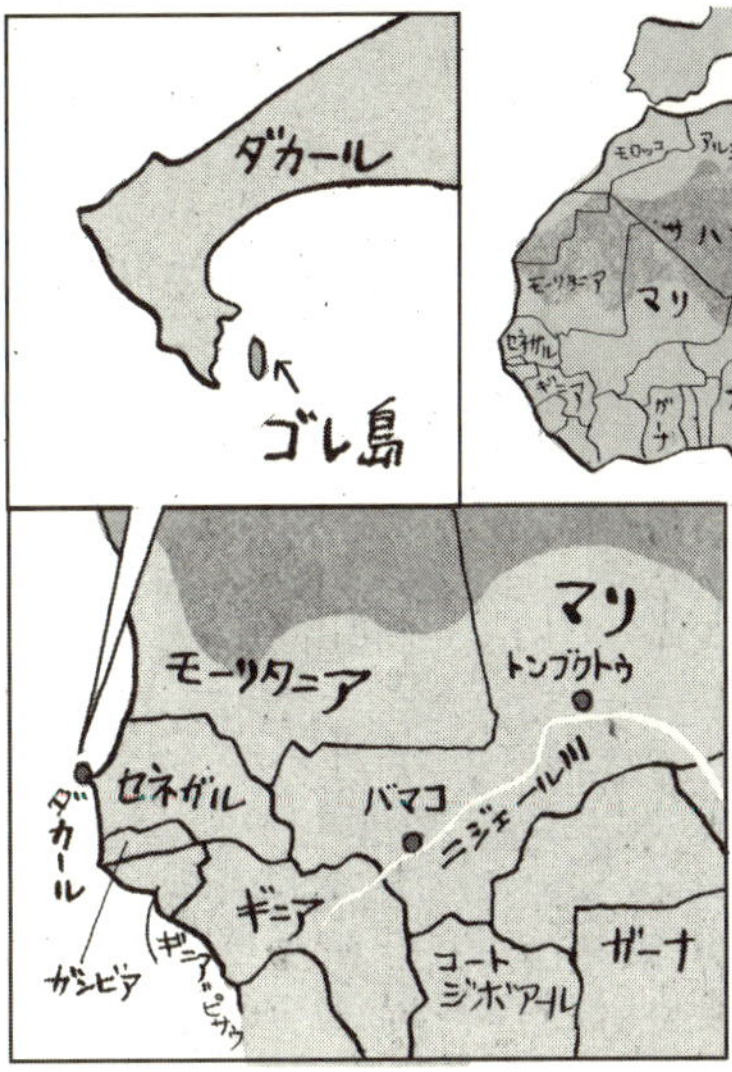

ダカール
ゴレ島
マリ
トンブクトゥ
モーリタニア
セネガル
バマコ
ニジェール川
ダカール
ギニア
ガンビア
ギニアビサウ
コートジボアール
ガーナ


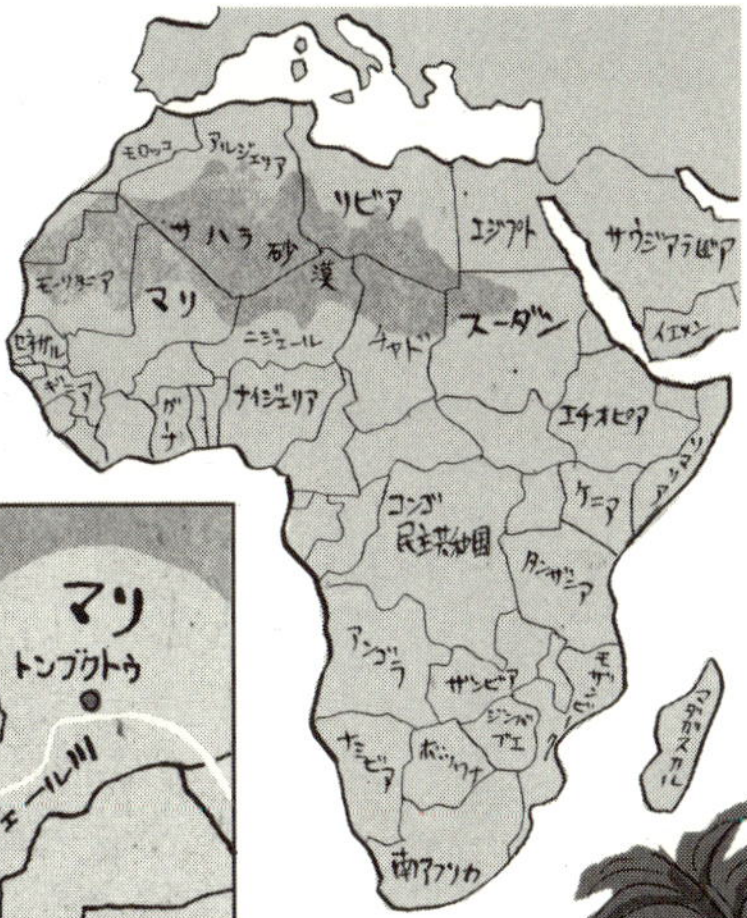

モロッコ
アルジェリア
リビア
エジプト
サウジアラビア
サハラ砂漠
モーリタニア
マリ
スーダン
イエメン
セネガル
ギニア
ニジェール
チャド
ガーナ
ナイジェリア
エチオピア
ケニア
コンゴ民主共和国
タンザニア
アンゴラ
ザンビア
モザンビーク
ジンバブエ
ナミビア
ボツワナ
マダガスカル
南アフリカ

セネガルの民族料理 チェブジェン

やっぱり
みそ汁最高〜!!
わかめ みそ汁
あさり みそ汁

ナツメヤシの実
ガウディの聖家族教会のモデルになった泥のモスク
干し柿のような甘さ うまい〜〜!
アメちゃんもあるよ〜
腹ペコな筆者
友永さん

村長にたずねると、干からびた丸いナンを三枚持ってきた。

「これだけしか……」

村長は申し訳なさそうに言う。

もはや稲作文化圏ではなく、ナン文化圏に入ってきている。サハラ砂漠がその南端にあたる。ナンはピラウと異なり、サハラ砂漠を通って、イスラム教と一緒にこの地に持ち込まれたのであろう。

百人ほどの村人が集まってくる。ほとんどが女と子供なのは、男たちは出稼ぎに行っているからだとか。子供の多くは栄養失調気味で、痩《や》せているのにお腹がポコンと出ている。水牛が三十頭ほど数珠《じゅず》つなぎにされ、深い井戸から水を汲《く》み上げていた。

ここにあるのは、砂と猛烈な日差しばかりだ。

文明からは遠く離れ、わずかの水を頼りに、ナンを食べるのがやっとの暮らしだ。

お客の面々は、心が震えたような顔をしていた。

こんな砂漠に村があり、人が生きている。

それだけで奇跡と思える。しかも友好的である。

僕は思い切って、この日の夕食予定のスパゲティをこさえた。十七人分しかなかったが、村の長老たちと木陰で食べた。

周囲には百人からの女、子供が目をぎらつかせて立っている。

さすがの僕でも食が進まない。ご婦人方が早々に食事を切り上げて、飴《あめ》やチョコレートを配ると、みんな頬を揺らして喜んだ。

ようやくほんわりとしたムードに包まれる。

それからは延々と砂漠の中を走った。僕は腹が減って仕方がなかった。

食いしん坊は腹ペコに弱い。そこでナツメヤシを齧《かじ》った。

干し柿のような甘さが、じんわりと空っぽの胃を満たした。これもナン文化と同じくサハラを渡ってきたものだ。モロッコで、ナツメヤシの木が三本あれば、昔は家族が食っていけたと聞いたことがある。

なるほどそれくらいのパワーがあった。力が漲《みなぎ》る。

日が落ちて、急激に冷え込んできた。

「岡崎《おかざき》君、いつ着くのだい」

橋上氏をはじめ、同じ質問ばかりをされるが、僕だってわからなかった。道が合っていることだけが確認できた。

みんな文明から遮断された状況が心配で、空腹どころではない。先を急ぎたいのだ。しかしよく見ると、ご婦人方は、口をモグモグさせている。

「岡崎さん、飴食べる？」

友永さんから飴をもらった。そう言えば、旅の最中、いつでもどこでもご婦人方は飴を食べている。飴でサハラ砂漠を乗り切ろうとは、やはり彼女たちは侮《あなど》りがたい。一見か弱そうな素《そ》振《ぶ》りをしながら、水を飲みつつ、水分と糖分で栄養補給に余念がなかった。

砂漠の中のトイレにも慣れ、『月の沙漠』を歌い出す人も現れた。いや、どうも様子が変だ。面々の表情からは朗《ほが》らかさが消えている。歌もやけに調子はずれだ。

人類文明から遠く離れて、ストレスが溜《たま》り、人間が壊れかかっているのかもしれない。僕だって車がスタックするたびに、サハラの精霊に祈りを捧げていた。

真夜中の二時、しばし休憩していると、遠くからラクダが現れた。しかも五十頭ほどが数珠つなぎに、左右に大理石のような岩塩を運んでいる。岩塩はサハラ砂漠の名産だ。

前と後ろに、ブルーの民族服を着たトゥアレグ族の男がいる。頭と顔にもブルーのベールを巻き、身長は二メートル近くもある。カッコいい！

「キャー！　ステキ！」

恐いもの知らずのご婦人たちを先頭に、全員がカメラ片手に走り寄る。人類の登場に、一気にモチベーションが上がった。

「映画みたいね」

友永さんが唸《うな》って、カメラを構える。

青白い夜空には、星が降るように瞬《またた》いている。まさに映画でしか見られないようなシーンであった。

トゥアレグの男が、ラクダの上から僕を呼ぶ。駆け寄ると男は言った。

「ワンダラー」

おまえ、英語がわかるのか？

いや、わかる英語は、これだけのようだった。十二人でしめて十二ドルだ。ジェスチャーでわかった。しかしここはサハラ砂漠だ、高すぎる。瞬時に僕はそう覚《さと》り、首を横に振った。

「ノー！　オール　テンダラー」

男はにやりと笑って、うなずいた。

男たちは、自分たちがモデルとして金になることを知っていたのだ。

砂まみれになりながら、黄金の都トンブクトゥに着いたのは、翌朝の午前十時。ホテルでは、遅めの朝食を用意してくれた。ナンと卵焼きとサラダだ。それにミントティーが付いてくる。たったこれだけの食事に、心からホッとする。

僕がインスタントみそ汁を作って供すると、面々はこれ以上ないような快哉を叫んだ。世界のどこへ行っても喜ばれるサービスだったが、ここではまた格別だった。

友永さんがしみじみと言った。

「なんだか夢から戻ったみたい」

ナンを手に取ると、ナンパラ村のみんなの顔が頭に浮かんだ。きっと今でも腹を空かしているんだろうな。

そして翌日見学したのが泥のモスクだ。ガウディの聖家族教会のモデルになったものである。これを観るだけでも十分に来る価値はある。

しかし現在は内戦のため、外務省ではこの地域に退避勧告を出している。

当分の間、旅することが夢のようなところになってしまった。

# その6 タラをめぐる冒険

夏だというのにノルウェー北部は肌寒かった。気温はせいぜい十度ほど。さすがツンドラ地帯であった。来る途中、白樺《しらかば》ばかりが生えていると思っていたら、いつしかハイマツに似た低木しかなくなり、やがて一切《いっさい》の木が姿を消した。森林限界である。トナカイがそこここで緑の草や苔《こけ》を食べている。女性ガイドのエマによれば、トナカイは野生はいないのだという。すべてが地元サーミ人の所有で、彼らはその昔から狩猟、漁労、遊牧生活を生業《なりわい》としてきた。彼らが移動する地域をラップランドといい、ノルウェーだけでなく、スウェーデン、フィンランドにまたがっている。

僕はバスの車内で、エマの英語を日本語に訳してガイドした。添乗員として十五名の客を率いていたのだ。海底トンネルを越えて、この日の宿泊地であるマーゲロイ島のホニングスヴォーグに着いたのは夜の九時。しかし外は昼間の明るさだ。白夜《びゃくや》って、どうにも調子が狂うなあ。客の多くはしきりにあくびばかりしている。僕だって眠い。その前に腹も減ったし。いつまでも明るいと、体内時計がうまく機能せず、睡眠不足になるのだ。そしてこの夜も長い夜になりそうだった。夕食の後で北緯七十一度十分二十一秒のノールカップに行くことになっている。真夜中の沈まぬ太陽を見るためである。いったいどんな風に沈まないのだろう。

ホテルに着いて、さっそく遅いディナーとなった。やっと食事にありつける。まず運ばれてきたのは、ミルク味のフィスケスッペだ。ノルウェー語ではフィスケが魚、スッペがスープ。「魚のスープ」と味もそっけもない名前なのだが、タラのほかにムール貝なども入っており、クラムチャウダーに似た味わい深さがあった。

客の面々も味には納得。ようやく胃袋が落ち着いた。このスープとノルウェー特有のクラッカーみたいなフラットブレッドが実に合う。僕はガツガツ食した。

メインには、豆のマッシュと茹《ゆ》でたポテトが添えられたルーテフィスクが出てきた。岩のように固く干したタラを灰汁《あく》で煮た料理で、珍味にも挙げられる。白いはずのタラの身が半透明になっていた。

長身のエマが誇らしげに語った。

「その昔、我らの祖先バイキングは、東はロシアからボルガ川を下り、今のイスタンブールまで、南はイギリス、フランス、そして地中海のシチリア島まで、西はアイスランドにグリーンランド、アメリカ大陸にも渡っています。彼らが追いかけたのが、鯨《くじら》とタラだった。とくに干しダラは交易品として広く流通しました。ドイツのハンザ商人たちが、巨万の富を得たのも、干しダラを扱ったからです。今晩は代表的な干しダラ料理です。心ゆくまでお楽しみください」

ルーテフィスクは、ほんのりとタラの香りはするものの、まるでダマになった片栗粉のような味わいだ。上にのったベーコンの香りのほうが強い。口の中でプリンのようにトロンととける。寒天よりもやわらかい。何と言ったらいいのだろうか、頼りない味と食感……さすがに珍味。とはいえ食いしん坊の僕でさえ、自ずとナイフとフォークが止まりがちになる。

腹が減っているのに、食が進まぬ。ため息がこぼれる。もう、じれったい。

「おいしいでしょ」

エマに「イエス」を強要されて、ハハハ……と力なく笑うしかない客続出である。

多くが残すが僕は何とか食べきった。空腹こそが最大の味付けだった。

ルーテフィスクを食べてしみじみ思う。ノルウェーは、サーモンではなくタラの国であったのだと。こういう手の込んだ料理の裏にこそ歴史が隠されている。エマによればサーモンが有名になったのは、養殖が盛んになった近年のことだとか。

その後、十一時まで部屋で休息し、ノールカップに行った。気温は零《れい》度だが、強風が吹きすさび、体感はそれ以下だ。

タワー展望台のような作りのノールカップハッレンは、海まで広く見渡せた。断崖絶壁《だんがいぜっぺき》のすぐそばの庭に、地球儀を模した鉄のオブジェがある。ここが撮影スポットだ。僕は添乗員として、震えながら小走りに来る客の記念写真を次々と撮影。正直凍えた。唇が紫色になる。

午前零時頃、太陽が西の海にギリギリまで近づいた。これは沈むぞと思ったら、ひょいっと水平線をかわして、また昇りはじめる。こんなことがあるんだねえ。なるほど自然の神秘だ。

翌日から、僕のタラをめぐる冒険が始まった。手始めに、通りすがりの漁村にバスを停車させた。タラが干してあったからである。撮影タイム。

小さな湾の海辺には、木造の家々が建てられていた。小柄な老人がぼんやり立っている。写真撮影を願い出た。白いものが目立つ髭面で、褐色の肌は漁師のそれだ。アジア系の血も引いているようで、目が細い。サーミ人である。

エマによれば、彼らはスカンジナビア半島の先住民で、バイキングとは異なるという。老人は撮影がひとしきりすむと、僕たちを家に招き入れた。十五畳ほどのワンルームである。塩辛くない干しダラを千切って、つまみにし、ジャガイモで作られた度数の高い蒸留酒アケヴィットを飲む。僕たちにも振る舞ってくれた。

言葉は通じないものの、ただニコニコと立ったままで酒を酌《く》み交わす。興が乗ってきたのか、老人は小さく口ずさむと、やがては声を部屋中に響かせた。

「これがヨイク。サーミの即興歌……」

エマが小声で解説した。

老人の声は低かった。海原《うなばら》をどこまでも突っ切るような重厚な音色だ。それでもリズムは明るく、声を合わせて船を漕《こ》ぐごとし。まるで来訪を祝福されているようで、うれしくなった。

エマはうっとりしていた。客もその声に聞き惚《ほ》れる。耳を澄ませば、これまで見てきたノルウェーの風景が思い起こされる。荒涼とした自然こそが愛おしくなってくる。

歌い終わって静寂に包まれると、遠くで海鳥の声や風の音が聞こえた。全員で拍手した。ふと、部屋には時計がないことに気がついた。どうやって時間を知るのか聞くと、老人は言った。

「飲んで、眠くなったら寝て、空を見て、気分がよかったら、ヨイクを歌ってタラ漁に出て、帰ってきたら干す。それだけだ。どうして時計が必要なのかね」

老人はにやりと笑い、「サクール!」と杯《さかずき》を高々と掲げて乾杯した。

「白夜では、時計に縛られてはいけない。眠くなったら眠ればいいのです」

僕はそう言って、バスの車中で乗客と一緒に眠りこけた。怠けているように見えるけど、違うから、念のため。

さてタラである。バイキングが南下してまず向かったのがイギリスだった。建国に手を貸したほどだ。そしてこの国でタラと言えば、今や国民食とも言えるフィッシュ＆チップスである。イギリスに滞在中は、僕は必ず場末の店に行く。そこにいるのは、決まって不器用そうな太った店主。白衣が少々薄汚れている。大ぶりなタラを水溶き小麦粉にドボッと漬けてから、フライヤーの油の中にぶち込む。冷凍ポテトも一緒に揚げる。これを新聞紙でくるみ、塩を振りかけ、酢《す》をドボドボかける。繊細じゃないところが好きだ。

「それを公園に行って、一人で食べるの。食べても食べてもなくならない。最後にフライドポテトが硬くなっちゃって、食べきれないし、まずいし捨てる。あーあ、フィッシュ＆チップスには侘しい思い出しかないのよね。でもつい食べちゃう」

若き日に、ロンドン暮らしが長かった妻は、そうぼやく。

僕は彼女とは違い、ホテルの部屋に持ち帰る。新聞紙にくるむおかげで、若干油が取れて、帰る途中の振動で、塩と酢がまんべんなく全体に行きわたる。温《ぬる》いくらいがちょうどいい。手がベトベトになるので、紙ナプキンの用意も必要だ。せっせと手で食べる。淡泊なタラの身が油に合う。それに味わい深いエールビールが欠かせない。ラガーを飲んじゃあいけないよ。さっぱりしすぎで、物足りないのだ。そして食べ終わると、食いしん坊の僕でも、その量と油分に胸やけがするほどで、げんなりとなる。二、三日は顔も見たくない。この後味の悪さが、きっと「まずい」という感想を生むことになるんだろうね。ところが一週間もすると、恋しくなって食べて、またげんなりとする。これを延々と繰り返す。癖になる。こうしてイギリス人並みのフィッシュ&チップス中毒者《フリーク》が出来上がる。

バイキングはイギリスからさらに南下してフランスに向かった。大西洋岸ノルマンディー地方は、その名のとおり、ノルマン人(バイキング)が植民した地域だ。十世紀にノルマンディー公国を建国した。風が強く、小麦やブドウが栽培できないほど寒い。だからシードルというリンゴ酒を飲み、ガレットというソバ生地のクレープを食べる。タラと関係ないじゃんと思われるかもしれないが、フランス人の友人、フィリップの家でガレットパーティーが開かれた時のこと、前菜で出されたのがタラだった。ブランダードだ。バカラオという干しダラを水で戻して、ほぐし、これとポテトをピューレ状にする。離乳食のようでもあるが、やさしい味がした。フランスパンにのせてもいいし、チーズを振りかけオーブンで焼けば、グラタン風にもなる。フランス人のもっとも好きなタラ料理らしい。

なるほどタラは、フランスで乳製品と出合ったのだ。そしてこのフランスからは、生タラよりも、干しダラの比率がグーンと高くなってくる。

スペインまで行くと、バカラオ・アル・アホアリエロという、干しダラのスクランブルエッグやコロッケ(クロケタス・デ・バカラオ)が定番だ。

バルに行けば、コロッケならまず間違いなくある。潰したポテトの間から、繊維状のバカラオの食感が、ほのかな香りといい塩梅で混ざり合う。文句なしにうまい。

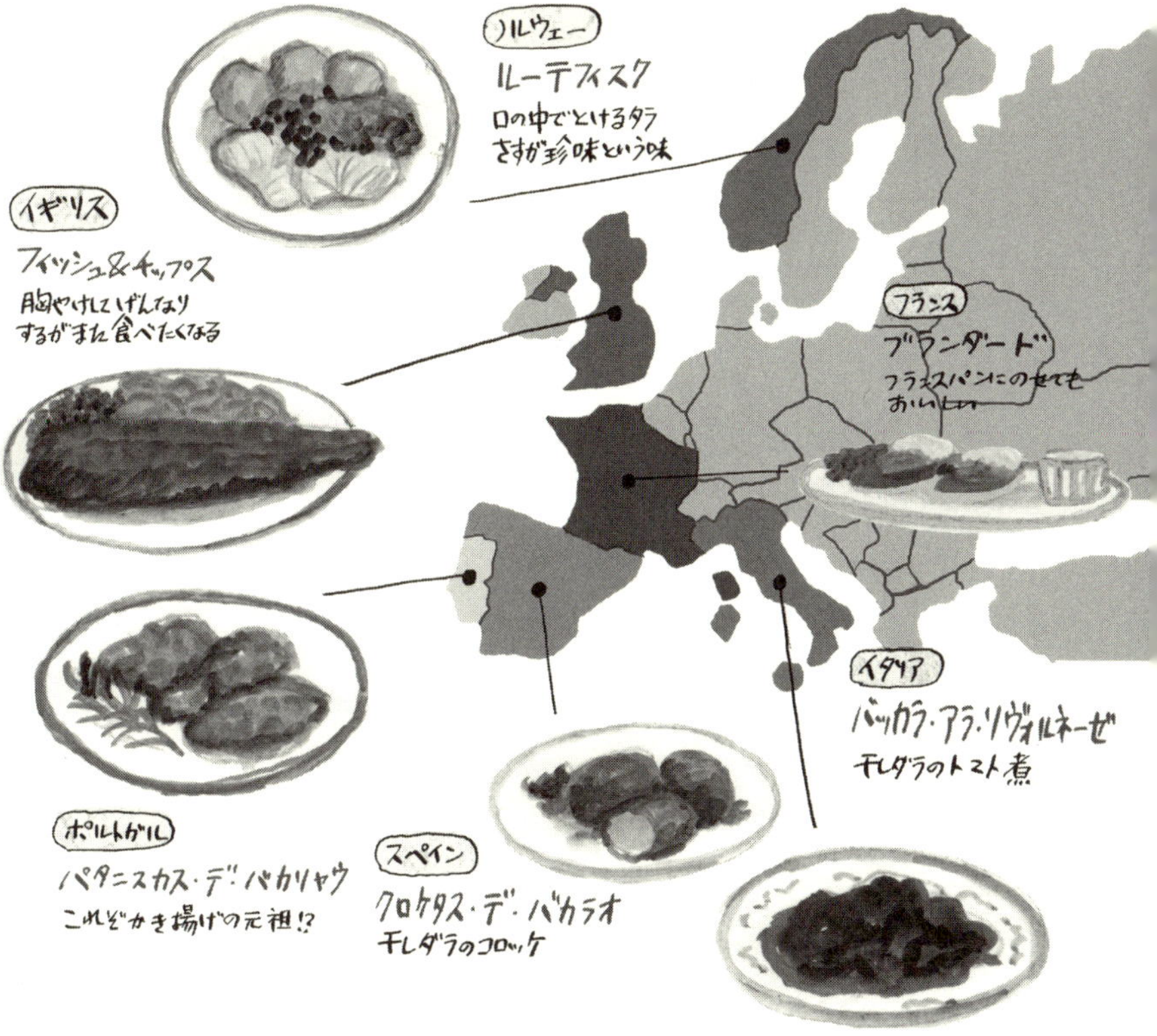
ノルウェー
ルーテフィスク
口の中でとけるタラ
さすが珍味という味
イギリス
フィッシュ&チップス
胸やけしてげんなり
するがまた食べたくなる
フランス
ブランダード
フランスパンにのせても
おいしいよ
イタリア
バッカラ・アラ・リヴォルネーゼ
干しダラのトマト煮
ポルトガル
パタニスカス・デ・バカリャウ
これぞかき揚げの元祖!?
スペイン
クロケタス・デ・バカラオ
干しダラのコロッケ

ぼくたちって
世界をかえた
魚だね

地中海でも、バカラオに姿を変えたタラには出合う。バイキングは、シチリア島も征服したし、ボルガ川経由でイスタンブールまで南下して、東ローマ帝国の傭兵《ようへい》にもなっている。イタリアのドロミテに行った時のこと、出されたのがバカラオのトマト煮（バッカラ・アラ・リヴォルネーゼ）。オリーブ油でニンニクを炒め、塩抜きしたバカラオとトマトと煮込んだ料理だ。さっぱりしている。地中海でもタラは地元特産の調味料的食材と出合った。

しかもタラが生息しない地域なのに、伝統料理だとも言われた。食べられるようになったのは、まだバイキングがいた十一世紀の中ごろから。敬虔なキリスト教徒の金曜の夜の定番メニューになったとか。金曜は肉の禁忌日なのだ。

そして同時期、突如バイキングの冒険は終焉《しゅうえん》している。地元に根付き、多くがキリスト教徒に改宗したと言われる。残されたのは、バカラオと食文化であった。バイキングは、タラの生息域周辺が民族の膨張《ぼうちょう》限界だった。タラがいてこそのバイキングだったのである。

それから四百年後、造船技術と航海術を手に入れたヨーロッパ人たちは、新大陸に、今度はバカラオを食料として持って旅立った。

その先陣を切ったのがポルトガルだ。ここではバカリャウと呼ぶ。

バカリャウ料理が千以上あるとも言われる本場だ。大西洋岸の町サンタクルスは、作家の檀《だん》一雄《かずお》が『火宅《かたく》の人』を書いた場所として有名。晩年の一年半ほどを暮した。夕方になると、海沿いのあちこちで、煙が立ち昇る。店先でイワシを焼いているのだ。

ある日の夕方、シャワーを浴びた後、檀先生になった気分で町をそぞろ歩いた。と、デリカテッセンの一軒で、店頭に見慣れたかたちのおかずが売られているではないか。その名はパタニスカス・デ・バカリャウ。まるっきり日本のかき揚げである。

食べてみると、中にはバカリャウのほぐした身がタマネギと絡み合っている。「もしや！」僕は閃《ひらめ》いた。これぞ、かき揚げの元祖ではないのか。檀先生もお気づきではなかったろう……フッフッフッ。天ぷらの語源はポルトガル語で、元はポルトガル料理なのである。

こうして日本にもバカリャウがもたらされたと僕は信じているのだが、定着はしなかった。ただ長年ポルトガル領だったマカオには、馬介休（バカリャウ）炒飯《チャーハン》があるそうだ。これほど調理法の多い素材もめずらしい。タラはバカラオとなることで、変幻自在な料理の食材になったのだ。大航海時代には、北中南米にもバカラオはもたらされ、バイキングの人たちも、自分たちの冒険以上に、バカラオがここまで世界を冒険するとは思ってなかったにちがいない。

バカラオには馴染みが薄い日本人だが、バイキングなら誰でも知っている。そう、食べ放題のことである。しかも反射的にわかるくらいだ。命名したのは帝国《ていこく》ホテルで昭和三十三年のこと。元は北欧の食事様式で「スモーガスボード」なる食べ放題形式を導入した。その際に、北欧にちなみ、レストランの名前を「インペリアル・バイキング」としたのが発祥である。

バイキングの冒険が終わって九百年、まさか自分たちが遠く離れた日本で「食べ放題」の代名詞になるなんて……北欧の人だけでなく、世界中の人が知ったらさぞ吃驚《びっくり》するだろう。

それにつけても凄《すご》いのが和製英語だ。

ここまで来ると、日本人の冒険的連想性に、バイキングでさえも、きっと脱帽だね。

# その7 サーフ・トリップ

インドネシアはスマトラ島の西に浮かぶ島ニアスのソラケビーチに来ていた。鬱蒼《うつそう》とした緑の山を背後に抱き、海岸近くはヤシの木々が密生している。その間には高床式のバンガローが何棟も建てられ、水着姿のサーファーたちが、テラスでくつろいでいる。海水は透き通り、海底の白砂まではっきりと見えた。色鮮《いろあざ》やかな熱帯魚が群れを成して泳ぐ。陸と反対側にはインド洋が広がり、時々ウミガメがサーフィン見物に来る。

空はどこまでも青く、体を通り抜けるような澄んだ空気が気持ちいい。鼻を膨《ふく》らませて何度も大きく吸い込んだ。

Uの字形をした湾の中にいるために、必ず緑のジャングルが視界に入る。だからここでは、ジャングルの池の中でサーフィンをしているようだと形容される。

僕はサーフボードにまたがって、沖の海原を凝視《ぎようし》していた。ちょっとでもボコッと海面が盛り上がったら、要注意だ。それが波となる。しかも半端な高さの波ではない。やや大きいとダブルはあった。サーフィン用語でダブルとは、人の背丈《せたけ》の倍の高さ、四メートル弱を意味する。そんな波が、この湾の真ん中で定期的に上がっては、右から左へきれいに崩れる。

波の良さでは、サーフィンの聖地、ハワイのノースショアに勝るとも劣らない。だから世界中からサーファーたちがサーフ・トリップでやってくる。

南アフリカ、フランス、ブラジル、ドイツ、アメリカ、ポルトガルから、そして大勢のオージー（オーストラリア人）や少数の日本人が集まっていた。

「ファック！」

一人のオージーが大声を上げてパドルを始めた。ボードに腹這《はらば》いになり、腕を櫂《かい》のように漕いで波に向かうのだ。波の小山が、みるみる壁のように高くなって迫ってくる。

多くの者がこの波とタイミングが合わずに遣《や》り過ごす中、僕は一旦《いったん》ボードに座って確認すると、もう一度腹這いになり、来る波に合わせて、今度は陸に向かってパドルした。

「ゴー、ゴー、ゴー!」

サーファーたちの声を聞きながら思い切り漕ぐ。ダブルの波が僕に追いつき、ボードがスーッと波の勢いに乗る。ボードに立った。ところが波はすでにぱっくりと口を開け、勢いよく回転し始めていた。僕はどうすることもできずに真っ逆さまに突っ込んだ。同時に背後から押し寄せた夥しい水量の崩れた波に呑《の》み込まれ、渦巻く海中に引きずり込まれた。

四肢《しし》が引っ張られ体が思い通りにならない。息を止め、必死の思いで、薄暗い深さ五メートルほどの海底から浮かび上がると、またぞろ渦に足を持って行かれる。

「死ぬ!」と心の中で叫びつつ、ようやく海面に頭を出す。酸素を吸い込む間もなく、次にはスープと呼ばれる高さが一メートル以上もある白波に巻き込まれて、ほんと死ぬかと思った。

ほうほうのていでバンガローに帰った。

「あなたって、いつまで経ってもサーフィンダメよね」

由里《ゆり》がそう言いながら、ヤシ葺《ぶ》きの小屋から出てきた。火吹き竹を手に、顔を煤《すす》だらけにしている。

「もうすぐご飯よ」

「ラーメンライス？　中華丼？　それとも野菜炒め？」

「今日は中華丼」

僕と純也《じゅんや》は毎日サーフィン三昧《ざんまい》だった。昼食は、由里が炊事係をしてくれていた。貧しいこのバンガローにケロシン（灯油）コンロなどはなく、いくらでもあるココナッツの殻を燃やして料理を作るのだ。調理するより、その前の火起こしのほうが大変だった。おかげで由里は爪《つめ》の中が真っ黒になって取れないよとぼやいた。

僕たちは、数年前にバリ島で出合って以来の友人で、純也と由里は恋人になり、二人は日本で働いては、世界を旅して回っていた。

僕は二年前にタイで鬱病《うつびょう》を発症して以降なかなか完治せず、人生も定まらないまま、日本やアジアを彷徨《さまよ》っていた。バンコクのテレビ局で通訳のバイトをしている時に二人と再会し、僕の精神状態の悪さを案じて、純也がサーフ・トリップを提案してくれたのだった。

「だってサーファーには鬱病のやつなんていないんだぜ。サーフィンをやれば鬱病なんて、絶対に治るって」

純也のいい加減な話につい乗ってみたくなるほど、僕は自分ではどうしようもなかった。頭にどんよりと雲が立ち込め、真っ暗な井戸の中から抜け出せないような気分に浸《ひた》ることが多かったのだ。

「また中華丼かよ」

高床式のバンガローのテラスから、純也が文句を言った。

「男は黙って食べるのよ」

三歳年上の由里が言い返す。彼女は僕と同い年である。

他のバンガローではピザやスパゲティも食べられたが、ここでは野菜炒めかチャーハン、ラーメン、焼魚、魚のカレー、目玉焼きが定番である。しかも宿の女房があまりに料理下手なため、料理上手とは言えない由里が作っても、まだマシだった。村にレストランはなく、泊まった宿で飲食するのが掟《おきて》となっていた。だから料理上手の宿は自然と繁盛し、設備投資もできるので、さらに客が集まった。ところが僕たちの宿は、飯がまずいから客が寄り付かない。

しかも宿代はどの宿も一人一律同額という掟まであったので、競争力がなく、不人気なままなのである。十四キロ離れたテレクダラムの町には華僑《かきょう》の飯屋が一軒あったが、そうそう行ける距離ではなく、野菜やラーメン、調味料を買い込んできて、なかば自炊生活を送っていたのだ。島だけに物資が乏しく、僕たちの食生活は、そのハードなサーフィンライフの毎日を満たすものからほど遠かった。

食いしん坊の僕にとっては、まるで荒行《あらぎょう》である。

「こう波が上がっちゃ、漁師が漁にも出られない。当分は魚もお預けだな」

僕は恨めし気に波の上がる湾を見た。

「あー、肉食いてえなあ。肉だよ、肉」

純也が大盛り中華丼をむさぼり食いながら言う。

しかし肉は、市場でも脂身の多い塊肉しか売ってない。

庭では鶏《にわとり》と犬がうろついているが、いつも見ている鶏を絞めるのもなんだかなあ。この前ヒヨコが生まれたばかりなのである。

夕方になると宿の主人がテラスに来る。

「おまえら出ていかないよな。俺んちは貧乏でさ、子供の学資もかかるし……」

隣の宿は飯もうまく、テレビも冷蔵庫もあった。二部屋空室ができたので、僕たちがそちらに移るのを心配してのことだろう。

連日連夜貧乏話をしみじみとし、客の人情に訴えて、自分の宿に留《とど》まらせようという作戦だ。しかしこの作戦、くどい分だけ、案外胸に響くんだよね。結局、僕たちは情にほだされ、だから飯のうまい宿に移れなかった。弱者には弱者なりの経営戦略があったのだ。

「子豚を買ってきて、BBQ《バーベキュー》にしないか」

純也が宿の主人の話を遮《さえぎ》るように言った。

すると主人は、女房を呼び、小刀を持ってこさせて、捌《さば》く仕草をして見せる。

翌日僕と純也はバイクにまたがり、町で体長八十センチくらいの黒毛の猪豚《いのぶた》を仕入れた。

バイクのハンドルに括《くく》り付けられた子豚は、緊張と興奮でブヒーッブヒーッとしきりに鳴いて、糞や小便を撒き散らす。しかし純也はもう目が血走っており、「食ってやる、食ってやる」と呪文のように繰り返し、糞尿まみれになりながらも、バイクを運転して戻った。

宿の親父は小刀を研いで待っていた。豚を渡すと心臓に小刀を入れてあっさりと絶命させ、腹を真ん中から割《さ》き内臓を取り出す。それを女房がタライにあける。子豚は太めの竹の串を刺されて、まるで魚の干物のように開きにされた。松明《たいまつ》で体毛を燃やすと、火で炙《あぶ》り始めた。

ここまで見て、正直僕は食欲がかなり失せていた。さっきまで鳴いていた子豚が、絶命し、目の前で焼かれているのだ。鳴き声が耳にこびり付いて離れない。

それでも焼き上がった子豚の胸のところのスペアリブをもらってしゃぶってみると、目の覚めるようなうまさなのである。ほとんどが脂身と内臓ばかりで、食べるところは少なかったが、なるほど肉を食うとは、骨のまわりの肉をしゃぶることなのね。

脂身と内臓は、宿の家族が五人で目をキラキラさせながら食した。

数日後、山の上にある伝統的集落に赴いた。石畳の両側に、直径一メートルはあろうかという大木で作られた家々が長屋をなしていた。まるで古代にタイムスリップしたかのような風景だった。その中で一番大きな屋敷がかつて首長だった者の家で、家の中には祭で供した豚の頭《ず》蓋骨《がいこつ》が数多く飾られていた。祭で豚を供出するのが首長の務めだったのだ。

「俺たちニアス人がイスラム教に改宗できなかったわけがわかるだろう」

首長の子孫は豚の頭蓋骨を見ながら言った。彼らはインドネシアでは少ないキリスト教徒だったのである。波が高いので漁に不向きなこの島で、タンパク源はその昔から豚だった。

ようやく波が収まってきた。すると待ってましたとばかりに小舟が出て行った。珊瑚礁《さんごしょう》がむき出しになった浅瀬でも、イスラム教徒の男たちが漁に出る。彼らは最近（といっても百年以上前にはなる）移住してきた者たちだ。海に近いところに家を建てて漁業を生業としていた。

若い男がウミガメを背負ってやってきた。

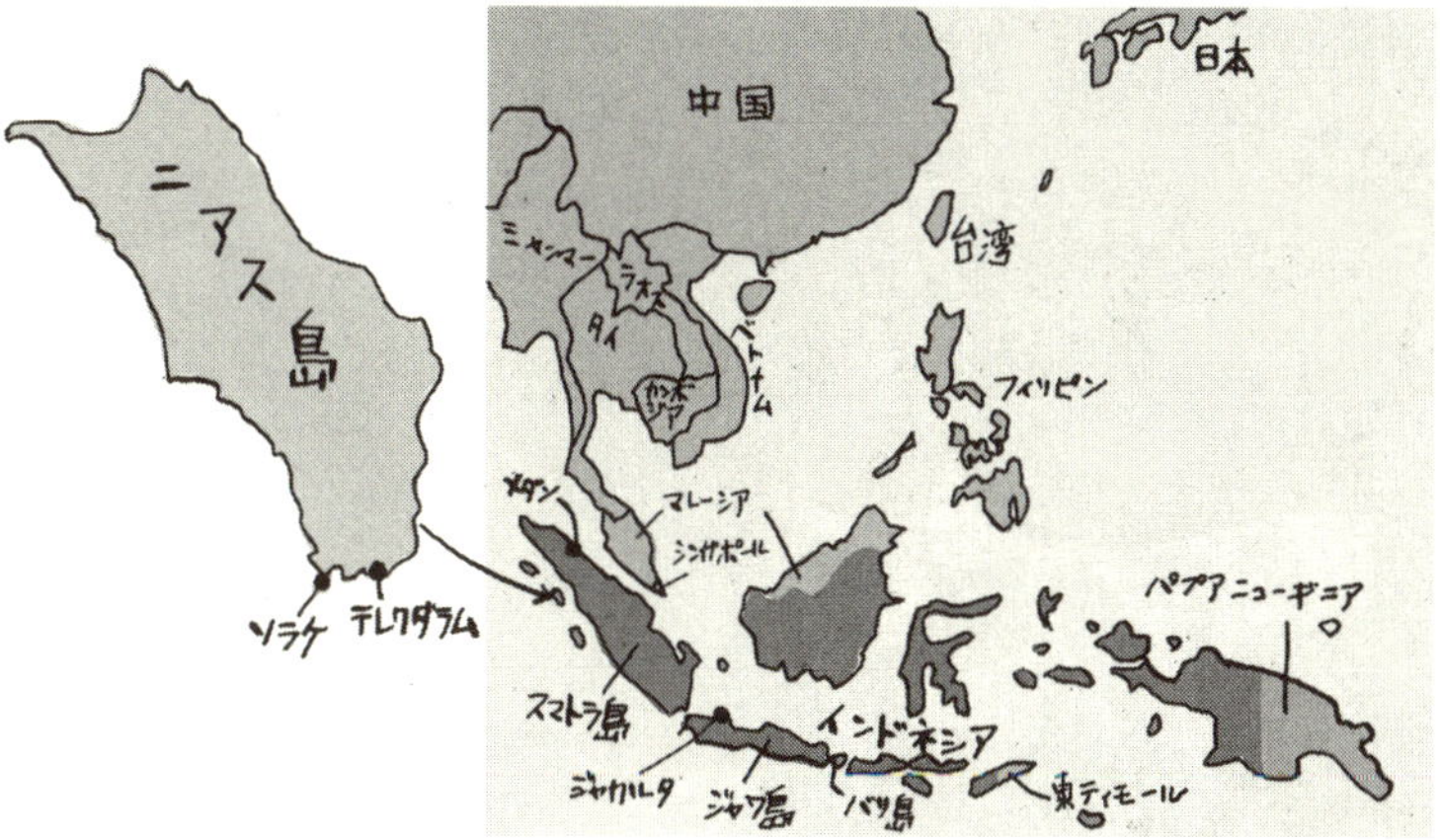
ニアス島
ソラケ
テレクダラム
中国
日本
台湾
ミャンマー
ラオス
タイ
カンボジア
ベトナム
フィリピン
メダン
マレーシア
シンガポール
パプアニューギニア
スマトラ島
インドネシア
ジャカルタ
ジャワ島
バリ島
東ティモール

宿の食事は…

目玉焼

ラーメン

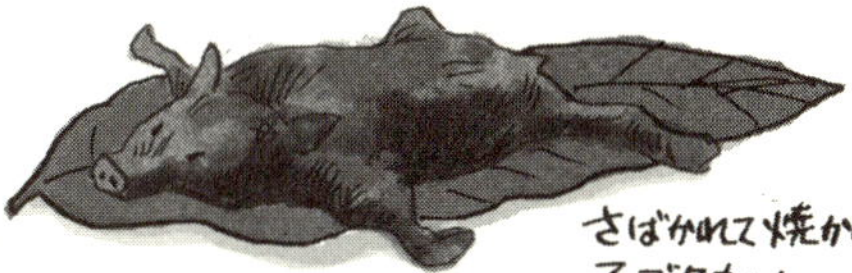
さばかれて焼かれた
子ブタちゃん

← 元首長の家

サーフィン見学
するのが好きな
ウミガメ

となりの宿からもってきた
ビンタンビール
BINTANG

漁師がとってきた
袋いっぱいのブラックタイガー

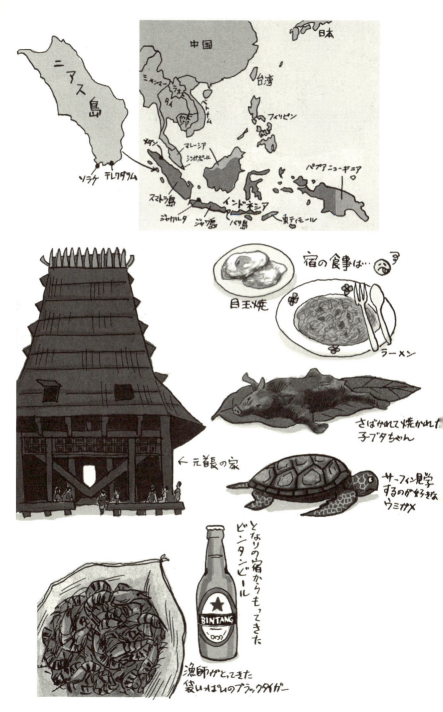

「まるで浦島太郎《うらしまたろう》じゃないのよ」

由里が笑いながら言うが、人間がウミガメをおぶっていては、さかさまである。

「どうです。一匹」と漁師。

「どうやって食うんだよ」

タンパク源を欲しがる純也は興味津々。

男はウミガメを砂地の地面に降ろすと、甲羅を下にした。

ウミガメが手足をモゾモゾさせている。

「こうして下からファイアーですよ」

うまいらしいが、聞いただけで可哀想になって来る。ウミガメの目が泣いている。

まさか、サーフィンを見に来ているあいつじゃないよな。却下だ。次！

次の男は布の袋いっぱいにブラックタイガーを持っていた。

「これだ、これ！」

エビ好きの僕は即断即決である。二十センチほどのエビが五十尾はある。

買うやさっそくビーチに、石で簡易的な囲炉裏《いろり》をこさえ、由里が火起こしすると、網を置いてエビを並べる。ジュワーッと焼いた。もちろん冷えたビンタンビールも用意した。冷蔵庫のある隣のバンガローから調達したのだ。掟破りだったが、これが延泊の条件だった。

火を見ながらの一杯が効くーッ！

ほどよい苦味と喉越しのよさは日本人好みだね。

黒く焦げてきたら、殻を剝《む》くのももどかしく、頭からかぶりつく。エビの豊かな香りが鼻から抜けていく。味が濃いのはやっぱり頭だ。バリバリイケる。身はジューシーで、プリプリホクホク、ビンタンビールで胃に流し込む。

目に見えるのは青い空、青い海原、白い波、そしてヤシの木々と深い緑のジャングル。手元には獲りたて、焼きたてのブラックタイガーに、冷えたビールだ。

ほかに何が必要だろうか。

波の轟音《ごうおん》が耳に心地いい。二十四時間、波の砕ける音が耳に届く。不規則でありながらも繰り返し訪れる波の音は、まさしく「f分の1ゆらぎ」というやつだ。ろうそくの炎や小川のせせらぎもそう。光の瞬きは、かつて作家の梶井基次郎《かじいもとじろう》が小品「筧《かけい》の話」の中で表している。僕はそんなリズムの中にいた。

エビは結局食べ切れず、中身は犬にやって、殻だけを食べた。

これこそ混じりけなしの本物のエビせんべいだった。

雨季に入ると雨が多くなった。

夕方、涼みに川まで歩いた。

カユアピアピと呼ばれる木々には、蛍《ほたる》がびっしりと集まり、まるでクリスマスツリーのように光を明滅させていた。自然の神秘がすぐそこにあった。

午前と午後サーフィンをやり、週に一度はテレクダラムに買物に行き、華僑の飯屋で抜群にうまい焼そばを食べ、また週に一度は元首長の家に上がり込んでおしゃべりをした。

こうなると、サーフ・トリップが日常になりつつあった。

旅は非日常であった方がいい。日常になると倦む。二ヵ月近くが過ぎ、インドネシアビザも期限が迫る。そろそろお暇《いとま》の時期を迎えたようだった。

最後の海に入った。いつものウミガメが見学に来ている。生け捕りにならなくてよかったな。ボコッと海面が盛り上がった。波が来る。

僕は猛然とパドルして波に追いつき、波に押されるようにボードが前に進んだ瞬間、立ち上がる。目の前にきれいな水の輪が見えた。チューブだ。水の輪の中に偶然入った。収まった。時間が止まったかのような時空を超えた感覚だ。ボードが波の壁面を滑《すべ》る。向こう側に抜け、崩れる前の波を沖に向かって飛び越えた。

「ヤッホー！」

僕は青い空に向かって、ボードの上に立ったまま両拳を突き上げた。

いつ頃からだろうか、僕の頭の中にあった雲が消え、僕は井戸の中なんかじゃなくて、ジャングルの池の中でサーフィンしていた。それをはっきりと実感した。

だから、今でも海の近く、伊豆《いず》の下田《しもだ》で、たまにサーフィンをやりながら暮らしているのかな……。

ちなみに純也と由里は、この三年後に結婚し、一児を授かった。

# その8 シルクロードを行く 前編

シルクロードは古代より、中国と地中海世界を結んだ道である。日本でのイメージはラクダ、砂漠、隊商と言ったところかな。

今回僕と妻が目指したのは「オアシスの道」だ。天山《てんざん》山脈の北西の端ウズベキスタンから、トルクメニスタンを通り、カスピ海を渡って、アゼルバイジャン、グルジア（現ジョージア）、トルコのイスタンブールを最終目的地とする。期間は一ヵ月。

この辺には青い目のアジア人種がいるという。そしてみんなは一体何を食しているのか。これが食いしん坊の僕の至上命題だ。

この経路の旅で問題となるのは航空券だが、アエロフロート・ロシア航空が格安で対応してくれる。往復ともにモスクワ経由で、ウズベキスタンのタシケントから入り、イスタンブールから帰路に就く。さすがに昨今はアエロフロートでも、ロシア製のツポレフ機はめっきり少なくなり、エアバス機で安心だった。

早朝にタシケントに到着した。両替すると札束を渡された。一ドルが約千スム。しかも紙幣は百スムである。

十ドル程度で百スム紙幣が百枚の束となる。なんか大金持ちになった気分だ。

日本の地方空港並みの小さな建物から外に出ると、肌を刺すような強烈な太陽が降り注いでいた。北緯は函館《はこだて》と同じくらいだが、六月といえども、日差しの強さは尋常ではない。

かつての社会主義国は、ホテル事情とレストラン事情が悪いのが常である。

一応インターネットで安宿を探しておいたが、中年女性が「よかったら家に泊まっていかないですか」と声を掛けてきた。いわゆる闇の民泊である。政府に内緒で外国人客を泊め、現金収入にしようというのだ。営業許可がないから闇となる。場所はすぐそこの集合住宅。一部屋空きがあるという。料金は一泊一人十ドル。

「民泊にしては、高いなあ」

チラッと僕がつぶやくと、すぐに七ドルまで下がり、冗談半分にやりとりしていたら、朝食付きで六ドルにまでなってしまった。

なるほど、やはりガイドブックのとおり、タイ並みの物価なのだろう。結局、この彼女、ターニャの家に世話になることにして、十分ほど歩くと、高島平《たかしまだいら》のような団地群があった。旧ソ連時代の遺物のような建物だ。日本の団地よりも大きめな部屋の作りで、3LDKくらいか。

金を渡すとターニャが娘の高校生タラと買い物に行く。早速の朝食である。

待つこと三十分。供されたのは、紅茶に酸っぱい黒パンと、赤カブとキャベツの漬物、キムチ、ゆで卵、ラズベリーであった。

紅茶と黒パンはまだわかる。ロシア文化の影響だ。黒パンはライ麦パンできめが細かく、イースト菌の代わりにサワードウというパン種を使うために酸っぱくなるとか。黒パン好きの妻は鼻の穴を広げて至福の顔になる。

ところで漬物はいったいどういうことなのだろうか。寒い国のロシアが漬物大国なのは知っているが、キムチまである。ウズベク人はキムチを食べるのか。

ちなみにターニャ一家は、移住ロシア人だった。現在失業中の亭主は、僕たちが来たせいか、バスルームが自室になってしまったようで、便座に腰かけ、破れた靴下を黙って縫っていた。トイレやシャワーに行くたびに、ご主人に室外に出ていってもらうのは忍びなかった。

ひと眠りしてから外に出る。今年の日本の夏も猛暑続きだったが、そんなものじゃない。太陽という名の巨人に押しつぶされるような日照りなのだ。気温は四十三度。誰も町を歩いていやしない。しかもクーラーのある建物も見つからない。妻が鼻血を出したので、宿に戻ろうとタクシーを探すも、走っていない。

しょうがないので、木陰を探して休みながら戻ることにする。

道端に木の実が落ちている。

ふと見上げると、なんと街路樹がサクランボの大木だった。しかも黄色いサクランボ。スリー・キャッツの懐メロで『黄色いさくらんぼ』という歌があったが、あれは熟する前の若々しさをイメージしたものだったはず。でも熟してなお黄色いサクランボが、現実にもあったのだ……まるで夢を見ているような。

棒を持った青い目の子供たちが来たので、棒で叩き落としたやつを、おすそ分けでいただいた。爽やかだ。実に爽やかな味と口いっぱいに広がるほのかな甘みと酸味に水分。

やつれていた妻の顔に生気が戻る。翌日からは、昼間の行動は控えるようにした。

ただ、やっておかねばならぬことがあった。隣国トルクメニスタンのビザと、その次のカスピ海を渡った向こう、アゼルバイジャンのビザの取得だ。グルジアのビザはアゼルバイジャンで。トルコにビザは要らない。

するとトルクメ大使館では四日間滞在のトランジットビザをもらうのに、一週間かかるという。トルクメは閉鎖的な国で、通常のビザの取得は容易ではない。半年待ちもざらだとか。そこで旅行者たちは、簡易的な通過ビザを近隣諸国で取るのだ。

そうまでして行きたくなるのは、「中央アジアの北朝鮮《きたちようせん》……しかも金持ち」と揶揄《やゆ》されるほど面白い国であるらしいから。

ビザが取れるまでの間、古都サマルカンドに行くことにした。おんぼろバスはパンクなどで二回も止まり、しかも座席が傾いており、乗っていると前にずり下がる。

これで約六時間である。参ったなあ、もう。

泊まったのはいい宿と評判の『バハディール』。ご主人は日本人にも似た顔である。中庭に緑の木々が植えられている。家の周囲は高い壁に覆われており中は見えない。中東や北アフリカなどと同じ伝統的なイスラム様式建築である。

中央アジアの国々は、イスラム教が主流で、鶏肉、羊肉が多い。タシケントではシャシリクという串焼き羊肉やプロフ（ピラフ）を食べたけど、うまかったねえ。

食はロシア風とアラブ風かと思ったら、市場では朝鮮族のおばちゃんがキムチや漬物を売っていた。

彼らは一九三〇年代にウラジオストク近辺から、強制移住させられた朝鮮族（高麗人《こうらいじん》）であるという。その数は、ウズベク国内だけで二十万人弱もいる。

なるほどだからキムチが食されているのだ。飛行機も毎日何便もソウルから飛んでいる。シルクロードの面影が、スターリンの民族移動にも反映されたかのようだ。

さてその宿で、気になったことがある。夫人がガスコンロの火をつけっぱなしにしていたことである。

「危ない、火事になるよ」

「いいの、これで」

「でもガス代が高くつくでしょ」

「何言ってるのよ。ガス代なんてタダよ」

ウズベクは、トルクメやカザフスタンともども世界的な天然ガスの産出国であったのだ。でもだからって、火をつけっぱなしにすることはないのにね。

この疑念は、三日後氷解することになるのだが。

僕たちは、昼間は部屋の床に水を撒いては幾分《いくぶん》かの涼をとり、暗い室内でひたすらじっとしていた。観光は早朝と夕方である。

シルクロードのオアシス、サマルカンドには、美しい建物があった。レギスタン広場と呼ばれるかつての神学校（マドラサ）の建物群である。

これほどきれいなブルーを見たことがあるだろうか。サマルカンド・ブルーだ。瑠璃《るり》色とも言われるペルシャン・ブルーより、トルコ石色のトルコ・ブルーよりも薄く繊細な青色。

その色は、上空高くまで覆う空の青さそのものだった。

キリスト教会のファサードのような顔の四角いマドラサの両側には、尖塔が太刀《たち》持ちのよう

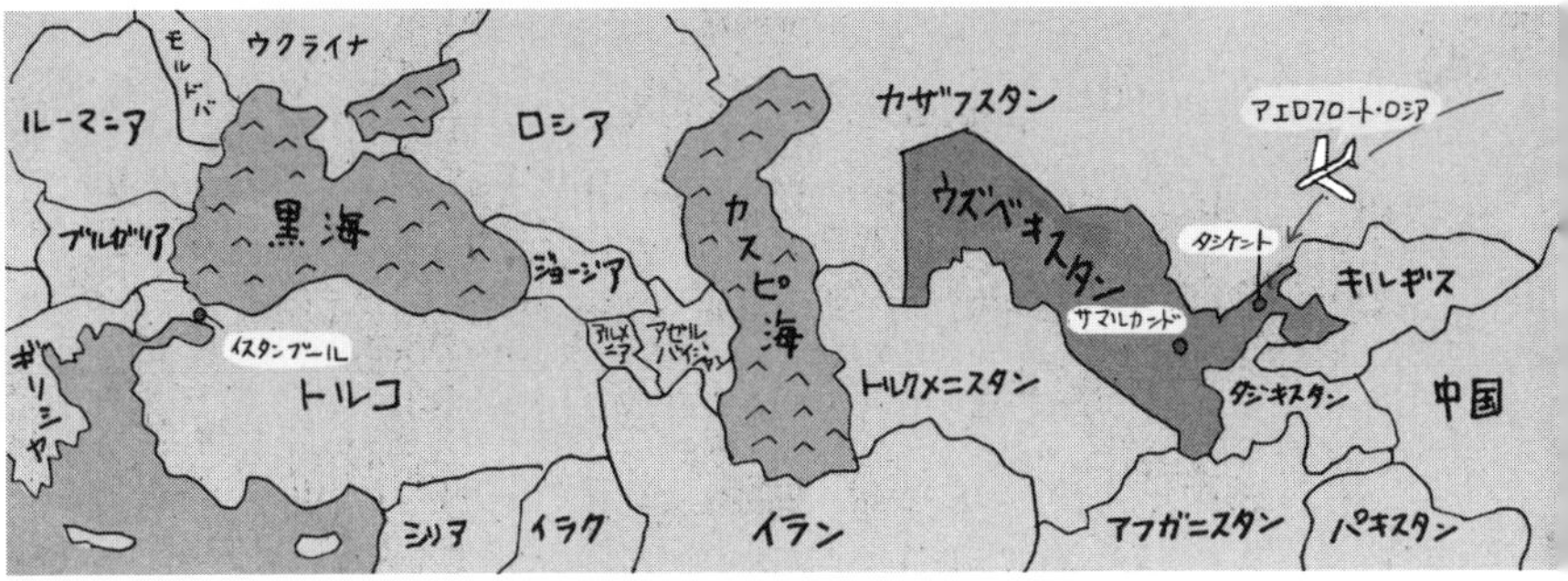
モルドバ
ウクライナ
ルーマニア
ロシア
カザフスタン
アエロフロート・ロシア
黒海
カスピ海
ウズベキスタン
ブルガリア
ジョージア
タシケント
キルギス
サマルカンド
アルメニア
アゼルバイジャン
イスタンブール
ギリシャ
トルコ
トルクメニスタン
タジキスタン
中国
シリア
イラク
イラン
アフガニスタン
パキスタン

青い目の子どもたちが
棒で叩きおとしてくれた
熟した黄色いサクランボ

シャシリク
串焼き羊肉

ラグメン
羊肉のトマトソース煮込み
＋
太い中華めん

前歯がぜんぶ金歯の
女の子　写真をとると
口を閉じてしまった…

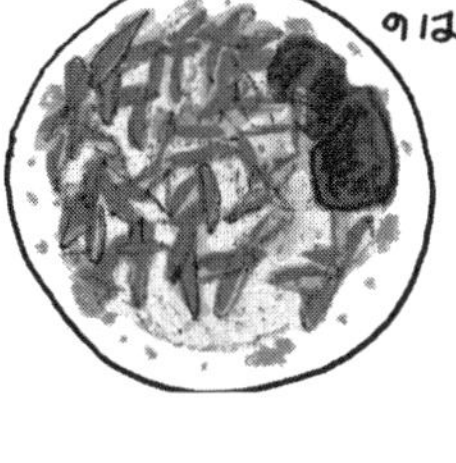
プロフ
（本場のピラフ）
上にのっている
のはニンジン

に二本聳《そび》え立ち、背後にタマネギ型の建物が控える。サマルカンド・ブルー主体の細かいタイルを張り合わせた幾何学模様は、実に見事な調和を見せる。古い建物で十五世紀のものだそう。シルクロードを行き交った多くの商人、旅人たちが、どれほどこの地を訪れ、驚かされてきたことだろう。

妻に写真を撮ってもらおうと立つと、ウズベク人の観光客たちが集まってきた。

「俺たちも入れてくれよ」

イスラムの国では写真を嫌がる人が多いのに、ウズベクでは女性でも積極的に写りたがるのだ。だからと言って、写真を送ってくれなどと厚かましいことも言わない。撮られるのが単にうれしいのである。僕の個人写真も、こうして知らない人との集合写真になってしまった。

夕方になると、町には人が出てくる。女性たちの多くはダボッとしたワンピースの民族衣装を着ている。男はワイシャツにズボン。

ロシア系、朝鮮系、ウズベク系の大学生が通りがかった。眉毛《まゆげ》がつながっているのが美人らしく、女の子が眉毛を書いて一本になっている。なんか可笑《おか》しい。金歯は金持ちの証《あかし》だと言って、若い子が「イーッ」と金を被《かぶ》せた前歯を見せつける。写真を撮ると口を閉じてしまったのは残念。

どこかグローバルな世界の価値感とは調子っぱずれなところがいいねえ。愛らしい。

地元の人はサンキューですら通じない。ここではウズベク語のラフマットかロシア語のスパシーバだ。妻が、ロシア語ができるので助かったが、そうでなければ、旅するのに困る国である。

　ぶらぶら散歩していると、公民館のような建物に大勢の人が集まっていた。室内からトルコ風の音楽が聞こえる。そう言えば、ウズベクも中国西域のウイグル族も、トルクメもキルギスもカザフも同じテュルク諸語系だ。

　トルコ系の人たちが西方シルクロードで紐帯《ちゅうたい》を結んでいるようにも見えてくる。一つになれば巨大な帝国である。中国はこの勢力と歴史の中で戦ってきた。だからこそ、いまでも西域の統治が厳しいのだろう。

　顔を赤らめた青年が出てきて、しきりに僕たちを中へと誘った。イスラム教徒なのに、酒を飲んでちゃけしからんだろ。いや、ロシア系かもしれぬ。瓶ビールはどこでも買えたし、地ビールを飲ませる店もタシケントにはあってにぎわっていた。まあ、いいか。誘われるまま入ると、結婚披露宴の最中だった。総勢三百人ほどの人々が、音楽に合わせて陽気に踊る。

　タイでもインドでもトルコでも、ぶらぶらしていて結婚式に呼ばれたことはある。ここでもウエルカムのようだった。ビールを飲んで、串焼肉を頬張る。冷めているけどうまいねえ。

　するとまた青年が来て、僕たちに一緒に踊ろうと言う。少々酔いの回った僕は、妻と一緒にホールに飛び出す。ここは得意のディスコダンスだぜ。そう言えば、世界中どこでも行くのに、ウズベクではまだディスコに行ってなかった。

　ちょうどいいってんで、汗を振りまくように踊った。

「オオオオッ！」

過激な僕のダンスに、客たちから歓声が巻き起こり、僕たちは、青年に導かれるまま、まだ十代と思しき初々しい新郎新婦の前で踊りを披露した。一気に披露宴がヒートアップする。

妻と二人、汗だくになり席に戻った。すると新郎新婦が僕たちの席を訪れ、何やら感謝の言葉を述べた後、百スム紙幣の束を二つ寄越《よこ》した。プロフなら四十杯は食べられる金額だ。思わずのけぞった。

「俺たちダンサーじゃないんだけど」

「そうじゃない。これが俺たちの習慣なんだ。おかげでとてもハッピーな披露宴になったと感謝している。その気持ちさ」

青年がたどたどしい英語で言った。

なるほどここでは御祝儀を、参加者に配ることもあるかもしれぬ。僕は恭《うやうや》しく札束を受け取った。でも結婚式に出て祝儀をもらうのは、世界で初めてだった。

宿に帰って、そんな話を旅人たちに話した。

相手になってくれたのは、イギリス人のマーク、ドイツ人のフランク、ベルギー人のジョンとマギーだ。マークはバイクで、フランクは自転車でそれぞれトルコからイラン、トルクメ経由できていた。二人の世界旅歴は、僕と同じく二十数年、世界中を回った猛者《もさ》だった。ジョンとマギーは、これから世界百ヵ国制覇を目論《もくろ》む中高年夫婦である。

僕たちは、ホテル近くのチャイハネに場所を移した。チャイハネとはトルコ語で寄り合い茶屋のことである。その店は、戸外に縁台があり、絨毯の敷かれたそこでお茶を飲んだり食事できるようになっていた。

僕たちが注文したのは、ラグメンである。羊肉のトマトソース煮込みを、太い中華麺の上にぶっかけた麺料理だ。中国では新疆《しんきょう》麺とも呼ばれる。濃厚なソースと絡まって、太麺が実にいい。スパゲティミートソースに似た味だ。

食べながらふと思う。このあたり中央アジアが、中華麺の西の限界域ではないか。インドから中東が麺の空白地帯で、イタリアまで行かなければ麺はないのだ。陸路でアジア横断したので知っている。僕が思いにふける中、フランクが夢中で話す。

「トルクメはビザが四日間だけ。しかも自転車でこの炎天下、砂漠の中を八百キロも漕《こ》いできた。死ぬかと思った」

「俺はさ、カラクーム砂漠で感動したね。バイクで走っていたら、火柱が上がっている。何かと思えば天然の油井だった。ああ、神はいるんだと直感した。拝火教徒《ゾロアスター》の気持ちを瞬時に理解したね」

マークはうっとりしながら話した。

拝火教の発祥地はイランと言われる。隣国のトルクメも石油産出国である。

僕はこの話を聞いて、宿の夫人の言が思い起こされた。火はつけっぱなしにしておくのだ。

イスラム教徒になる前の、はるか古代の拝火教の記憶が、いまでも彼女の中には宿っているにちがいない。

# その9 シルクロードを行く 後編

青一色の空の下、太陽が容赦《ようしゃ》なく照りつける。

雲はなく、砂漠のような風景に陽炎《かげろう》が立ち昇っている。

ウズベキスタンを出国し、トルクメニスタンを目指して歩いていた。二国間の緩衝《かんしょう》地帯が二キロもあるらしい。バスやタクシーは走っていなかった。僕はキャスター付きのスーツケースを引っ張りながら、背中にはリュックもかついでいる。太陽に押し潰されそうな暑さだ。

「水、全部飲んじゃったの？」

カメラバッグだけしか持たない妻が、僕が手に持つ空のペットボトルを恨めし気に見つめた。

（こっちは荷物を全部持ってるんだ！）

と言い返したかったが、言葉をぐっと飲み込んだ。喉は渇くし、腹は減る。

ハングリー（空腹）はアングリー（怒り）に連なるが、ここで怒ったら男がすたる。

国境まではバスで来た。バスの車内で若い娘さんにインドのサモサをいただいた。それが昼飯だった。三角に包んだ薄皮の中に、カレー味のポテトが入っている。

なんでまたウズベクでサモサなのかと思ったら、インドでの迫害を逃れた人たちがいるらしい。もちろん内戦が続くアフガンの人もいる。彼らが通ってきたのは、千四百年近く昔に玄奘《げんじょう》三蔵《さんぞう》が歩いた道だ。ヒマラヤ越えは無理なので、ヒンドゥークシ山脈の西端を迂回《うかい》した。このルートで仏教もまた日本に伝えられている。そこを今でも歩く人たちがいる。

ところがウズベクからトルクメを目指す人は皆無《かいむ》に近かった。シルクロードの歴史的隊商都市、サマルカンドやブハラを擁するウズベクは、観光に力を入れているから国も人も開放的だ。しかし鎖国に近いトルクメは、どうも様子が異なる。

ただしばらく歩くと「TR」と表示されたトルコの大型トレーラーが、数珠つなぎになっているのが見えてきた。なるほどトルコ系民族同士の物資の行き来があるのだ。

運転手たちが車体の日陰に身を寄せて、お茶を飲みながら、入国審査の順番待ちをしていた。妻が「ねえ、ちょっと」と僕の脇腹を小突いた。

見れば中年の運転手が、長球形のスイカを切って、頬張っている。

喉がゴクリと鳴った。

僕の頭の中の食いしん坊回路が動き出す。どうやってスイカのご相伴《しょうばん》に与《あずか》るか。

「メルハバ（こんにちは）」

まずはトルコ語で挨拶《あいさつ》し、続けて、

「アッサラーム・アレイコム（あなたの頭の上に平安を）」とイスラム風の挨拶をして胸に手を置く。

男はスイカから口を離して僕たちをキョトンとした顔で見つめると、やおら姿勢を正して「ワレイコム・アッサラーム（あなたの頭の上にも平安を）」と彼もまた胸に手を置いた。

このイスラム風の挨拶は、まるで魔法だ。

いつだって、どこでだって、イスラム教の人々には有効に作用する。これほど簡単でありながら、深い親愛の情が通じる挨拶を他には知らない。

僕はやおらスイカに目を遣《や》った。当然のことのように、運転手はスイカをどうぞと勧めてくれる。焦る気持ちを抑えつつ、真っ赤なスイカにかぶりつく。

「うまい！」なんてもんじゃない！　うますぎる。

ジューシーでほどよく甘い。サクッとした歯ざわりは、実が詰まり過ぎていない証拠だ。中央アジアのウリ系果物は、きっと世界一だろう。太陽と乾燥した大地の恵みに感謝する。ウズベクで食べたハミウリも最高だった。トルクメには「メロンの日」まであるらしい。

僕たちはエネルギーをいただき、ふたたび歩いてトルクメに入国すると、タクシーでトルクメナバットに向かった。

町に入るゲートにはデカデカとした肖像画が掲げられていた。来る道沿いにもいくつか見かけた。運転手によれば、この男こそニヤゾフ大統領、通称トルクメンバシ（トルクメン人の長）である。建国の父は、その名を世界に轟かせる独裁者でもある。

「金満独裁国家」と噂されるトルクメはいったいどんな国なのか。

ド派手な肖像画からは一転、町は閑散として貧しく、干からびた印象だった。車も人もやけに少ない。売る物がないから、水とジュースとビールだけを机に並べる無人売店がある。子供たちが裸足《はだし》で遊んでいる。建物が立派な分だけ、そこはかとない哀れみを感じる。中心地を二時間以上歩いたが、まともなレストランは見つからなかった。

ホテルのレストランで羊の串焼きを食べることに。ウズベクでもよく見かけた料理だ。香辛料をまぶして寝かせてあるので、ここでも旨《うま》い。ナンにサラダ、ビールを飲んでも二ドル。

味、値段ともに文句なし。

でもなあ、どことなくハングリーなのである。夜になると町はさらに寂しい。オレンジ色の街灯が人気のない道をわずかに照らすのみだった。

翌朝五時半にタクシー乗り場に向かった。この街から首都のアシガバードまでは六百十キロ。バスだとおんぼろで、いつつくかわからない。それにビザの有効期限が五日間しかなかった。時間を無駄にできない。するとBMWの白タクの運ちゃんは、一人十五ドルだと言う。

こんなところで世界最安値のタクシーである。さすがは産油国。東京《とうきょう》からなら神戸《こうべ》の先まで行ける距離なのだ。ところがBMWのクーラーは故障していた。砂漠の中の一本道を熱風に煽《あお》られながらひたすら走った。頭の天辺《てっぺん》が焦げつくように熱い。ラクダが呑気に散歩していた。

八時間後、遠くにまるで岩壁のような山脈が見えてきた。山の向こうはイランだ。麓《ふもと》には真新しい高層ビル群が建ち並んでいる。アシガバードの町である。若干涼しさを覚える。

町の中心はヨーロッパの町、例えばウィーンやパリが思い起こされるような白亜の立派な建物が建ち並んでいた。その中心にあるのが、中立の塔である。永世中立宣言した時に建てられた。高さは七十五メートル。三本の足の上に展望台があり、その上には二十四時間両手を上げた姿で太陽に向かって回る黄金のトルクメンバシ像があった。さらに町の至る所にも肖像画、金ぴかの像があり、これでもかというくらいの自己主張は、さすが独裁国家だ。

それでいて、ウズベクでも流行《はや》っている国民の金歯使用は、国際社会に対して恥ずかしいからと禁止したのもよくわからん。

トルクメン人からは、ウズベク人のような気安さは感じられなかった。秘密警察がいるのかも。そんな緊張感がある。ホテルやレストラン、商店も少ない。オイルマネーは一部の人の手に渡り、庶民はそのおこぼれに与るのみだ。だから消費経済が発達しない。移動の自由も制限されているのだろう。ウズベクにはあったキムチもないし、サモサも中華料理屋もない。ラグメン（羊肉のトマトソース煮込みかけ麺）だけが、辛《かろ》うじて生き残る中華料理だ。

シルクロードもここまで来ると、中国がやけに遠くなるねえ。

だがロシア料理屋は健在だった。餃子《ギョーザ》のようなペリメニは、ロシア風にサワークリームをつけていただく。見た目はくどいが、これが存外あっさりしている。

口の中で、もちっとした皮にサワークリームが、ひき肉などの具材とじわりと馴染む。そこが餃子とは違ううまさであった。中国よりもロシア寄りってことかな。

あくる日は日曜だったので、タルクーチュカに行ってみた。郊外の広大な砂漠の中で開かれている、昔ながらの市場である。

食品から生活雑貨、日用品だけでなく、大工道具や建材、ラクダも山羊《やぎ》もロバも売っているし、ドバイあたりから運んできたアラビア数字のナンバープレートの中古車まであった。土産に特産の絨毯を百ドルで手に入れる。

ここではナンに挟んだホットドッグを食べた。ソーセージはまずかったが、ナンは相変わらずだ。イーストで発酵しておらず、インドのナンよりはるかに大きい。円形で直径が三十センチ、厚みは五センチほどもある。食べても食べてもなくならず、顎《あご》が痛くなる。

ナン自体はパサつき味気ないのだが、スープやおかずと一緒に食べると、適度に水分を吸ってくれ、どんな料理にも合って腹持ちがいい。主食らしかった。なんでも仕舞い込む妻が、残したナンをリュックに入れた。

僕たちは先を急いでいた。カスピ海に面した町、トルクメンバシから貨客船に乗るのだが、いつ出港するか不明であった。そこで今度はハイエースのタクシーで行く。クーラーの効きがいいのはさすが日本車。砂漠の中や岩山の間をスイスイ走った。午後七時に港に到着するも、税関も事務所も閉じられていた。警備の人は、明日の早朝来てみればと言う。

翌朝、夜明け前に港に行くと、古ぼけた貨客船が接岸していた。

期待を胸に切符売り場に赴いた。ところが席を売れないと言う。なんだって？

「イミグレに相談するべし」

どうなっているのだ、この国は？

よく聞くと、国際航路は出国スタンプがなければ、チケットを売れないシステムになっている。半《なか》ば鎖国の国らしかったが、おかげでイミグレに闇の権利が発生し、賄賂《わいろ》を一人二ドル要求された。

「バッキャロー」と日本語でつぶやく。

これでやっと乗船かと思いきや、次には税関検査で引っ掛かった。

絨毯の持ち出しは禁じられているとのこと。

「いやなら三百ドル払え、関税だ（英語）」

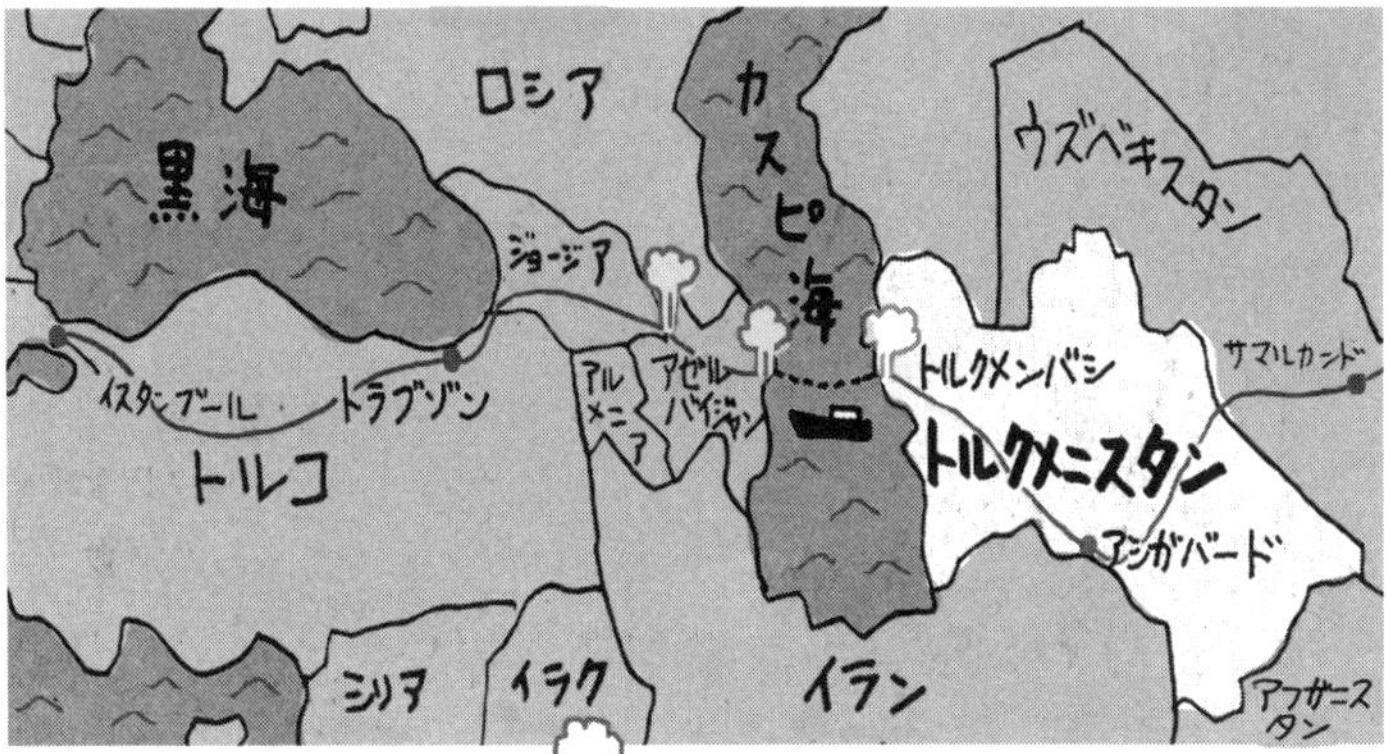


…ワイロを渡して怒りバクハツしたところ

炎天下
天下一品のスイカに出会う

アゼルバイジャン入国！
ほおばってこそのキャビアなのだ！

「ふざけるな！（日本語）」

「わかった二百だ（以下英語）」

「金額が下がる関税なんて変だろう」

インテリ風の係官はニヤニヤ笑う。これまた賄賂だ。すると汽笛が鳴った。

「もう船が出ちゃうぜ」

賄賂を払うか、絨毯を諦《あきら》めるか。

「百なら払う」

「よし、わかった」

握手しながら百ドル紙幣を握らせた。

金満独裁国家らしい腐敗ぶりである。

乗り込んだ貨物船の名前は『アゼルバイジャン』号。黒々とした海のようなカスピ海をゆっくりと西に進んだ。乗客たちはほとんど姿を見せない。みんな頭の上に山ほどもナンを載せて運んでいたので、食事はそれらでしのいでいるのだろう。

僕たちは食堂で、まずいスパゲティなどを食べたが、しまいに食材が底を突いた。十二時間で到着のはずが、強風で接岸できず、港の中で風が止むのを待つことになったのだ。

僕たちは、妻が仕舞っておいた固いナンを、水に浸して大事に食べた。他の客が持ち込んだナンが恨めしかった。二日目の夜はコーヒーだけになってしまった。

「私たち、まるで難民みたいじゃない？」

妻の言葉に、僕は二段ベッドの上で寝たまま「ほんとだね」と力なく返事した。腹が減り過ぎた上に、自由すらない。これこそ真のハングリーじゃないのか。

四十二時間後、ようやく接岸。これでアゼルバイジャン入国かと思いきや、髭面の太ったイミグレの所長ときたら、入国スタンプを紐《ひも》に通して首からぶら下げて、賄賂が嫌ならスタンプ押してやんないからねと、一人五十ドル請求してきた。

僕がこれまで耐えてきたハングリーが、一気にアングリーに変わった。体に残った予備燃料を使って、大噴火だ。

「おまえ、いい加減にしろ。トルクメだけじゃなく、おまえの国も賄賂なのか」

「だって、給料が安いから」

「そんなもん、政府のせいだ。こうなったら日本大使館に電話してやる」

「まあ、まあ落ち着いて、まけるから」

と、値段交渉の末、一人二十ドルでようやく入国を果たしたのである。

宿泊したのは国営バクーホテルだ。最上階のスイートルームで二部屋あった。しかし昼間は断水で、白熱灯は一個しかなく、一個の白熱灯を外して各部屋で使い回すのだ。それに埃っぽかった。

それでもめげずに僕たちは、その夜、部屋で祝杯を挙げた。あとはトルコのトラブゾンまでバスで二泊三日一直線である。発泡ワインにキャビア、チキングリル、ピクルス、ナンなどを買ってきた。

口の中でプチプチ弾けるキャビアが堪らん。これと発泡ワインが実に合う。ロシアではバレエの幕間《まくあい》にちょこっと食べるが、この日はガツガツである。食いしん坊としては、頬張ってこそのキャビアなのである（今ではカスピ海でチョウザメは禁漁になってしまった）。

しかしどうにもそこはかとなく、気分はハングリーのままだった。妻がトイレに行くたびに、部屋は真っ暗になっていたし……。

僕たちは翌日、国際バスに乗り込んだ。グルジア（現ジョージア）国境でも賄賂を取られ、途中でろくなドライブインがなく、ハングリーな状態が続いた。

だからトルコのトラブゾンに着いた早朝、すぐさま僕はパン屋に走った。

トルコのフランスパンは、香り、味、歯ごたえ、いずれも絶品なのである。十七世紀にオスマントルコがウィーンを包囲した時、ヨーロッパに残したのがコーヒーだった。

もしや代わりにトルコは、フランスパンの製造方法を持ち帰ったのではなかろうか。おかげでうまいフランスパンがトルコにまで運ばれた……なんて、想像力が逞《たくま》しすぎるかな？

ともかく、妻と二人で、パンとバターとチャイだけなのに、久しぶりの至福を味わった。

自由の空気が何よりも、ハングリー感を満たしてくれた。

中華麵の西限は中央アジアにあり、フランスパンは、今ではイランにまで及ぶ。

シルクロードの西方は、中華麵やナン、パンの境界になっているようである。

# その10 アムステルダム・プチステイ

ヨーロッパでプチッと暮らしてみたかった。期間は一ヵ月。宿泊地はアムステルダムだ。運河の流れるこの町は美しく、画家の妻が毎日スケッチできる。季節は十月上旬である。僕は毎日、日本と同じく原稿書きと食事作り。日本から調味料も持参して、地元の八百屋や肉屋、スーパーなどを巡って、アムスのみなさんの自炊食生活に混ぜてもらいたかった。

そして二人での美術館巡りも楽しみだ。

インターネットの発達した今でも、日本で外国のアパート探しは難しい。割高な上に物件も少ない。どうしたものかと思っていたのだが、アムステルダム・スキポール空港内の案内所では、ホテルだけでなく、短期アパートの斡旋《あっせん》までやっていた。運河に浮かぶボートハウスがよかったが、一ヵ月で二十万円超もする。１ＬＤＫで約十七万円の物件を選んだ。

場所はアムスの中心街、ムント広場からすぐのところで、五階の部屋からは、名門のホテル・ドゥ・ルーロップが運河の向こうに見えた。広さは十畳ほど。電気コンロが二基に、オーブンレンジ、応接セット、シャワー室が備えられている。外は日本の真冬に近い寒さだが、セントラルヒーティングのおかげで、Ｔシャツ一枚で十分だった。トイレは部屋を出てすぐだ。十九世紀の建物なので、エレベーターはない。掃除は週に一度。

エコの進んだこの町では、トラムが発達し、また歩道と並んで自転車専用道路が設けられている。自転車ステーションがあちこちにあり、どこで借りても、どこで返してもいいシステムだ。

「そこ、どいて！　チャリン♪」

自転車道にはみ出る歩行者に、ベルを鳴らして注意をうながし、猛スピードで疾走するのは気持ちよかった。

町の建物はだいたい四、五階建てで、どれも間口が狭い。その昔、間口の広さに応じて税が課せられたからだ。煉瓦《れんが》色、白、ねずみ色、こげ茶色……色とりどりの年代物のビルが肩を寄せ合い建っている。

赤や黄色に染まった街路樹の葉がはらはらと建物の前の運河に落ちる。

そんな晩秋のアムスで、真っ先に目についたのが、黄色に赤字の看板の『FEBO《フェボ》』である。一九六〇年代創業のコロッケチェーン店だ。自販機で売っているのだが、奥の厨房《ちゅうぼう》でどんどんコロッケを揚げ、それをスタッフが、空《あ》いたケースに自販機の裏側から補充していくので、たいがいホッカホカ。

九種類あるコロッケの中で三種類は伝統的なベシャメルソースで作ったものだ。これを正式にはクロケットと呼ぶ。日本のクリームコロッケである。フランスが発祥らしい。

日本には明治初期に入ったが、当時日本は乳製品が乏しく、ソースが作れない。そこでポテトコロッケという、日本独自のコロッケが誕生したとか。

たしかにヨーロッパでポテトコロッケは見かけないなあ。

僕の経験から言えば、ヨーロッパのクロケット、日本のコロッケ、そしてインドやスリランカのベジタブルカトレット（茹でて潰したポテトや野菜のカツレツ。イギリスから導入されたと思われる）が世界三大コロッケだろう。

この店で僕のお気に入りは、インドネシア語で麺を意味する「BAMI《バミ》」で、その名のとおりキャベツのたっぷり入ったカレー味の焼きそばコロッケだった。ほかにも「SATE《サテ》」という名のインドネシア風焼鳥ピーナッツソース味なんてのもあった。

ここら辺は、さすがオランダ。旧宗主国たる面目躍如《めんもくやくじょ》だ。B級グルメにまでインドネシアの味が入り込んでいる。

そう言えば、中華料理屋ではどこでも、茹で野菜と厚揚げ入りピーナッツソースがけサラダの「ガドガド」というインドネシア料理があった。

そうだ、パリの中華料理屋には、ベトナム料理のフォーがあったっけ。ロンドンの中華料理は広東《カントン》系なので雲吞《ワンタン》麺がある。ヨーロッパの中華料理は、華僑たちの出身地や、辿《たど》ってきた国や地域によって、メニューが異なるのであった。

さてFEBOである。大きさは日本のコロッケの二倍程度で価格は約二百円。味はどれも濃いめで胃にずっしりと来る。

すっかりはまって、僕は毎日食べた。二、三個食べることもしばしばで、二十三日間連続で食べたら、唇《くちびる》の端に口角炎が出来てしまった。食べ過ぎである。

日々食材探しにスーパーや市場、八百屋や肉屋、魚屋に顔を出す。

どこでも清潔な店内に、新鮮そうな食材が整然と彩りよく、立体的に並べられ、ショーケースもピカピカに磨かれている。

日本人に珍しいのは、チーズ専門店だ。軽トラのタイヤほどもある大きな黄色い丸いチーズがずらりとそろう。少量で切ってもらっても五百グラムはある。

パンやハム類は、一ヵ月では到底《とうてい》食べきれないほど種類が多い。

キュウリのピクルスやキャベツの塩漬けザワークラウトなどが安いのもうれしい。

ある日の夕食で、白菜、ニンジン、ピーマン、タマネギ、ミニキャベツをオリーブオイルでサッと炒めた。この野菜炒めのうまいこと。香味野菜の香りが立っているのだ。

ヨーロッパ人のサラダ好きは、野菜の香りの強さによるのかも。

ほどなく妻がスケッチに疲れたので、電車とバスを乗り継いで、クレラー・ミュラー美術館に行った。国立公園の中にあり、楡《にれ》やシラカバの茂る道を歩いていくと、足元に野イチゴがたわわに実を付けていた。

「採っていこうよ」

妻は腰を下ろして、口を動かしている。

「おいしい!」

袋一杯採って、至福の気分で正対したのは、ゴッホの名品の数々だ。

『夜のカフェテラス』、『アルルの跳ね橋』、『郵便配達夫ルーランの肖像』のほか、デッサンやエッチングもたっぷりとある。

アムスの国立ゴッホ美術館では『ひまわり』などを観た。レンブラントの家では多くのエッチングを鑑賞し、アムステルダム国立美術館にある大作『夜警』の大迫力に圧倒される。

オランダの家々は、大きな窓ガラスが備わり、小道を歩くとまるで一幅の絵画のように、家の中の様子がうかがえる。

窓枠がまるで絵画の額縁さながらだ。

その最たるものは飾り窓である。ロンドンから友人パットが会いに来たので、夜の街を三人でうろついた。この日の夕食は中華料理だ。どれも一皿千円以上と値段は高いが、日本の三人前はある。だから三人でチャーハン、酢豚、ガドガドを一皿ずつ注文すると満腹だった。

ダム広場に近い薄暗い小道に入った。観光客でごった返している。バーの止まり木にはビール片手に男たちが集まり、サッカー中継を観ている。

コーヒーショップではサーフィンの映像などが流れ、コーラやお茶を飲みながら、仕事帰りの中年カップルや若者たちが紫煙《しえん》をくゆらす。そう、コーヒーショップとは、政府公認のマリファナ販売所であった。白い煙が小道にたなびく。騎馬警官隊が見回っている。セックスショップは大人のおもちゃ屋、ヌードショーの店、ポルノ映画館の前には黒服が立っている。

建物の大きな窓の上に、ピンク色の蛍光灯が灯《とも》っているのが飾り窓である。今や観光名所になっている。室内は昼間のように明るい。

そこで下着姿の若い女性が、見られることを意識しながら、客待ちする。煙草を吸う者、ビールを飲む者、音楽に耳を澄ます者、化粧に余念がない者、多くが中南米やアジアから来た女たちだ。

部屋に入れば客も通行人の目にさらされる。恥ずかしそうに、あるいは堂々と男どもが女たちを買う。そして窓は真紅のカーテンで閉じられる。

ひつまぶしにされたうなぎ

コロッケ自動販売機
「FEBO」→

「BAMI」
キャベツのたっぷり入ったカレー味の焼きソバコロッケ

レンブラントのエッチング

フェルメールの「真珠の耳飾りの少女」

ゴッホの「ひまわり」

飾り窓からの明かりが運河の水面に反射する。街灯はきわめて暗い。だからこそ陰影が色濃く浮かび上がるのだった。人生の光と影、人間の明と暗が交錯している。

そんな飾り窓のある一帯は、街そのものが絵画であった。美しかった。

僕たちはバーの窓辺に陣取って、黒ビールを飲みながら、しっとりとした夜を過ごした。

「あのカップル別れ話をしているのかな」

「ほんとだ。女が泣いているみたいだ」

「女性のほうに、好きな男性ができたのかもね。嘘泣《うそな》きってこともあるわよ」

妻の説明に、僕とパットの男二人はドキッと顔を見合わせた。

オランダの窓枠は、時には映画のフレームになる。

建物の中からでも、外からでも、ドキュメンタリー映画でも観るかのように現実が移ろい流れる。この街で過ごした一ヵ月の間で、僕の頭の中では、どれほどの物語が紡《つむ》がれただろう。

中盤から後半にかけては遠出した。デン・ハーグにはマウリッツハイス美術館にフェルメールの『真珠の耳飾りの少女』を観るために行く。これはいい。うっとりするね。

隣国ベルギーのブリュッセルでは、王立美術館でブリューゲルやマグリット、スーラなどを堪能した。ここまで観れば、もはや思い残すこともない。

ロッテルダムでは、フェイエノールトvs.アヤックスのサッカー伝統の一戦に熱狂した。

ビジターのアヤックスファンが、強化プラスチック製の窓で覆われた観客席に押し込められて、窓を叩きながら、応援している。得点が入るたびに、双方の応援団が窓を境に罵《のの》り合った。さすがフーリガンが問題となるお国柄……。

　ここでは「窓」が「檻《おり》」のように活用されていた。

　近所で仲良くなったのは、よく通った肉屋のおやじだ。でっぷりと太り、真っ白な調理服に、調理帽をかぶっている。店は清潔そのもの、塵《ちり》一つない。肉類は日本よりも断然種類が多かった。部位毎に細かく分類され、鶏肉やアヒルはその年齢で呼び名まで変わる。料理の種類もそれだけ幅があるのだ。

　たとえば廃鶏《はいけい》のスープとか、子牛のバラ肉のカツレツとか、豚肉のヒレステーキとか。肉はどれもうまそうで、ヨダレが出てくる。でも一ヵ月ではすべては食べられず残念。

　ある日、ハムステーキが食べたくて、注文した。

「そのうまそうなロースハムを厚さ三センチでカットしてくれ」

「三センチ？」

　おやじは指で幅を示し怪訝《けげん》な顔をした。

「だからステーキにして食べるんだって」

「ダメだ！　そんなの邪道だ」

「邪道って？」

「ハムは薄くして食べるものだ。だからスライサーで、どれだけ薄くスライスできるかが俺の腕の見せ所さ」

　日本でふだんはやけに薄っぺらな市販のハムを食べている身にとって、ハムステーキは子供の頃からのご馳走《ちそう》なのだ。パイナップルが添えられているやつ。

ヌヌ……？　もしやハムステーキは、アメリカおよびハワイが本場なのかも。

僕が考えているうちに、おやじはさっさとハムをスライスし始めた。

「三センチを二つな」

おやじは、極薄にスライスしたハムを重ね合わせて三センチにしたものを、二セット、用意する。満足気に、そして勝ち誇ったように笑った。トホホ……。

この夜のメニューは、極薄ハム重ね合わせ三センチ冷製ステーキ風と、フレンチフライとなった。フレンチフライは日本のフライドポテトのこと。

ベルギーあるいはオランダが発祥といわれるフレンチフライは、アムス一の人気店『Vleminckx《フレミンクス》』で買ってきた。本場はジャガイモを牛脂で揚げる。ソースはいろいろ。定番はケチャップとマヨネーズ。外はカリカリ、中はホックホク。おいしいパンとチーズにビールとワイン。ハムステーキは、ナイフを入れると頼りなげだったが、トータルでは満腹、満腹！

魚も新鮮なものが出回っていた。サーモンやマグロはステーキに。舌平目《したびらめ》はバターソテーでいただく。コチは醬油と酒と砂糖で日本風に煮つけて食べた。

北の町ホールンに行った時のこと。十七世紀に栄えた港町だが、今ではのんびりムードの漂う観光地となっている。僕は日差しと冷たい風を浴びながら、海を見てテラスでビールだ。

妻はスケッチ。帰り道、魚屋で見慣れた物を見つけた。

「こ、これは！」

タライの中を悠々と泳いでいたのは、なんと鰻《うなぎ》だったのだ。

「天然のヨーロッパウナギさ。どうだい旦那《だんな》、よかったら持っていくかい？」

二尾で約七百円である。安い！

食いしん坊素人《しろうと》料理人の腕が鳴る。

ビニールに鰻と水と空気を入れて、パンパンに膨らませてもらって、列車とトラムを乗り継いでアパートに持ち帰った。

ここで登場するは麺つゆである。軽くオーブンで炙ったあとで、鰻を麺つゆにジュワッと浸し、何度も焼いた。そのうち、腹に包丁を入れ、背骨と大きな骨を取る。生で捌くのが正統だが、そんな芸当僕にはできないから。大きな骨は取れたが、まだ小骨が残る。

さて、どうしよう。考えた末、鰻を横にして小骨を叩いた。ご飯にのせて、ひつまぶしの出来上がり。天然鰻なんていつ以来だろう？　ほっぺが落ちるね。

搔《か》っ込んで、ご飯を足して鰻茶漬けだ。ああ……しあわせ。

帰国間際には、魚屋でムール貝を山ほど買ってきた。ニンニクとオリーブオイルで軽く炒めて、白ワインで蒸し焼きに。こんな贅沢日本じゃあ、できない。

物価高のヨーロッパでは、自炊のほうが食いしん坊にはいいかもね。

それで仕事は？

ハハハ……結局遊んでしまいました。

# その11 インドかぶれ

シー
シー
歯みがきの木「ニーム」←

「Meals Veg」のじいさま
くわしくは本文で
おや？ 水をあんな風に使うのか…… それでどうする？
インドに来て二カ月 手で食べる技はこなれてきたと思ってたが…
おかわりいかが
サッ
コネ
流れるような動き
神！
あ〜 うまかった
おお！
ペロ
ペロ

一九八五年七月、僕は初の海外旅行で、インドのカルカッタ（現コルカタ）に来ていた。日本を出てから一週間、マニラ、バンコク、ダッカと経由してきたので、外国の空気というものに、多少は慣れ始めていた。

しかしこの町の安宿街サダルストリートにある『モダンロッジ』の部屋を見るなり、なんじゃこりゃと、度肝《どぎも》を抜かれた。このゲストハウスのドミトリー（大部屋）は、まるで映画で見た野戦病院さながらだったのだ。

白い壁に、天井には大きな扇風機が回る。小学校の教室を二つ合わせたほどの広さに、ベッドが五十台も並べられている。宿泊料は一ベッド百円程度だ。

大きなリュックをベッドの横に置き、Tシャツに半ズボン、涼しそうな民族衣装、上半身裸で腰に布を巻いただけなど、リラックスした服装で、外国人の若者たちがくつろいでいる。

僕にあてがわれたベッドの隣が、僕より二つ下、二十歳の日本人、椿《つばき》君だった。

「インドに来て、まだ一ヵ月。ひどかった下痢《げり》がようやく治ったところで。しばらくしたらキブツに行こうと思って」

「キブツ？」

「イスラエルにある集団農場で、働く代わりに宿泊飲食は無料、小遣いもくれるんです。友達を作って、ヨーロッパに行こうと思ってて。ヨーロッパは物価高でしょ。友達になった人の家に泊めてもらえれば、安く旅ができるじゃないですか。この話、ダビッドから聞いたんですが」

椿君は、反対隣りの無人のベッドを顎で示した。水滴のような形の黄色い果物の皮をむいているので、手がふさがっていたのだ。

「これ？　マンゴーです。今が旬《しゅん》で、うまいですよ。どうです、一つ？」

ナイフで切ったものを一切れいただく。

うまーい！　脳髄《のうずい》にビビッとくる甘酸っぱさは、生まれて初めての味だった。

夕方になるとダビッドが戻ってきた。椿君と片言の英語で話す。最初はよくわからなかった二人の会話も、次第に不思議と耳におさまり、わかるようになる。

「イスラエルでは、高校卒業と同時に徴兵されるんだ。男は三年、女は二年。分単位の行動を強いられて、死ぬかもしれないし、物凄いストレスさ。だから徴兵明けには、物価の安いインドを旅してリラックスするのが、定番になっている」

ダビッドは僕と同じ年だった。

「それにインドじゃ、ベジタリアン料理があるだろう。宗教的に肉料理の禁忌《きんき》が多いユダヤ教徒にとって、おいしいベジ料理があるってのは、旅がしやすい」

「今日は金曜だし、フィッシュカレーでもどうです？」

椿君の誘いで僕たちは夜の街に出た。

ユダヤ教徒は、金曜日に魚を食べる習慣になっているとか。

物乞《ものご》いの家族が、道端でテント生活をしている。

料理を作る母親のそばで、街灯の下を走り回る子供たちの声は明るい。

薄暗い路地の奥、裸電球で煌々《こうこう》と照らされ輝いているのが目指す店だった。

ワイシャツにルンギーという布を腰に巻いた労働者風の男たちが吸い込まれていく。

道に面して壁はなく、大きな土窯《どがま》から時折炎が見える。窯の横で、ランニング姿の職人が、次々に粉をこねて円形に伸ばし、窯の上で、木製の座布団に座す上半身裸の男に渡す。男はそれを野球のキャッチャーのように、球形に固めた布で受け取り、窯に投げつけるように、内側に貼りつける。

しばらくして、金属製の引っかき棒で、円盤状の焼けたパンを外に出せば出来上がり。

「あれが全粒粉《ぜんりゅうふん》のチャパティー。ナンは、北インドのパンジャブ料理で、一般的にはチャパティーのほうがよく食べられていますね」

一日《いちじつ》の長がある椿君が説明した。

小さな金属製の丸い器に入ったフィッシュカレーが運ばれた。さらりとしたカレーに、ちょこんと魚の切り身が浮かぶ。丸いチャパティーを手でちぎり、カレーに浸《つ》けていただく。

現地の人は右手だけで器用に食べている。

「左手は不浄の手、なんですけどね」

椿君は照れ笑いしながら、ダビッドと二人、両手でチャパティーをちぎる。

「インドで外国人は、カーストや彼らの習慣の外にいるから、しきたりに合わなくても、あまりとやかく言われない。だから気楽に旅ができるんだ。でも宗教のことで言い争いになると、ユダヤ教も仏教も、キリスト教も、結局はヒンドゥー教の一派のようなものだと屁理屈《へりくつ》をこねられて。インド人には参るよ、まったく」

ダビッドが笑って、ガツガツ食べる。

「絶妙な辛さだね」

僕は唸った。

「でしょ？　魚を揚げる油にカラシオイルを使っているんです。このカレーは、ベンガル地方名物なんですよ。それにインドカレーが全部辛過ぎるわけじゃない」

僕の口の中では、様々な香辛料の味がハーモニーを奏《かな》でていた。

うまさとは、旨味《うまみ》だけではない。香りや味の深み、複雑さも全部が合わさって生まれるのだ。それが淡泊な白身魚でマイルドになる。

日本料理にはない感覚で、日本のカレーともまったく違った。チャパティーもいい。カレーを惜しんでちょっとずつ浸けて計五枚。最後にチャイで口の中を洗い流して約五十円。

サダルストリートでは、路地をふさいで、通せんぼするのが生き甲斐《がい》みたいな牛のほかにも、様々な人間たちが、外国人旅行者にすり寄ってくる。

物売り、物乞いの子供たち、店の客引き、詐欺師《さぎし》、自転車の後ろに人を乗せて運ぶリキシャーマンは、必ず「ガンジャ、ジギジギ」と声をかけてきた。

ガンジャとは大麻、ジギジギとはセックスのことである。びっくりする僕たちの顔を見て、彼らは喜んでいる風で、もはや掛け声になっていた。怒る気にもなれない。

さらに、世界でインド亜大陸にしかいない奇妙な人たちもうろついている。

それが修行僧のサドゥーだ。人生のすべてを悟りに捧げる。凄い。でも椿君の話では、偽者も多いとか……なんか笑っちゃう。

僕は二週間ほどカルカッタで過ごした後、二人に別れを告げて南に向かった。

一人旅をしていると、経済的理由で、カレーも注文するのは一種類になる。チキン、マトン、ジャガイモ、ゆで卵、ナス、オクラ、ダル（豆）、チーズもあった。スパイスを使った炒め煮風の水気の少ないカレーはサブジと呼んだ。

いくつかの町を巡って、南インドのマドゥライに到着。美しい極彩色《ごくさいしき》のミーナークシ寺院には多くの神様が彫刻されている。その近くの食堂に入った。

看板には『Meals Veg』。ベジタリアンの定食ミールス屋だ。しかも食べ放題である。食いしん坊の僕にとっては、まさに天国《パラダイス》だ。

白髭のじいさまの前の席に座った。白いワイシャツにルンギー姿で、飄々《ひょうひょう》としているが、中々の風格である。

バナナの葉がテーブルに敷かれる。じいさまはグラスの水を、バナナの葉に撒き、右手で軽く清めるように洗った。とそこへ、小さなバケツを持った小僧さんたちが、ご飯、キャベツ炒め、ココナッツで味付けしたジャガイモ、ダル、ナスのサブジ、青マンゴーのピクルス、アチャールをバナナの葉の上に盛り、薄い豆の煎餅《せんべい》パパドをご飯にのせる。ウリの入ったスープカレーのサンバールと、ヨーグルトは、銀色の器に入れてくれる。

緑色のバナナの葉の上に、黄、赤、緑、白と色彩豊かなカレーやご飯がのっている。

見ているだけで喉が鳴る。

じいさまはさっそく、右手だけを使ってリズミカルに食べ始めた。

僕も二ヵ月間修行して、手で食べる技がこなれてきていたし、手で食べたほうが断然うまい。だから外国人用にスプーンを用意してくれたが、使わないもんね。

じいさまの所作を真似《まね》てみる。

まずはご飯の上のパパドを手の平で押し潰す。使う指は基本、親指と人さし指と中指の三本だけだ。カレーをご飯の上にかけ、指で軽く押し込み、カレーをご飯に染み込ませる。そうすることで、カレーとご飯が、ご飯の粘り気で一体化する。

適度な大きさにまとめて、人さし指と中指で掬《すく》い、親指の爪で弾《はじ》くように口に放り込む。こうすれば、指の間からこぼれることはない。

指の体温が舌にやさしく、金属の違和感を味わわなくて済む。

また指もついでにしゃぶることで、吸啜《きゅうてつ》反射と呼ぶ赤ちゃん時の本能までもが呼びさまされて満たされる……ような気がする。実際、指に付いたカレーが、なんともうまい。

同時に、なぜ左手が不浄なのかも理解する。トイレでは、左手で水を使ってお尻を洗い流すからである。哀れ左手は、自ずから不浄の手へと落ちぶれた。

料理がなくなるや、小僧さんがバケツからお代わりをよそってくれる。

たまらんねえ。これぞ至福だ。

一品ごとに使用する香辛料が微妙に違い、野菜の異なる味と食感を楽しめた。

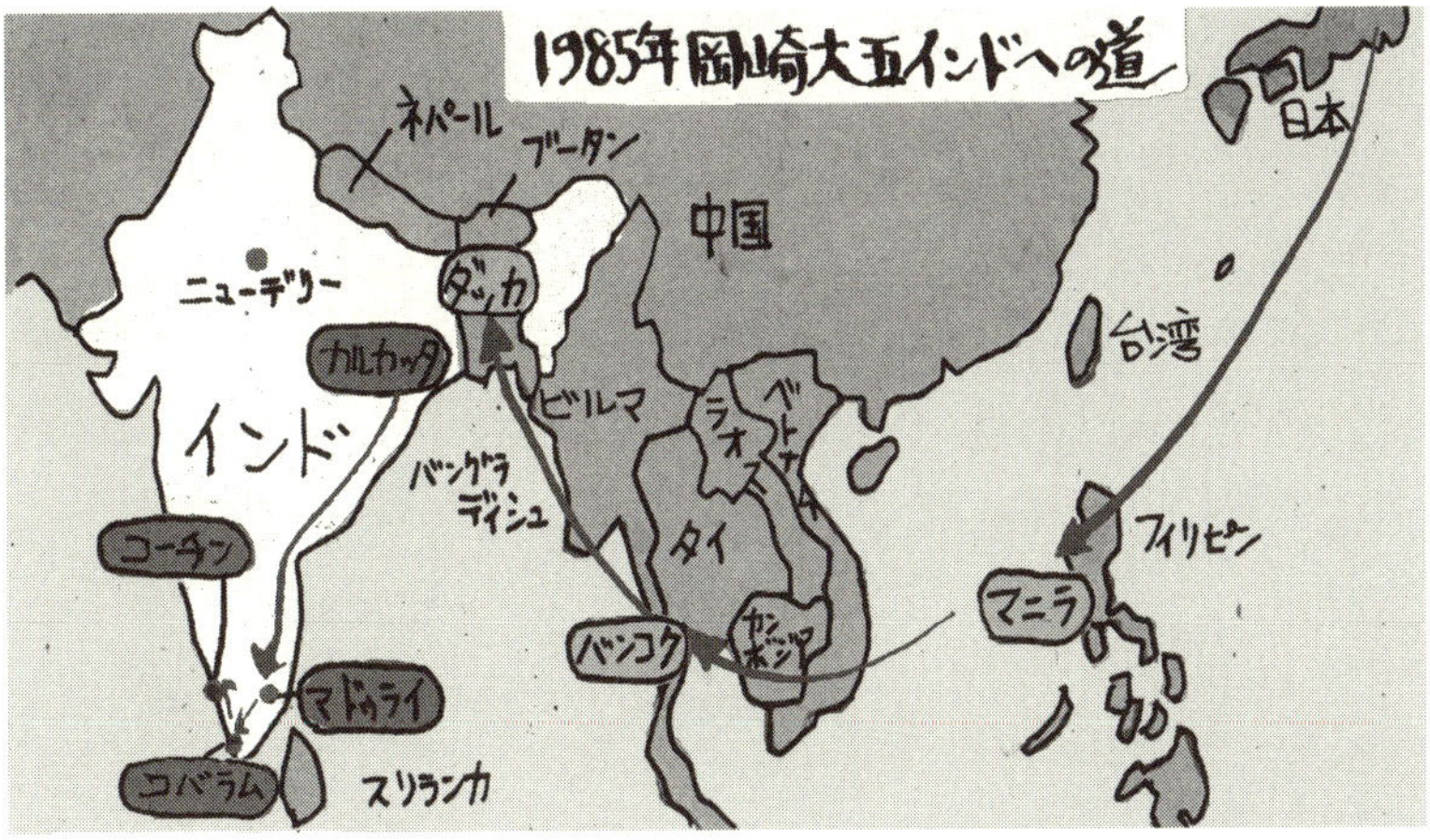
1985年岡崎大五インドへの道
ネパール
ブータン
中国
日本
ダッカ
ニューデリー
カルカッタ
台湾
インド
ビルマ
ラオス
ベトナム
バングラディシュ
タイ
フィリピン
コーチン
マニラ
カンボジア
バンコク
マドゥライ
コバラム
スリランカ

マサラドーサ
チャパティーを焼く職人
焼く係
これで受けとめ
窯に貼りつける
中にカレー風味のジャガイモが
入っている
こねる係
ミールス
サブジ
スープカレー
サンバール
アチャール
ごはん
ヨーグルト
うすい
豆せんべい
パパド
キャベツ炒め
イドゥリ
豆と米をまぜた
白い蒸しパン
チャパティー

カレー味のキャベツ炒めは、クミンの香りが利いている。ジャガイモは、ココナッツのおかげでスパイスの辛さが抑えられ、ダルは甘く、ナスはやわらかめで辛い。ウリのサンバールにはトマトも入り、実に爽やか。こんなスープカレーもあったのだ。

それらを単独で、あるいは混ぜて食する。

どれもさっぱりとして、油っぽくなく、ホロホロとした丸い粒のご飯によく染みた。ヨーグルトを混ぜると、辛さが薄まり、アチャールが、日本の梅干しみたいに、味にアクセントを付けた。

日本のカレーの概念が跡形もなく消し飛んだ。

インドのカレーはどれだけ種類があるのか。きっと途方もないだろうね。

一方、目の前のじいさまは、最後にヨーグルトをご飯にかけて、ここだけ手の平の左端を使って鮮やかな手つきで掬うと、きれいに食べ切った。そうして恭しくバナナの葉を半分に折り畳み、これをご馳走様の合図として席を立つ。

水場に向かい、手と口を洗い、ルンギーの裏地で手を拭《ふ》くと、店の外に植わっている歯磨きの木（ニーム）の枝を千切って、シーシーやりながら雑踏に消えた。

じいさまの流れるような一連の動きは、まさに絵になる。

惚れ惚れするねえ。目指すはあそこだなと思う。

南インドでは、朝食も楽しみだった。イドゥリという豆と米を混ぜた白い蒸しパンに、ウリのサンバールや、ココナッツを潰して作ったソースのチャツネをつけて食べた。それに赤バナナ。普通の黄色いバナナより寸足《すんた》らずだが、濃厚なクリーミーさはやみつきになる。

白砂とコバルトブルーの海が美しいコバラムに行くと、リゾート地らしく白人が多く、レストランのメニューも欧風だった。しかし再び、南インドカレーが恋しくなってきて、船の屋根に寝そべりながら、川を遡《さかのぼ》りコーチンに向かった。

一説によれば、南のカレーはスープっぽく、北のカレーは汁《しる》けが少なめだとか。

これは南が、ご飯が主食なのに対して、北はチャパティーやナンが主食になるので、主食に合わせるべく、水加減が変わるのだそうである。いずれにしても日本のカレーのように小麦粉は使わない。日本のカレーは、イギリス風だったのだ。

コーチンは、その昔からスパイス貿易の拠点として栄えてきた町。「SPICE」、「PEPPER」といった看板が目立つ。

夜、バス停で、あの椿君が、今まさにバスのステップに足をかけようとしていた。

「君、キブツに行ったんじゃ？」

「もうちょっとインドにいようかと」

椿君は頭をかいた。

「ダビッドは日本に働きに行きました。ジューイッシュ（ユダヤ人）の若者は、徴兵の後で世界を見て回る。それから大学に入るんですって。そうすれば、自分がこの世界で何をしたいか明確になる。苦難の歴史を歩んできた民族らしい、賢明な考え方ですよね」

真面目な話をしながら、椿君は僕を見て笑いをこらえきれない。

「僕はそうでもないですが、大五《だいご》さんは、また完全に、インドにかぶれましたね」

僕は、首にインドの神様ガネーシャの描かれたスカーフを巻き、白いインド綿のシャツにルンギー姿だ。銀の指輪をいくつもはめ、耳には白いイヤリング、手と足の親指には赤いマニキュアを付けていた。魔除けになるとか。足元はサンダル。髪は長くなっていた。

出発を取りやめた椿君と一緒に入ったのは、マサラドーサの店である。直径三十センチほどのクレープを、こんがりとキツネ色になるまで焼いて、中にカレー風味のジャガイモを入れ、くるりと巻いた軽食だ。これにもイドゥリのようにサンバールやチャツネを付けていただく。

ああ、インド料理のほうがリゾート料理よりも断然うまいねえ。

それから数ヵ月後、僕はインドかぶれの恰好で帰国した。

姿はもちろん、日本のカレーを手で食べる僕に、家族は呆《あき》れて涙した。

ただ日本のカレーは手で食べるよりスプーンがいい。小麦粉が入っているので、まとまりやすいし、味が濃いので、ご飯に味を染み込ませる必要もないからだ。

そして数年ぶりに会った旧友たちは、僕の変貌《へんぼう》ぶりに驚嘆《きょうたん》した。

「こういうの、インドかぶれって言うよりも、破れかぶれって言うんじゃないの」

僕を指差し、腹を抱えて笑った。

# その12 おいしい記憶

格別なおつまみ
オリーヴェ・アッラ・アスコラーナ
(オリーブの挽肉詰め)
olive all'ascolana
シチリア産マグロのステーキ
trancio di tonno
南イタリア
食いしん坊ツアー
800
地元民オススメ
ワインの炭酸水割り
spritz

イタリアはシチリア島のアグリジェントに来ていた。紀元前五世紀ごろに建てられたギリシャ時代の神殿の数々が、当時の形を残して建っている。まるで蜃気楼《しんきろう》でも見るかのようだ。ギリシャの叙情詩人ピンダロスは、この町を「人類が作ったもっとも美しい町」と形容したそうである。そこここに植えられたアーモンドの木がわずかに日陰をこさえているが、それでも七月下旬のシチリア島は、遺跡見学するには暑すぎた。

「そろそろお昼でも行きますか」

添乗員の僕はみんなに声をかけた。

「オッ！　今日は何かな？」

「それは、お楽しみです」

今回、銀座《ぎんざ》に本社のあるTトラベルが催行したツアーは、一風変わったものだった。毎回ランチの店を、添乗員の僕が探してきて、料理をチョイスするのだ。

おいしいはずのイタリアで、ツアー客のアンケートが、食に関して今一つだったらしい。というのも、コース料理になると、プリモ・ピアット（第一の皿）で出されるパスタは、ペンネなどの短形パスタが多く、日本人の好むスパゲティはあまり出されない。

それとコース料理には、ピッツァがない。イタリアに来て、存分にスパゲティもピッツァも食べられないのでは、誰だって不満だよね。

そこでお客の不満を解消すべく、食いしん坊の僕に白羽の矢が立った。

「岡崎君は、ツアー中でも、自由行動の時間に、個人的にレストランを嗅《か》ぎまわっているそうじゃないか」

　T社の専務の言である。

　そうなのである。もはやそれが、僕の旅のスタイル。ツアーだって同じこと。

　いわば今回の『南イタリア十五日間』は、裏看板として『南イタリア食いしん坊ツアー』と掲げたいくらいであった。おいしいものを探すべく、個人的にも僕は張り切っていた。

　ちなみにこの日のランチは、あたりを嗅ぎまわった末に、シチリア名物マグロのステーキを、ホテル内のバルでいただいた。

　ギュッとした歯ごたえがよく、バルサミコ酢とタマネギのソースがよく合う。マグロの赤身がソースを吸い、噛《か》むごとにジュワーッと旨味が広がった。

　そして午後は、暑さしのぎのために、ホテルで昼寝&プール遊びだ。

　プールには十名ほどの僕のツアー客が来ていた。大半が六十代のリタイアされたご夫婦で、あとは中高年の女友達同士、若手で四十代の教師。そのほかに四十代の母と小学六年生の男の子という組み合わせもいた。若松《わかまつ》親子だ。

　僕もプールサイドで、それとなく客の様子を見ながら資料読みをする。

　ツアーでは、お客とはつかず離れずの距離感を保つことが大切である。困れば手助けするが、困っていなければ、自由にしたほうがいい。これ、僕の添乗テクニック。

　プールで泳いで体を冷やし、水分を補給する。飲み物は、度数が低めの白ワインをアクア・ミネラーレ・コン・ガス（炭酸入りミネラルウォーター）で割ったもの。イタリアではセンツア・

ガス（炭酸なし）とコン・ガス（炭酸入り）の二種類の水がほぼ同じくらい出回っている。

暑ければビールでも飲めばいいのだろうが、南欧《なんおう》でビールはイケない。正直言ってうまくない。キレに欠け、豊潤な香りもないのだ。

そこで現地のドライバー氏から教わったのが、先のワインの炭酸水割りである。色もきれいだし、アルコール度数も低い。なにより喉を抜けるシュパッと感がいいんだよね。

若松民子《たみこ》さんが、バスローブを羽織った姿で僕の隣の寝椅子に座った。

「実は岡崎さん、今回の十五日間の南イタリア旅行で、敏弘《としひろ》に、私との二人暮らしを、習慣づけさせようと考えているのです」

民子さんは、そう言って、プールで元気に泳ぐ敏弘君を見た。

「夫と離婚することになりまして。まだそのことを敏弘には話してないのですが」

折を見て、旅行の途上で話そうということなのだろう。

その時、バルの女性スタッフが、小さなミンチボールのような揚げ物を、トレーに載せて運んできた。オリーヴェ・アッラ・アスコラーナという名前らしい。どうやらバルで誰かが注文し、そのお裾《すそ》分《わ》けを持ってきてくれたようである。みんなでランチを食べたおかげかな。

僕はグラスをもう一つ頼んで、これからの二人の健闘と幸せを祈って、ワインの炭酸水割りで杯を合わせた。ミンチボールを二人同時に口に運んだ。

「あら、まあ」

民子さんは、目を丸くする。

サクッとした歯ごたえは、パン粉をまぶしてあるからだ。次に果肉のしっかりとした、緑色のオリーブの味と香りが続き、最後に挽肉《ひきにく》の甘みが合わさって口中に広がった。オリーブの種を抜いて、代わりに挽肉を詰めたのだ。

「ボーノ（おいしい）！」

僕は頰に人差し指の先を当てて、動かした。スタッフは誇らしげに胸を張る。オリーブ好きの僕には、またとないつまみであった。

塩漬けもいいけど、これまた格別である。

そう、イタリアはオリーブの国。

よく世界の中でどの国の料理がおいしいですかと聞かれるが、五指に入るのがイタリアだろう。ただ、オリーブがダメな人は首を傾《かし》げるかもしれない。それでも素材の良さを引き出すシンプルな料理法は、日本料理に通じるものがある。

シチリアで、どうしても食べておきたいものがあった。

ウニである。漁師が軽トラに載せて売り、その場で食べさせてくれるのだ。しかし残念ながら、シチリア島を横断し、港町タオルミーナに着くまで出くわさなかった。そこでタオルミーナでは、お客を自由行動にして、市民公園周辺のレストランを嗅ぎまわった。

すると名物だもの、当たり前にありました、ウニのある店。

調理場のウニを直接見せてもらった。赤や紫、光の加減では七色にも見えるウニは、ヨーロッパムラサキウニの一種だ。

日本のムラサキウニよりも棘が短い。大きさは野球の軟式ボールほど。アンティパスト（前菜）で生ウニ、それに生ウニスパゲティではどうかと店のオーナーが勧めてくれた。

いいね、いいねえ、待ってましたよ。

テラス席からはイオニア海が見渡せた。

紺碧《こんぺき》の海。大ヒットした映画『グラン・ブルー』はこの町が撮影現場だ。

「エッヘン！　みなさん、今日はよだれが垂れちゃいそうなメニューです」

半信半疑の表情でみんなが席に座った。

まずは前菜。ウニの頭が丸く開けられたものが一人六個。

真っ白い殻に、オレンジ色の身が大の字形にへばりつく。

そのウニを見て、僕の意識は、いきなり二十年以上も前に飛んだ。

祖父が福井《ふくい》の漁師で、祖父や叔父《おじ》が捕ってきたバフンウニを、祖母が舟屋の前に座って、包丁で二つに割いて、名産の塩ウニづくりをしていた。種類は違えど、ウニの中身は同じ姿だ。

祖母の横に座ると、必ず小指でウニを掬ってくれ、アーンと開けた僕の口に入れてくれたのだった。

にわかに僕の中で、あのおいしい記憶が蘇った。するとおいしさが、倍増どころじゃない、二乗、三乗するようだ。

鮮烈な潮の香り、塩味と甘味、濃厚さ、ねっとり感が口いっぱいに広がる。

日本のバフンウニよりも、全体的にあっさりしており塩味が強い。やはり近種のムラサキウ

南イタリア食いしん坊ツアー
フィレンツェ
シエナ
ローマ
ナポリ
スペイン広場のジェラート
gelato
異次元感覚のレモンピッツァ
pizza di limone
ターラント
タオルミーナ
メッシーナ
アグリジェント
ワイルドに食す
茹でたてムール貝
mejillones
驚異のウニづくし
spaghetti al riccio di mare
どう
ボーノ
ほら
大五や

ニに近い味である。白ワインによく合った。バフンウニでは強烈すぎるが、このウニなら口の中の匂いがきれいに流れる。そこが気持ちいい。

「岡崎さん、こりゃまたヒットですね」

客の面々から満足げな声が飛ぶ。食いしん坊添乗員冥利《みょうり》に尽きる。

続いてウニスパ。さてどうか。運ばれてくるや、客からはタバスコの要望が。これはいけない。第一、イタリアのほとんどの店でタバスコなど置いてないのだ。アメリカで開発された商品で、イタリアではオリオ・ピッカンテ（唐辛子入りオリーブオイル）を使用する。しかも魚介類の場合は、素材の香りを殺してしまうので、使わないのだ。

説明するとみんなも納得。いざ、ウニスパへ。

クリームを使っていないのに、こってりと味に深みが出ている。それでいてパセリを入れているせいだろう、臭《くさ》みはまったくなかった。鼻からウニの旨味がヌフヌフと抜けていき、スパを啜《すす》る時に、その匂いがまたフヌフヌと口へと戻って入り込んで絡んだ。

具材は、オリーブオイルに、ウニが十二個、ニンニク少々にパセリのみ。シンプルイズベストだと、イタリアに来る度《たび》に思うのであった。これぞスローフードの哲学か。

シチリア北東部のメッシーナからイタリア本土には、大型バスともどもフェリーで渡る。カモメが白い羽を広げてついてくる。わずか三十分の距離である。そこからイタリア半島の先を縦断し、やってきたのがターラント。

ギリシャ時代の植民都市で、旧市街には石造りの古びた建物が残る。魚市場に行ってみると、昔の風情そのままに、魚介類が籠《かご》に入れられ売られていた。各種の魚に、手長エビ、タコやウニ、アサリもあれば、ムール貝は茹でたてがあった。

僕は茹でムール貝を全員分買う。民子さんら、心配そうなお客をよそに、真っ先にオレンジ色の身を口に放り込んでは、白い貝柱を指で毟《むし》り取って食べた。

すると、またもやおいしい記憶が……。

祖父と一日、船で遊んで、海に潜って子供ながらにウニやサザエなどの漁をして帰ってくると、五右衛門風呂がわいている。僕が風呂に入っている間、窓の外では、叔父が一斗缶ロケットストーブと風呂用の薪《まき》を使って、大鍋でムール貝を茹でるのだ。

さっぱりして風呂から上がると、茹でたての貝が置いてある。その場で立ってホフホフ食べた。そのうまさといったら、なかったね。

客も次第にムール貝に手を出して、頰に人差し指の先を当ててグルグル回すポーズをし、市場の人を喜ばせている。

ところが若松家では、「こんなところで食べてはいけません。衛生的ではないですし」と民子さんの禁止令が出た。

「こんなにおいしいものをなぜ？」

僕は口から出かかった言葉を呑み込んだ。人にはそれぞれ流儀があるのだ。息子との二人暮らしを模索する彼女にとって、大事な時期でもあった。でも敏弘君に一つでもおいしい記憶を授けたい。それが実現できそうな時が、三日後、青の洞窟で名高いカプリ島で訪れた。

天気は快晴、この日も暑く、青の洞窟は神秘の青を水の中にゆらめかせていた。その午後である。僕は海に行こうと敏弘君を誘い出し、桟橋《さんばし》に泳ぎに行った。桟橋のたもとにはムール貝がごっそりと鈴なりについている。

それをホテルで借りてきたドライバーで剝《は》がした。海パンのポケットに忍ばせて、一時間後ホテルに戻るやその足で、レストランの厨房に頼み込んで、ムール貝を茹でてもらった。

僕たちは厨房の片隅で、アツアツのムール貝を頰張った。

「いいかい？　一個食べたら、殻を残しておくんだ。二個目からは、ほらこのとおり。殻でこそぎ落とせばきれいに身が取れるだろう。どうだ、うまいか？」

敏弘君はうなずき、頰に指先を当てる。市場でもきっと食べたかったのだ。

このことは二人だけの秘密になった。

そしてツアーも最終盤に差し掛かったのだが、客の間で、決定的な不満が持ち上がっていた。

「岡崎君、それにしてもパンがまずいね。イタリア人はこれでうまいと思うのかね」

そうなのである。なぜかくも、イタリアのパンはまずいのか。

固くてカサカサしており、パンと乾パンの間のような感触なのだ。僕の思いつきでは、イタリア人は、二千年以上も基本的にパンの製法を変えず、味を気にしない食べ物として認識してきたのではないのか。そう考えなければ納得できないほど、まずい。

ところがである。ナンの変種とも言えるピッツァはうまい。その本場ナポリでは、ドライバーおすすめの店で、三種のピッツァを注文した。まずはイタリア国旗を象徴するマルゲリータ、そしてプロシュート（生ハム）とルッコラのピッツァ。もう一品は、誰も食べたことのないものだった。ピッツァ・デ・リモーネ（レモンピッツァ）である。

黄色いピッツァは初めて見る色だ。水牛のモッツァレラチーズ、レモンの薄切り、そこにオリーブオイルをかけて焼くだけ。

モチモチしたチーズは抜群のコクがあり、それがレモンの酸味と調和している。ほのかな甘みが鼻から抜ける。なんちゅうピッツァだ。異次元の感覚……。

南イタリア食いしん坊ツアーは、最後にローマを巡って終わった。

帰国後、成田《なりた》空港でこっそり敏弘君に、何がおいしかったかたずねた。「ウーン……」彼は散々首を捻《ひね》った後でこう言った。

「ローマのスペイン広場で、ママと並んで一緒に食べたジェラートかな。ママ、ずっと映画『ローマの休日』のオードリー・ヘップバーンに憧れていたから」

（ただし現在は飲食禁止になっており、世界中の女性たちを残念がらせている）

僕のウニスパも、ムール貝も、レモンピッツァも、心が解け合った親子の記憶には、勝てなかったってことだろうね。

これには食いしん坊の僕も納得である。

ところでみなさんは、どんなおいしい記憶をお持ちですか？

# その13 みそ汁だけ注文すればいい

三月下旬、釜山《プサン》からバスで約一時間、桜の名所鎮海《チネ》に来ていた。桜祭りにはまだ早かったが、それでも日本のソメイヨシノに似た花は三分咲き。高台から見ると、町がピンク色に埋もれているよう。それほどに数多く植樹されている。美しかった。

かつては日本軍の軍港だったこの町は、戦前にはすでに桜の名所として知られていたそうだ。ところが戦後、大日本帝国の悪夢を消し去るために、多くが伐採された。

食堂のおばちゃんは、流暢な日本語でそこまで話して、秘密でも打ち明けるように語った。

「それがあんた、知ってたかい？　日本《イルボン》のソメイヨシノは、実は済州島《チェジュド》が原産だって。日本の桜は韓国が元祖なんだよ」

おばちゃんは誇らしげに言った。

なぜか韓国ではそういう話になっているらしい。

しかし実のところ、済州島原産の桜は王桜《ワンボンナム》という品種だとか。

おばちゃんの頑固そうな四角い顔を見ていると、僕の反論する気も萎《な》える。

「桜の元祖が韓国ならば、もう一度、この町を桜の名所にしようとなったのよ。すると六〇年代から、在日の人や、かつてこの町に住んでいて引き揚げた日本人から、次々に桜の苗木が送られてきた。それらが町中に植えられたから、こんなにも見事になった。今では桜祭りの期間中、二百万人もの観光客が訪れるんだよ」

おばちゃんはそう言って、大判の海鮮チヂミと、金色のやかんに入ったマッコリを持って来た。

僕は金色の椀《わん》に注いでグイッと飲った。

「どうだい、うまいだろ。自家製だよ」

白濁した見た目からは想像できぬ、何という爽やかさ。

喉越しもいい。ほのかな酸味に深いコク。グイグイ行ける。

「マシッソヨ（うまい）！」

僕が叫ぶと、おばちゃんはどうだと言わんばかりに四角い顎を突き出した。

海鮮チヂミはステンレス製の箸で割き、タレにちょこっとつけていただく。

口の中で、大きくぶつ切りにされたイカやタコが踊り、アサリがジュワッと汁を放つ。なんちゅう贅沢。これで約三百円だ。

「いやあ、日本ではこうはいかない。具材も小《ち》っちゃいし、値段も高い。さすが本場だね。日本がセコく思えちゃう」

歯の間に挟まったニラを取りながら、僕がリップサービスすると、おばちゃんの喜ぶ顔ったらない。

「そりゃそうだろう。日本人《イルボニン》と違って、韓国人《ハングギン》は太っ腹なんだよ」

細目が線になり、まさに我が意を得たりだ。日本の悪口も大好きみたい。

ソメイヨシノとチヂミでは韓国側に花を持たせる格好になったが、でもやはり、日本側にも言いたいことはある。

付け合せのキムチのことだ。漬けダレに欠かせない唐辛子は、秀吉《ひでよし》の文禄《ぶんろく》・慶長《けいちょう》の役のおり、日本が朝鮮《ちょうせん》半島に持ち込んだものだった。来る時の大韓《だいかん》航空の機内で観たドキュメンタリー番組でやっていた。しかしおばちゃんの顔を見ると、やっぱり言えず、黙々と食した。

もちろんキムチはマシッソヨ！

そしてこのキムチ、今世紀に入ってからは、日本でも、白菜の塩漬けを抜き、漬物消費の堂々第一位になったとか。

そう言えばスーパーでも、最近はキムチのコーナーは広く、いろいろ売ってるナ。

その夜のことである。釜山の町をブーラブラ。

駅前はロシア人街だ。ロシア語を書いた店が目立った。カニ漁船が入ってくるのだとか。カニもいいけど高そうだし、釜山ならやっぱり魚や貝だ。かなり歩いて、それらしき店に入ると、すぐに生簀《いけす》があって、新鮮そうな魚がウヨウヨ泳いでいるじゃない。

「このヒラメはいくら？」

「二万ウォン（約二千円）です」

白い割烹着《かっぽうぎ》を着た女将《おかみ》が笑顔で言った。

それにしても女将の肌の色の白いこと。透き通るよう。まさに白磁の美しさだ。

妻も一緒なのだけど、そこは知らん顔をして、女将で決めた。これ、男の選択。

オンドルの床暖房がホッカホカの座敷に上がり、竹のマークをあしらった韓国焼酎『チャミスル』を飲みながらしばし待つ。

やがて、運ばれてきました。頼んでもいい、いいないいおかずの数々が……。

春雨《はるさめ》サラダ、おでん、玉ねぎマリネ、白菜キムチ、ジャコのキムチ、昆布のナムル、ホウレンソウのナムル、ハムサラダ、チヂミ、サンマの塩焼き、刺身はタイとヒラメと黒ソイだそう。さらにくねくね動いているタコの刺身に、ホヤ、海苔巻《キムパプ》に豆腐チゲである。

なんじゃ、こりゃあ？

ご馳走すぎる。コース料理なんて頼んでないぞ。頼んだのはヒラメの刺身だ。

オイオイ、ぼったくりじゃないのか？

焦って女将を呼んだ。

「全部で二万か？」

美人女将は恭しくうなずく。

女将は細く白い手で、緑色のチャミスルのボトルをテーブルの隅《すみ》に追いやる。

「……これを除いて」

……ウヒヒ。つい食いしん坊の地が出て、僕はニヤついてしまうのだった。

料理全部で二万ウォン。桁違《けたちが》いの安さだ。

刺身はコリコリ新鮮で、焼酎が進む。韓国風に辛いコチュジャンを付けると、白身魚の甘みが広がり、日本風に醤油とわさびなら、あっさりいただける。ホヤは臭みもなく、タコは噛まずとも口の中で勝手に踊った。

キムチやナムルの量も多い。最後に海苔巻と豆腐チゲを食べたら、もう満腹、腹パンパンである。残念無念で、食べきれず。しかし韓国は、日本と違って残していい文化だ。

女将には、帰り際にお礼を言ったが、ホテルに戻って、自分の旅日記にもこう記す（誰も読んだりしないのに）。

――カムサハムニダ（ありがとう）。

それくらい、女将の美人度も含めてジーンときちゃった。

翌朝は、朝食を探してホテル界隈《かいわい》をうろついた。

結構寒く、吐く息は白い。地元の女性たちはスカーフを頭に巻いて小走りに行き過ぎる。

ガラス戸が曇った食堂に、温もりを求めて入った。

テーブル席が十ほどもある店内はガランとしており、客は年配のおやじさんが一人だけ、新聞を広げて読んでいた。エプロン姿のおばちゃんが注文を取りに来る。壁には紙にずらりとハングルでメニューと値段が書かれているが、読めるわけがない。韓国の町中は、交通標識以外漢字の表記が少ない。若い人たちも、名前くらいしか漢字はわからないとか。

なぜこんなことになっているのか？

明治初期まで、李氏《りし》朝鮮の公文書では漢字を使っていた。そこに、ハングル文字を使うべしと盛んに運動したのが朝鮮初の新聞『漢城旬報《かんじょうじゅんぽう》』である。創刊には、福沢諭吉《ふくざわゆきち》の思想的、人材的バックアップがあった。当時、日本でも平仮名表記やローマ字表記を推奨する運動が行われ、それまでの中国中心の世界観から移行すべく、漢字文化からの脱却が試みられていたのだ。韓国ではその後の日本支配も手伝って、余計《よけい》に漢字文化から遠ざかり、ハングル文字一辺倒になった。つまり僕たちが旅行中、ハングルの表記に悩まされる一端をになってくれたのが、福沢諭吉だったとも言えるのだ。

メニュー表を見て悩んでいると、年配のおやじさんが、いきなり新聞の上から顔を出し、日本語を発した。

「みそ汁だけ注文すればいい」

びっくりしたが、韓国では、唐突に日本語が飛び出すこともままある。

「みそ汁だけですか？」

僕が怪訝に思いたずねると、おやじさんはニコッとうなずき、注文してくれた。

すると来ました。またもや頼んでもいないおかずの数々が。

水キムチ、白菜キムチ、ホウレンソウのナムル、カクテキ、イワシのつみれ、魚のにこごり、韓国海苔に、アサリのみそ汁は丼《どんぶり》一杯、ご飯はお代わり自由で、三百五十円也。

妻はにこごりをご飯に載せてご満悦である。

なるほど、みそ汁だけ注文すればいいという意味がわかった。

昨夜の刺身もそうだったが、キムチやナムルは基本無料で、それ以外にも、おまけみたいに、おかずが付いてくるってわけだ。これらを「パンチャン」と呼ぶそうである。

もしかして、韓国って、食いしん坊の楽園じゃないの。

まだまだ旅の前半なのだが、ここで、この七泊八日の韓国縦断旅行中、頼んでもいないのに出てきたパンチャンを列記しておく（前述のものを除く）。

キムチでは、わけぎ、キュウリ、赤貝、イカ、タコ、なます風、ニラ、小松菜、ピーナッ

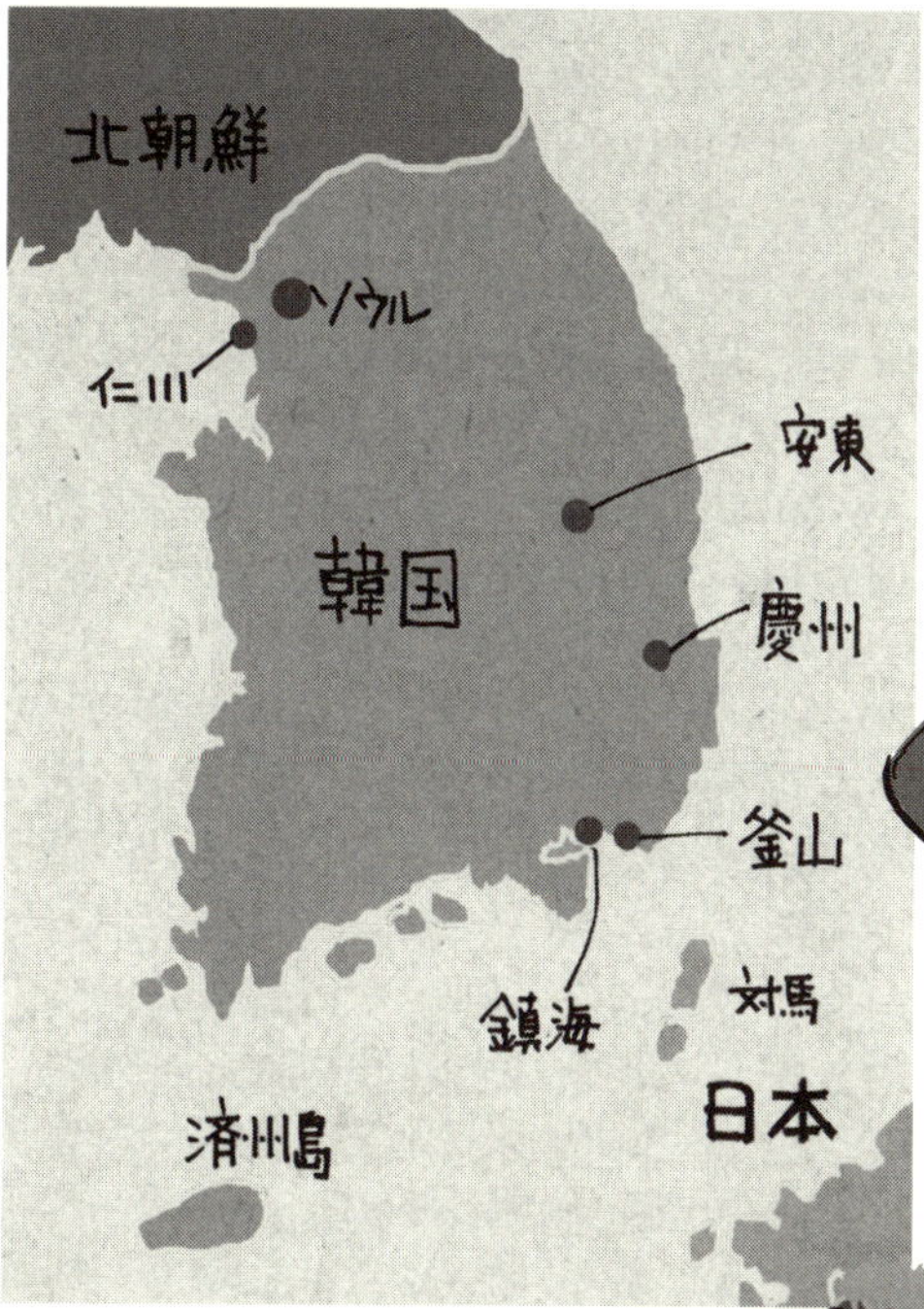

鍋ごとの
辛ラーメン

海苔巻《キムパプ》

河回村の民宿では
何種類ものキムチを作っていた

路地裏のドラム缶焼肉

ツ、エゴマ、ワカメ、ヒジキ。ナムル（ごま油の和え物）は玉ねぎ、ぜんまい、もやし、豆もやし、小松菜、ワカメ、名前のわからない山菜各種。それにこんにゃくの煮つけ、昆布の佃煮、スルメの佃煮、きんぴら、でんぶ、生ガキ、黒豆、卵焼きである。

こと漬物や、ナムルに関しては、韓国人は名人と言えよう。

唐辛子やアミの塩辛、魚醬《ぎよしよう》、ニンニクやごま油などを使って、野菜や山菜、海藻、海産物を自在に操るのである。その種類の多さは、日本人の発想が遠く及ばない。

古代から野生種を使った調理法が、綿々と受け継がれてきたのかもしれない。

その後、慶州《キヨンジユ》では世界遺産の仏国寺《ブルグクサ》などを見学し、列車で安東《アンドン》まで北上し、近隣の民俗村河回村《ハフエマウル》の民宿に泊まった。茅葺《かやぶき》の家もまだ残るこの村の家々は、昔ながらのオンドル住居で、庭には大きな壺《つぼ》に、何種類ものキムチが漬けられている。山は冬枯れし、あたりの畑も黄土色。韓国の冬に緑はいたって少ない。オンドルで暖められた部屋はじんわりとヌクヌクして、いつも以上に寝つきがよかった。ここでも料理はサバの塩焼きを筆頭に、計九品である。

翌日は安東に戻って昼飯である。たまには簡単なのがいい。

ショーケースに海苔巻《キムパプ》が並べられている食堂に入った。一人で切り盛りしている中年の女性に、海苔巻、餃子《ギヨーザ》、ラーメンを頼んだ。まずは付け合せのキムチとタクワンが出てくる。

女性は、ショーケースの横の調理場で、餃子を焼き、ラーメンは、なんとインスタントであった。海苔巻とタクワンは戦前に、インスタントラーメンと焼き餃子は戦後、日本から入ってきたと思われる。

そう、日本の食堂では見かけない日本軽食のコラボが、韓国の食堂で実現していた。

彼女は沸いた鍋に『辛《シン》ラーメン』の麵を放り込み、粉末スープ、溶き卵の順に入れ、ネギとワカメをトッピング、ごま油をひとかけして出来上がり。鍋ごとテーブルに運んでくる。

まるで我が家にいる感じ。いいじゃない、こういうの。

その後の僕の韓国実地調査によれば、日本にあるようなラーメン屋は少なく、多くがこの店と同様に海苔巻とインスタントラーメンの店だった。道理で韓国人が、一人あたりのインスタントラーメン消費量世界一に長年君臨し続けているわけである。まるでキムチの逆の傾向だ。

しかし炭水化物のこの組み合わせ、食べて思うが、ゴールデンコンビだね。海苔巻は、日本と違って酢飯ではなく、表面にごま油が塗ってある。この油が、インスタントラーメンに入れたごま油と引き立て合っている。まるで種々のナムルがごま油で一体化するように……。

日本生まれの料理が、ナムル的な調理のほどこしで、韓流《ハンりゅう》に早変わりしているのであった。

さて安東の焼肉屋で、僕たちは、名物の安東韓牛《かんぎゅう》のロース肉を食べていた。

「ユー、カムフロムジャパン？」

宴会をしている若手のサラリーマン氏が英語で話しかけてきた。まずは一杯どうぞとチャミスルをいただく。若者は年配者の僕に対して、横を向いてごくりと一口。儒教《じゅきょう》の教えだ。

「韓国では、牛よりやはりサムギョプサルです。安くてうまいよ。日本の焼肉とは違うけど、次回はぜひひとも食べてみて」

なるほどというわけで、ソウルでは路地裏の、ドラム缶を使った庶民派焼肉屋で、二晩連続食べました。客の半分は外、半分は開け放たれた狭い店内にいる。連日満席だ。

いただいたのは、もちろんサムギョプサル。上部を切ったドラム缶の中に、燃える練炭のバケツを入れて、その上に網を載せてジュージュー焼いた。サンチュにエゴマの葉、キムチを載せて、焼けたサムギョプサルにコチュジャンを付けて包んでいただく。

ジュワーッと口いっぱいに豚の脂がとろけだし、野菜の水分で中和される。ご飯を包んでももちろんマシッソヨ！

いくらでも食べられる。チャミスルはじゃんじゃん進む。一人千円で腹いっぱいだ。

それにしてもうまいねえ、サムギョプサルは。以来我が家では、焼肉の定番になった。

ただ日本では、サンチュの値段の高さに腹が立つ。どうにかしてくれ！

日韓は、焼肉も海苔巻も、インスタントラーメンも、漬物も和え物も、刺身も、食べ方の観点からすると、似て非なるものになっている。

互いを互いの文化の中に取り込んでしまうのだ。奈良《なら》の大仏も、朝鮮半島の当時の最先端技術を取り入れている。文化や、最新の文明が行ったり来たり、喧嘩《けんか》したり仲良くなったりを、千年以上も続けているのだ。慰安婦問題もそうした動きの中の一つだろう。

そして近ごろでは、食いしん坊の旅好きが、韓国に集まる。日本の地方空港からも行きやすく、格安ツアーなら、航空券とホテル代込みで一万円を切る。

食事は安くておいしく、酒のつまみにもいいパンチャンは、世界一の豪華さだしね。

こうして韓国のハブ化が進んでいる。

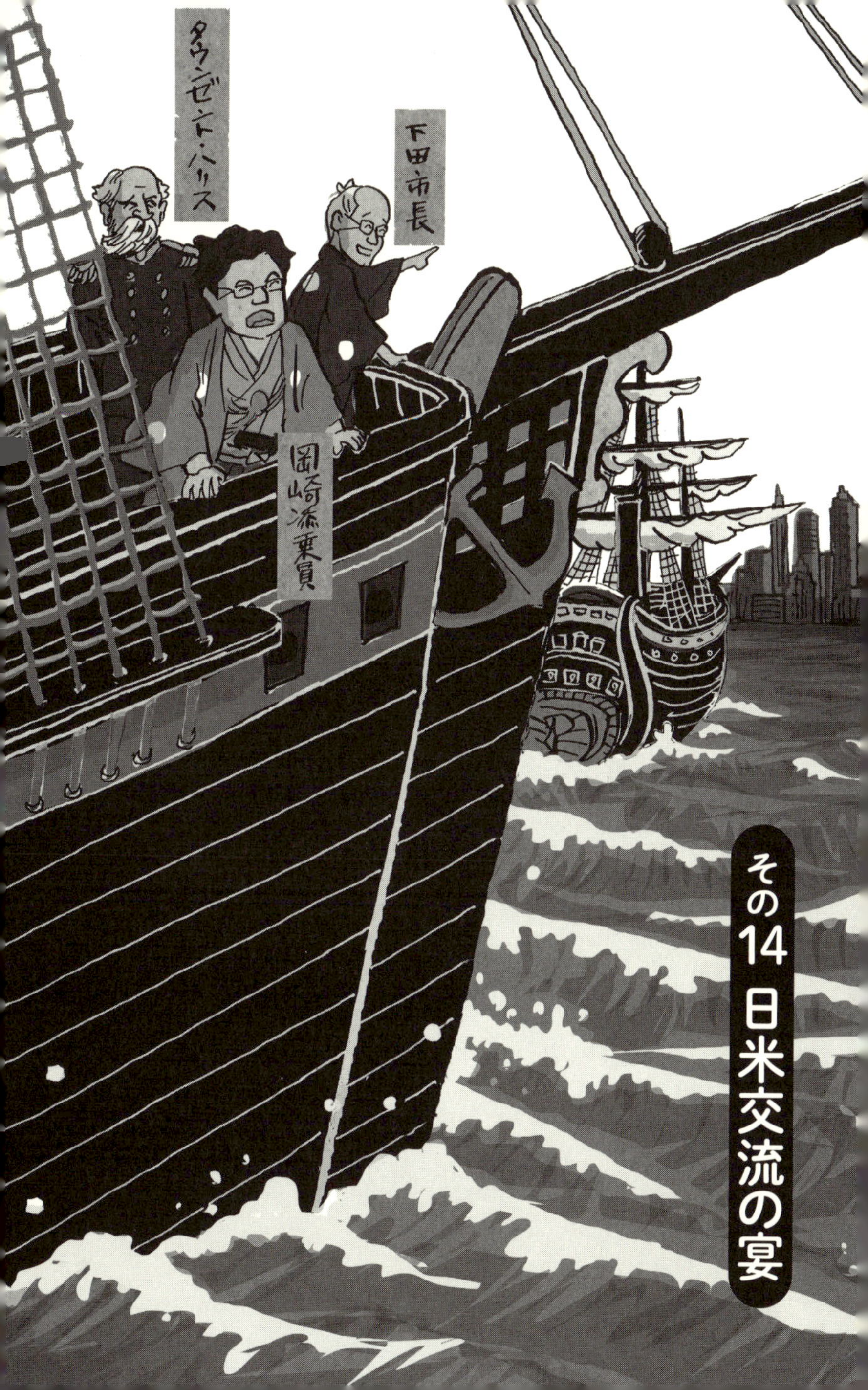
タウンゼント・ハリス
下田市長
岡崎流乗員
その14 日米交流の宴

伊豆の下田《しもだ》に移り住んで六年目のこと。五月のゴールデンウィークに、石井直樹《いしいなおき》下田市長（当時）が、ご夫人ともども拙宅にお越しになった。

「実はこの七月に、例年どおりアメリカを公式訪問するのですが、今回は市民の参加者が多い。そこで岡崎さんに、参加していただきつつ、添乗もお願いできないかと……」

これは名誉なことである。日米交流の実態を知る上でも、興味深いではないか。

下田は開国の町として知られている。

下田近くの玉泉寺《ぎよくせんじ》には、江戸時代にアメリカ領事館が置かれた。ここで初代領事のタウンゼント・ハリスが暮らし、また境内には、日本滞在中に亡くなったアメリカ人兵士の墓がある。港をはさんで反対側の了仙寺《りようせんじ》では、一八五四年、マシュー・ペリー提督を代表とするアメリカ側と、日米和親条約付録十三ヵ条が結ばれた。

下田開国博物館には、当時、下田奉行がハリスを饗応《きようおう》した献立が展示されている。茗荷《みようが》とイナダの吸い物、ウナギの蒲焼《かばや》き、鰹《かつお》の刺身、茹でエビ、ゴボウの煮つけ、卵とじ、家鴨《あひる》とネギの炊き合わせ、ユリ根の塩茹で、奈良《なら》漬けである。

海と山に囲まれた、この土地らしい料理であった。上品で悪くない。

ハリスはこれらの日本料理をいたく気に入ったが、ペリーは味付けのしっかりとした琉球《りゆうきゆう》料理のほうが口に合ったとか。

おぼろげだった日米関係の始まりが、この町に暮らすことで、具体的にわかりかけていたところであった。

僕は市長の要請を快諾。

すると五月中旬に下田で行われる「黒船祭」の各行事に招待された。この祭には、姉妹都市のアメリカ・ニューポート（以下NP）市から毎年訪問団が来ていたのだ。

ホホーッ。一地方都市で、毎年行き来するような国際交流が行われていたのか。

ちなみにNP市は、ペリーの生まれ故郷で、東海岸の小さな町だが、海軍大学があり、日本の海上自衛隊幹部学校からも毎年留学生を送っている。

その昔から別荘地、保養地としても知られ、夏ともなれば、ヨットハーバーに、千艘《そう》以上のヨットが停泊し、その眺めは壮観らしい。

そして七月。「下田市アメリカ公式訪問団」一行二十一名は、まずニューヨークに飛んだ。ハリスの墓参りのためである。

その前に、着いた夜には腹ごしらえだ。僕がみなさんをお連れしたのは、七番街の「STAGE DELI」（現在は閉店）。「DELI」とはデリカテッセンのこと。お総菜屋《そうざいや》さんだ。

ハムやサラダ、スープなどを売っており、店で食べてもいいし、お持ち帰りもできる。ブロードウェイのダンサーらしき、スタイル抜群の人たちが出入りしている。ここでのお目当ては、パストラミサンドイッチ。牛肉の燻製《くんせい》を薄く切って、パンに挟《はさ》めば出来上がり。

この店のパストラミサンドは、ボリュームたっぷり。ローストビーフのような肉が計十五枚も重なり、ライ麦パンがちょこんと付いている。肉だけにかぶりつく。ほどよくジューシーで油っぽくない。パンとキュウリのピクルスで口直ししながら、がっついた。肉、肉、肉のアメリカらしい肉攻撃を受けて立つ。

うれしいねえ、こういう攻撃は。

口の中が、肉のうまみで満たされる。ほぼ全員が食べ残す中、僕はずっしりと、胃の腑《ふ》に肉の重さを感じつつも完食である。

さて一日観光をはさんで三日目は、ハリスの墓参りだ。みなさんちょっと緊張した面持《おもも》ちである。「ニューヨーク・タイムズ」の記者が取材に来ていた。

「ハリスはもはや忘れられた人です。ところがその墓前に日本の方がいらっしゃる。日本では、今でも有名なのだとか。そのことをアメリカ人に伝えたいのです」

眼鏡をかけた長身の記者は語った。

ここには、一九〇九年、「日本資本主義の父」と言われる渋沢栄一《しぶさわえいいち》も、第一回渡米実業団団長として立ち寄っている。渋沢はハリスのことを敬愛しており、下田での墓前祭を提案したのも彼だった。いわく「墓は人を呼ぶ」。だから今でも下田の黒船祭には、アメリカ領事館や米海軍が参加する。そこでこちらも、ハリスの墓参りなのである。

かの司馬遼太郎《しばりょうたろう》も、ハリスの墓を探しにこのグリーンウッド墓地を訪れている。しかしあまりに広大なため見つけられなかったと『街道をゆく39　ニューヨーク散歩』の中で書いている。ブルックリンの小高い丘にある墓地からは、摩天楼《まてんろう》がそびえたつマンハッタンがよく見えた。

その北部にあるのが名門ニューヨーク市立大学シティカレッジ。ハリスが創立者である。

ここでは学長主催のランチョン・パーティーだ。サラダやハム、チキンステーキ、ケーキをビュッフェ・スタイルで取ってくる。学食風で悪くない。

するとここで、サプライズゲストの登場だ。

生涯独身だったハリスに子孫はいない。しかし姉の玄孫《やしゃご》にあたる方が、わざわざマイアミから車椅子でお越しになっていた。ご高齢にもかかわらず、遠路はるばる我々に会いに来たのだ。

そのことに感激した我が方の女性たちが、料理などを取ってきて差し上げる。それにしても不思議な感覚。まったく知らないアメリカ人が、まるで知人のようなのだ。

翌日はバスでＮＰ市に向かった。

約束の会場に到着すると、五月に下田で会った人たちを中心に、歓迎ムード一色だ。

妻は大柄なブレンダにハグされて、体が見えなくなっている。

僕は長身のスペンサーと力強く握手する。

「ヤンキースの松井《まつい》の膝は大丈夫かな」

「待て。ここでヤンキースは禁句だゾ」

五月に会った時は、松井選手の話で盛り上がったスペンサーが、僕の肩を抱いて、周囲を用心深く見た。この日の彼の野球帽は「Ｂ」。前とは違う。

ボストンに近いこの町は、熱狂的なレッドソックスファンが多いのだろう。こんなスペンサーの変貌ぶりには笑えたが、アメリカ側の歓待ぶりには、迷いも照れも、恥じらいもなかった。再会や出合いを喜び、大仰《おおぎょう》に表現する。戸惑う日本側は、どうしたって、そのカラ陽気とも言える明るさに呑み込まれてしまう。

歓迎のスピーチに続いてプレゼント交換である。キーホルダーや紙ナプキン、トートバッグ、チョコレート、ワイン、芸術家の女性からは自作のドアベルをいただいた。

お返しは、団扇《うちわ》や箸セット、布製の小物入れ、着物を用意してきた方もいた。これにはアメリカ側から歓声が上がり、もはや女性たちの独壇場だ。

その後、案内されたのが、会場の外に設置されたビュッフェスペースである。

そこにはなんと、特産の真っ赤なロブスターがてんこ盛り。黒いムール貝と、黄色いトウモロコシもあった。

「ロブスターは、一応、一人一尾でね」

ブレンダが、ウィンクして言う。「一応」はこの場合、英語では「once」ではなく、「for the moment」。つまり、余っていれば、二尾食べてもいいってわけね。

その言葉にもっとも素早く反応したのがエビ好きの石井市長であった。

「一応だね、一応……」

彼はうなずき、そそくさと席に着く。

僕は好物を取っておく習性なので、ムール貝から食べ始めたが、気になる市長は、木づちで殻を叩き割り、無言でひたすらロブスターを食べていた。僕のようにムール貝に行ったり、トウモロコシを頬張ったり、地元の方々と記念撮影をしたりなどの動きは一切なかった。

僕は、方針を変えてロブスターの爪を叩き割る。

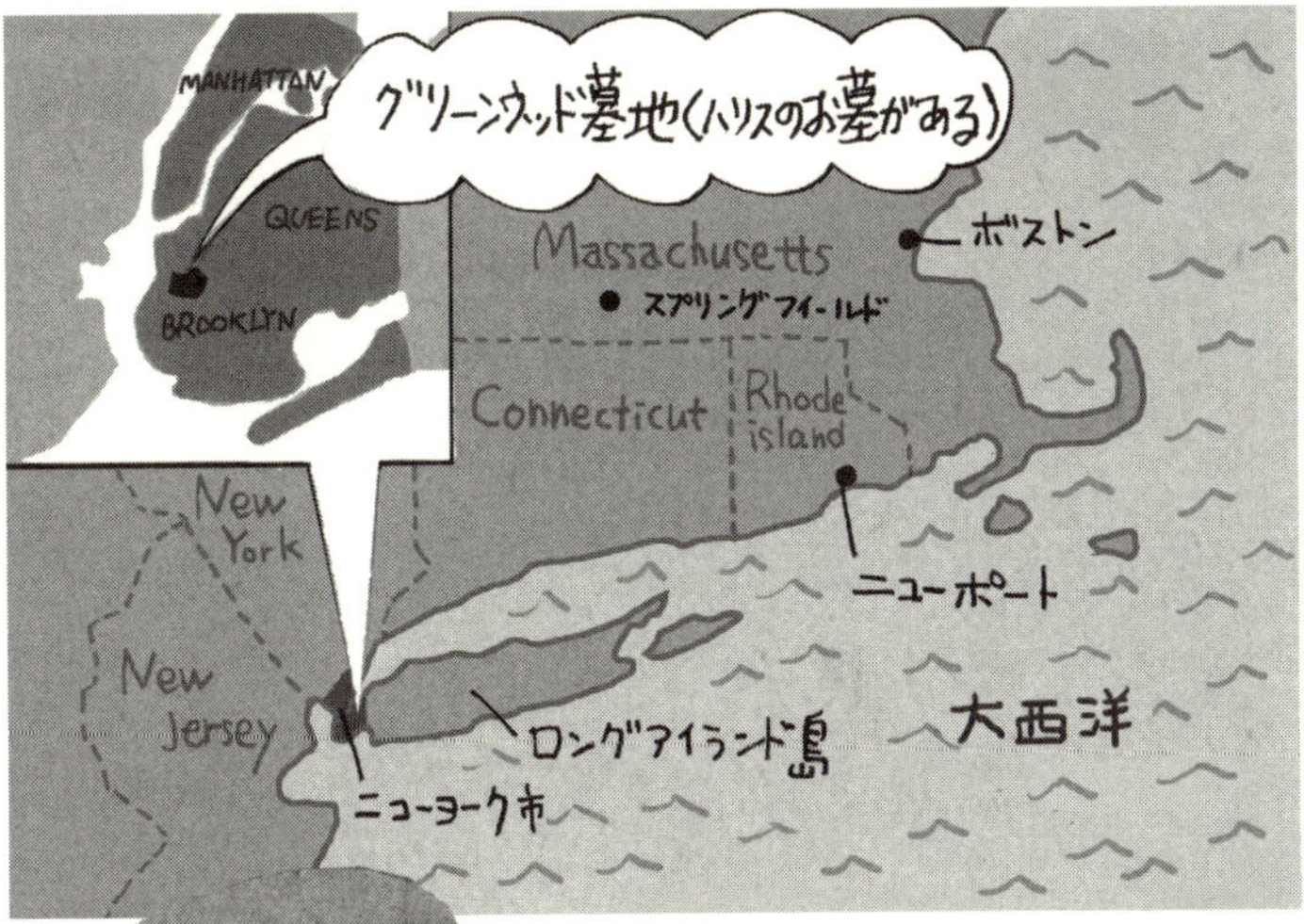

ハンバーグもやはり肉肉しさが最高

「STAGE DELI」のパストラミサンドはサンドイッチの常識をくつがえす！

「Black Ships Festival」式典の海軍兵士

市長とのロブスター争奪戦

赤みがかった白い身は、肉厚で弾けんばかり。指でホロホロと取れる。食せば、甘い味と、甲殻類特有の香りが口から鼻に抜けていく。泥臭さはまったくなかった。澄んだ海の味がする。なんという愉悦《ゆえつ》。喜び。思わず体が震える。

ビールで流し込み、次を頬張る。隣で妻が、ブレンダに、ロブスターの脚の細い部分のしゃぶり方を教わっている。

「そうよ、そう。チューッとやるのよ」

関節で折った部分に、唇を当ててストローのように吸い込む。すると、にゅるりと中身が丸ごと口の中におさまる。形を感じられるのがうれしい。

見れば市長、言われなくてもエビの脚をチューチューやっている。中身がなくなり、笛のようにピューッと鳴っても、エビの脚を顕微鏡のように覗いて、中身がカラかを確かめる用心深さだ。それでも食べるのは早い。

あちらこちらでチューチュー、やがてはピューピュー、会場にいる五十人近い日米両国人がともにエビの脚笛《あしぶえ》を鳴らす。

にわかに市長が席を立つ。

まずい。遅れること三十秒、僕が急行すると、ロブスターはまだてんこ盛りに残っていた。ひと安心である。

今度はゆっくり味わった。ロブスターはもちろんのこと、ムール貝もトウモロコシもうまいねえ。ブレンダとも話をするゆとりが生まれる。談笑しながらロブスターを口に運んだ。

ところがである。市長が三度《みたび》席を立つ。

しまった！　三尾目があったのか？

市長は至福の顔で三尾目を皿に盛って戻った。

五分後、僕もようやく追いつくが、ロブスターはなくなっていた。三尾目を視野に入れなかったのは、食いしん坊としては、なんたる不覚……。日本で、ロブスターを三尾食べるなんて、あり得ない。

それだけに残念無念。約八年経った今でも、忘れじの記憶となっている。

さて、滞在中は行事続きだ。下田の黒船祭は、ＮＰ市に輸出され、一九八四年より「Black Ships Festival」として、毎年七月に開催されている。

町中に和太鼓が鳴り響き、空には打ち上げ花火、折紙や生け花、習字、合気道、竹トンボ、凧作りなどのブースも開かれ、日本をアピールする。

祭のおかげで白人優位社会だったこの地域で、日本（人）が認められるようになったのだと日本側の関係者たちは口をそろえる。ボストンからは日本総領事もお見えになっていた。

記念式典では、当時の衣装をまとった海軍兵士によって空砲が鳴らされる。

昼食会、市長表敬訪問と続き、夜は高級ホテルで晩餐《ばんさん》会である。

男性はタキシードに蝶ネクタイ、女性はドレスや着物姿だ。参加者は約三百名。

会場は室内と芝生の庭が半々である。料理はビュッフェ形式だ。日本人寿司職人が握り寿司を提供するコーナーは、アメリカ人で長蛇の列ができている。

生バンドが演奏し、ホールの中央にダンスをする人々が集まりはじめる。白髪の紳士が着物姿のMさんに近づいてきた。

「Shall we dance?」

英語がからっきしダメなMさんだったが、エレガントに左手を差し出した。男性は軽くお辞儀《じぎ》し、彼女をエスコートする。語学力とコミュニケーション能力は必ずしも一致しないのだ。日本のおばさまは、世界のどこでだってやるものである。

さて翌日の夕方は、NP市住宅局主催のBBQパーティーである。市が公共住宅を建て、その中に「Shimoda Way」という名前の通りを作った。今度はそこに暮らす住民との交流である。市の職員が通りで焼いたハンバーグとソーセージ、ビールにコーラ、ポテトチップスなどが出てくる庶民的なパーティーだ。

ところがである。ハンバーグが抜群にうまいのだ。

驚く僕に、職員は、「普通の市販の冷凍もので、安いんです」と。

それでもなんの、厚みはたっぷり二センチほどあり、直径は十センチほど。バンズにはさんでちょうどいい大きさだ。

多くの黒人の子供たちが、ハンバーガーを手に、最高の笑顔を見せる。

このハンバーグ、ボリューム、粗挽《あらび》き加減、肉肉しさが絶品なのだ。

どうして日本のハンバーグは肉をこね過ぎて水っぽく、肉肉しさを失わせているのか。ハンバーグが蒲鉾《かまぼこ》化しているとしか思えない、ああ……。

最終日にはペリー提督墓前祭のほか、パーティーが三つ。

さすがにみなさん満腹で、疲れも出ていた。それでも最後には、スペンサーやブレンダたちと肩を組み、「上を向いて歩こう」を歌った。日本勢もアメリカ流のカラ陽気に慣れてきていた。

アメリカは、大仰で、やりすぎで、肉体的にも精神的にも、腹いっぱいになってしまったが、相手を大事にしたい気持ちだけは、ストレートに伝わってきた。

こんな調子の公式訪問で、僕は九日間で三キロも太った。そして翌年からは妻ともども、返礼の気持ちも込めて、黒船祭で訪問団の接遇係を務めている。

では、下田側は、どのようにNP市からの訪問団を饗応しているのか。

ホテルのパーティーが二回で、アメリカ人の大好きな寿司が必ず出され、伊豆特産の伊勢《いせ》エビや金目鯛《きんめだい》もある。ほかにはカレーライス、お持ち帰り寿司、ご婦人がたお手製の煮物や漬物、おにぎり、学校給食、ラーメンや餃子、マクドナルド、BBQパーティーに、居酒屋である。

国際交流と言ったって、一緒に酒を飲み、飯を食う。基本はそれだけである。

人間にとっては、飲み食いこそが、最大のコミュニケーションなのかもしれない。

日米交流は、こうして進んでいるのであった。

しかも互いにほとんど自費である。

そう簡単に、人間関係が崩れるはずがない。

# その15 タジン、クスクス、シシケバブ

モロッコの町、マラケシュに来ていた。

遠くには雪をいただいた三千メートル超級のアトラス山脈が連なっている。町は赤い日干し煉瓦製の建物ばかりで、アトラスまで続く緑の少ない乾いた大地も、同じく赤かった。

目の前にはこの地域特有の四角い尖塔《せんとう》ミナレットがそびえ立つ。眼下のアラブ式庭園には、オレンジやナツメヤシ、オリーブの木が生い茂る。ブーゲンビリアやバラが鮮やかな色を放ち、瑞々《みずみず》しかった。

こんな特異な景色が、ホテルのベランダから一望できるのだ。

館内には、イスラム風の幾何学模様や、美しいタイルを施した壁や柱、大理石の床、象嵌《ぞうがん》の木製の扉などがある。生まれてこのかた、これほどクラシックでかつ眺望がよく、エキゾチックなホテルになど泊まったことがなかった。

このホテルこそ、かつて王族の別邸だったホテル「ラ・マムーニア」である。二〇〇九年にはフランス人の世界的デザイナー、ジャック・ガルシアによって改装され、それまでのアラブ・アンダルシア様式と、アール・デコ調の古めかしくこってりとしたものが、ずいぶん洗練されたらしい。つまり、僕が泊まった時は、まだこってり時代のラ・マムーニアだった。

芸術家の大竹伸朗《おおたけしんろう》はその著書『カスバの男』の中で、当時のこのホテルを「実はアメリカ的超悪趣味」と辛辣《しんらつ》な評を寄せているが、ツアー客を引きつれる添乗員として宿泊した僕にとっては、役得以外のなにものでもなかった。

個人旅行では、とうてい泊まれるレベルのホテルではなかったし、芸術家でない僕は、大変に気に入っていた。

庭園の脇にプールがあり、その横が朝食のレストランになっている。身支度を整えて行く。白の上下に金色のチョッキを着たウェイターに導かれて席に着く。

ほどなくコーヒーが運ばれてくる。味が濃くて香りはふくよか、目覚めの一杯には格別である。コーヒーがうまいのは、旧フランス植民地の国々に共通する特徴だ。小鳥たちがさえずる中で、上品そうな物腰の欧米人の宿泊客たちが、ゆったりと朝のひと時を過ごしていた。

旧フランス植民地に共通するもう一つのうまい物、それがパンである。バターのたっぷりと染み込んだクロワッサン、バゲットはこんがり焼いて、これもバターをたっぷりと塗る。甘いデニッシュもおいしい。

それに目の前で作ってもらったプレーンオムレツは格別だった。フランス流儀の店で、ケチャップなど頼んだら無粋《ぶすい》というもの。とろりとした卵の味とバターのうまみの溶け合わさった絶妙さ。オムレツこそフランス料理の基本と言われる。入れるのは胡椒《こしょう》と卵とバターだけ。コーヒーとパンに、オムレツ、生ジュースをいただけば、極上の申し分ない朝食である。

ウーン、満腹、満足……。

「岡崎さん、ちょっと来てくれない？　わからない物があるのよ」

僕を呼びに来たのは、ツアー客の一人、鳥越洋子《とりごえようこ》さんだった。歳は六十八歳。

「この四つ、どう違うのかしら」

彼女が立ち止まったのは、シリアルのコーナーである。おいしそうな各種のパンに、ハムやチーズ、フルーツもふんだんにある中で、なぜシリアルなのだろう。

「お通じが、ちょっとね。健康にいいし、たまにはお味の違うものがほしくて」

シリアルと一口に言っても、欧米に行けば何種類かある。

ここにあるのは、まずはお馴染みコーンフレーク。燕麦《えんばく》（オーツ）を脱穀したオートミール、オートミールにドライフルーツやナッツの入ったものがミューズリー、ミューズリーより色が濃いのがグラノーラ。メイプルシロップなどを付けて焼いているので、こんな色になるわけだ。どれもミルクかヨーグルトを混ぜて食する。健康食品というイメージである。

「これがミューズリーかあ。一度食べてみたかったの。じゃあ、これにするわ」

食いしん坊の僕でも、苦手なものがある。それがオートミールにミューズリーなど。

言葉を聞いただけで寒気が走る。

ドロッとした食感とミルクのにおいが、胃から戻ってきたもののようで、どうにもいけない。

僕は思わず、モロッコに来るとよく見かけるラクダを思い起こした。

反芻《はんすう》動物である。牛も羊もそうなのに、ラクダを思い出すのは、ラクダが草を食べては反芻している場面を、そこかしこで見せつけられるせいかもしれない……。

せっかくの極上朝食が、脳内で台無しになりそう。

しかも隣のテーブルに座る鳥越さんがスプーンをかざして微笑んで言う。

「これ、結構イケるわよ！」

彼女と同じテーブルの一人参加の七十代、山城《やましろ》さんは、健康をエサに、鳥越さんに無理やり食べさせられているようだ。

僕を見て、こっそりと気持ち悪げな顔をした。

僕たちの一行は、モロッコでも、アトラス山脈の北側を巡ってきていた。こちらはいわゆるアラブのモロッコ。農業が盛んで、緑が多く、港町のカサブランカや、首都のラバトにフェズ、このマラケシュも、都市はこちら側に固まっている。

ヨーロッパというか、地中海のにおいがし、カサブランカではシーフード・フリッタ（魚介類のフライ）が出たし、ラバトではブイヤベースもあった。フェズではイタリアンのラザニアも出た。ホテルの朝夕食もビュッフェ形式が多かったので、これまで食事の点では、さほどモロッコを意識せずにすんでいた。

ダボッとしたロングドレスのような民族服を着たガイドのイドゥリスが、僕のテーブルに座った。

「今回のツアーの食事の選び方はなかなかだろう？　お客様を飽きさせないよう、工夫しているんだぜ」

海外ツアーは、日本の旅行会社でプランを作り、現地オペレーターと呼ばれる海外の旅行会社に手配を依頼する。

今回はイドゥリスが社長を務める旅行会社が受注したのだ。

だから彼は、ガイド業をソツなくこなしたうえで、手配の評価も気にしていた。今回評判がよければ、次回からも日本のツアーを取れるのだ。

「やっぱりツアーでは食事が一番重要だからね。日本食か中華料理を出せればよかったんだろうけど……」

今でこそカサブランカに行けば、寿司を中心に、日本食レストランはかなりの数がある。しかし当時は、日本食や中華の店もまだあまりなかった。

世界を旅すると、日本食がなくても中華はあるのが普通だが、ことイスラム世界に限っては、中華の進出ははかばかしくない。

中華料理の代表的食材の豚肉食が、イスラム諸国で禁忌になっているせいだろう。おかげで後発の日本料理のほうが、最近ではイスラム世界に浸透していっているようだ。

「アトラスの向こう側に行ったら、モロッコ料理が中心になる。それがちょっと心配だなあ。これからは田舎だからね」

イドゥリスはそう言って、気を揉んでいた。

この日は迷路のようなマラケシュの町を散策。革なめし工場の近くでは鼻を突くようなにおいが漂ってくる。これにはイドゥリスがミントの葉を大量に手に入れてきて、みんなに配った。ミントはモロッコの特産なのだ。

夕方になると、四百メートル四方のジャマ・エル・フナ広場には、続々と露店が出てくる。シシケバブの店からは、焼ける羊肉の香ばしいにおいが届く。ドライフルーツ屋、ジュース屋、土産物屋に、猿回しやコブラの曲芸などもある。民族衣装を着ている男たちはモデル業、体重計を一個だけ置いている男もいる。アラブ人だけでなく、ベルベル人と呼ばれる人たちが集っているのは、彼らの居住地域がアトラス山脈周辺から南にかけてだからだ。

彼らがモロッコの先住民で、イドゥリスも、血を引いていると言っていた。

「わが故郷でもある、アトラスの南側こそ、見てもらいたいモロッコなんだ」

雪の残るアトラスを越え、南に入ると、風景が一変した。

世界が青い空とむき出しの大地に二分されているのだ。

草木はほとんど見ることがない。砂漠や遊牧民のにおいがしてくる。風が吹けば砂塵が舞った。川の近くに建てられた世界遺産の「アイト・ベン・ハドゥ」は、集落が要塞化して固まっており、窓に見せかけた銃眼が特徴だ。これがカスバ……砦《とりで》であった。

美しさの中に凛とした緊張感がみなぎっている。

そんなカスバを見ながら、テラスレストランでのランチは、僕の大好物のシシケバブだった。羊の串焼き。炭焼きだからうまいのなんのって。香辛料の複雑な香りが鼻孔《びこう》に絡みつき、新鮮な羊肉の軽やかかな弾力がたまらない。口の中で肉汁がジュワッと溶け出す。

キュウリとトマトを四角く切ったモロッコサラダも、別の意味でジューシーだ。口がさっぱりとした。それに円盤状のパン、ホブズ。これにシシケバブをはさんでもいい。最後はミントティーである。完璧にモロッコ料理だ！

そして、この日の夕食は、チキンと野菜のクスクス。

世界で一番短いパスタと言われるクスクスを、シチューを煮込む鍋の上にもう一つ鍋を置い

タジン
モロッコ料理はくり返す
クスクス → シシケバブ

て蒸し、食べる段になってシチューをかけるのだ。よく混ぜる。ほのかに味のついたクスクスにシチューが適度に絡み合う。オートミールのように、ベチャッとしないところがいい。クスクスの小さな粒には、麦の食感が残り、トマトや香辛料を使ったシチューによく合う。

シチューとクスクスは、カレーとライスの関係に似ている。フランスでは国民食と言われるまでに浸透し、パリなどあちらこちらに店がある。最近では、サラダ感覚で食べる「タブレ」が人気だ。

「またクスクス?」

言って、鳥越さんが両手で口を覆った。

これまで誤魔化《ごまか》しながら調整してきた食のメニューが、何度目かの重複で、大きな印象になってしまったようだった。

「あら、岡崎さんは、またよく食べるわねえ。飽きないの? クスクス……」

笑う仕草で、下手なダジャレを飛ばした鳥越さんだが、ほかのお客にはウケて、みんなが僕を見てクスクス笑った。

食いしん坊添乗員とはこういうものである。クスクスの本場モロッコで、クスクスに飽きるはずがない。日本に帰ったら、こんなもの、食べられなくなるぞという、一種の強迫観念が僕の中には、常にあるのだ。

そのくせ日本に何ヵ月も暮らしていると、いい加減日本食にアキアキして来る。

若い時分から旅の空の下で暮らしてきた僕の体は、食習慣の染み込み方が、みなさんとは異なっているのかもしれない。

翌日はトドラ渓谷《けいこく》でランチだ。あたりは砂漠と似たような風景なのに、川の流れる渓谷の周辺だけが緑のナツメヤシや畑で覆われている。

これがオアシス。モロッコの南部に来た実感が湧く。

「またタジン？」

運ばれてきた容器を見て、鳥越さんが遠慮なく叫んだ。

げんなりとした表情で、とんがり帽子のようなかたちの茶色い陶製のタジン鍋を見つめる。

蓋を取ると、湯気の向こうにゴロゴロ入った牛肉と黒いプルーンが顔を出す。甘酸っぱいプルーンの香りが、うまそうである。

タジンは、水の貴重なモロッコで、野菜や肉の水分だけで蒸し煮にする料理だ。使う香辛料はさまざまだが、日本の煮物のように水っぽくなく、味がギュッと凝縮される。

「今日は牛肉とプルーンのタジンですよ」

僕は目を輝かせて、お客たちの顔を見た。

「でもタジンもクスクスも、煮込んだシチューは、同じようなものじゃない」

鳥越さんの言い分は正しい。たしかに似たような味なのである。

「でも、今まで食べたのは、野菜にミートボール、グリーンピースと羊肉、ポテトとチキン。一度だって、同じタジンはなかったじゃないですか。日本でも、おでんや肉じゃが、芋の煮っ転がしなんて、味的には大差ないでしょ」

「日本食なら慣れているからいいけどね」

鳥越さんの的《まと》を射た発言に、イドゥリスはがっくりと肩を落とした。

「……おまえのせいじゃないから」

僕は、彼の努力をねぎらった。

翌早朝、僕たちは、相当に寒い中、サハラ砂漠の砂丘に立った。

鳥越さんが朝日に向かって大声で叫んだ。

「タジン！　クスクス！　シシケバブ！」

この三つの単語を呪い殺すような響きだったが、多くの人が笑い声とともに、彼女に続き、さっぱりとした顔になっていた。

砂漠からの帰り道、ベルベル人がやっている茶色いテントのカフェに立ち寄った。

生ミントを入れたグラスの中に、甘い緑茶を注ぎ入れれば、ミントティーの出来上がり。

飲めば、冷えた体が温まり、ほっこりとする。

「これだけは、日本に帰っても習慣になりそうよねえ」

鳥越さんはグラスを両手で包んで、女性客たちとうなずき合っていた。

タジンはそれから数年後、日本に上陸、ヘルシーブームの中で「タジン鍋」として定着しつつある。

フランスではクスクス、日本ではタジン鍋……なんか面白い。

# その16　ジャングルの夢

今年の一月は、一ヵ月ほどマレーシアのマラッカに行くことにした。寒い日本を離れて、おいしいものでも食べて、ゆっくりするのだ。ネット環境が整っているので仕事もできるし。

しかし今から二十八年前、初めてマレーシアを訪れた時は、こんなグータラな気分ではなかった。もっとドキドキ潑剌《はつらつ》とし、センシティブだった。金子《かねこ》光晴《みつはる》著『マレー蘭印紀行』を携え、彼の愛したジャングルを全身で感じたいと思っていた。そして彼の足跡を辿るのである。

まずはタイのバンコクからマレー鉄道で南下、マレーシアに入国するや、僕は早くも感動した。しかも金子光晴の見たジャングルにではなく、焼きそばにである。

具は赤貝ともやし、色は真っ黒、味も衝撃的で舌と脳が震えた。老抽《ラオチョウ》というカラメル入りの甘い広東《カントン》醤油で味付けされており、赤貝の出汁と相まって、いい味になっているのだ。もやしはシャッキシャキ。ソース焼きそばではない極上の焼きそばが、世界にはあるのだと初めて知った。これが福建麵《ホッケンミー》である。黒ビールを一緒に飲めば、他には何も要らない。うっかりジャングルのことなど忘れそうになる。

いやいや文学的に行くのだ。『マレー蘭印紀行』にはこんな一節がある。

「華僑（省略）は、森から、六つ球の算盤《そろばん》で弾き出す。馬来人たちが猶《なほ》、この森のふるい夢や、昔語りにうっとりとして、見ほれ、きゝほれているひまに」

そんな森《ジャングル》はどこにあるのか。

そこで二十五歳の僕は、マレーシアのほぼ中央に位置するジャングル、国立公園のタマン・ネガラに向かった。途中までバスで行き、船に乗り換えた。深いジャングルの中に入った。

太陽の光すら、木々に遮《さえぎ》られ届かない。呑み込まれそうな雰囲気だ。船外機の音以外には鳥の鳴き声、動物の咆哮《ほうこう》が聞こえるばかりだ。

船は行く。金子光晴はジャングルに流れる川のことを「森の尿《いばり》」と表現している。たしかに川は濁り、深い茶色……オリーブ・ブラウンに染まっていた。

「川は放縦な森のまんなかを貫いて緩慢に流れている。（省略）水は、歎いてもいない。挽歌《ばんか》を唄ってもいない。それは、ふかい森のおごそかなゆるぎなき秩序でながれうごいているのだ」

ああ、金子光晴だ！　金子光晴の森があったのだ。

こんなところで一切を忘れて暮らせたら——僕はバンガローで旅装を解くと、ジャングルの夢を見ながら眠った。

翌日、隣接したキャンプ場を通りがかると、マレー人と思われる女性が二人、丸太に座って、火を見ながら、コーヒーを沸かしていた。

ふと一人と目が合った。可愛《かわい》い！

Tシャツの上から長袖シャツを羽織《はお》り、ジーンズをはいている。イスラム教徒のはずなのに、スカーフはかぶっておらず、長い髪はやや縮れている。細身で目の大きな美人だ。

「ハロー！」

挨拶すると、彼女も小さく手を挙げ、ニコッと笑った。

勧められるまま丸太に座り、コーヒーをご馳走になる。マレーシアらしい濃い味のコピである。たっぷり砂糖を入れて飲む。じんわりとうまい。

二人は東海岸の町クアンタンからキャンプに来たのだと言った。

「ジャングルが大好きなの！」

そう言って、ジャングルを見回しながら、うっとりしてみせたのが、件《くだん》の美人で名前はアナ。大学卒業後、就職はせず、バスターミナルでジュースの屋台を開いているとか。将来の夢は洋服屋だ。

一瞬で、僕はジャングルの夢の中に転げ落ちてしまった。

じっとりとした木々に囲まれ、鳥の声を聞き、獣《けもの》たちの息づかいを肌で感じながら暮らすのだ。アナと二人なら、それができるかもしれない。

これは奇跡だ。金子光晴が僕をアナに引き合わせてくれたのだ。

僕はアナを追ってクアンタンに行った。彼女がジュースの屋台を閉めるのは、夕方の五時。それから一緒に夕飯を食べに行く。イスラム教徒のマレー人は、イスラム様式に則《のっと》った調理法でなければ食べられない。これがハラール。そこでマレー人がやっている店に行く。

毎日のように通ったのが、ナシ・チャンプルーの店。「ナシ」はご飯、「チャンプルー」とはごちゃまぜのこと。沖縄《おきなわ》のゴーヤ・チャンプルーの語源でもある。いわゆるぶっかけ飯だ。

まずは白米をよそってもらい、トレーのおかずから好きなものを選んでかける。各種のカレーや炒め物、フライドチキン、焼き魚、目玉焼きなどである。これにサンバルというピリ辛のソースを混ぜる。

アナは、細い指で、品よくご飯とおかずを混ぜながら、食べる。僕もインドを旅して手食には慣れていた。ただ品よくというより、ついガツガツしてしまう。

「どう？　おいしい？」

「うん。おかずも種類が多いから、飽きないよね」

そう言いつつ、近所の中華料理屋が気になるが、あちらは昼に行けばいい。

朝はインド人の店でロティ・チャナイだ。クレープのように薄く円形に引き伸ばした小麦粉の生地を畳《たた》んで、鉄板で焼いたものである。

カレーの汁をつけて食べるのだが、これが癖になるほどうまい。インドでは食べたことがなかったので、マレーシアで進化したインド料理なのかも。これとチャイがあればいい。

「インドには、モスレム（イスラム教徒）のインド人がいるでしょ？　だからインド料理は食べるけど、中華は豚肉があるでしょう」

「豚肉じゃなければ、中華でもいい？」

「うーん、どうかな……」

僕はアナとの暮らしを夢想していた。それくらい意気投合していたのだ。話すのは英語が主で、習いたてのマレー語も混ざった。昼間はマレー語の独学に勤しんでいた。

アナは地元ではスカーフを頭に巻いていた。マレー人の女性はみんなそうである。ただし、家の中とか、彼氏の車の中とかでは脱ぐそうだ。

「僕みたいな日本人と、こんな風に毎日デートしていたら、誰かに何か言われない？　異教徒だし」

「どうだろ？　私は気にしない」

「でもイスラム教徒って、厳格なんだろ」

「……バカッ！　何を考えているのよ」

一瞬考えた後、何の話かわかったらしく、アナは真っ赤になっていた。

仲良くなったマレー人の男どもが言うには「そこらへんは、結局、男と女だもん」。つまり人によりけりなのである。

「それで、あなた、いつまでこの町にいるの。旅の途中なんだもの。この後、マラッカやバトパハに行くんでしょ」

「そうだね。明後日くらいに出ようかな」

「じゃあ、明日、海に行かない？　お店は休むわ」

僕たちは翌日、バスでビーチに行った。白波が次々に打ち寄せる。

海は青く、空も青い。入道雲が浮かんでいた。

「ねえ……」

黙って海を見ていると、アナが言う。

「イスラム教徒に改宗するなら、結婚してあげてもいいわよ」

僕は彼女を見つめた。顔を近づけた。彼女の肩に手を回して、キスをした。

「帰ってくるから」

翌朝、僕は金子光晴の足跡を辿る旅に出た。

金子光晴
「マレー蘭印紀行」
(初版は1940年)

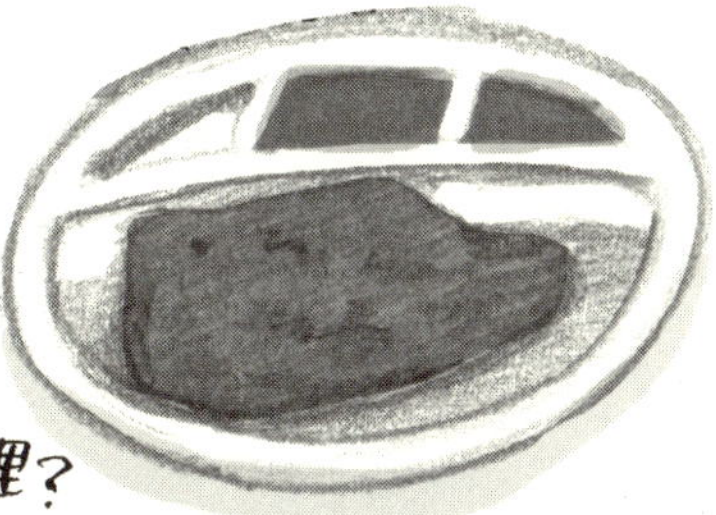

マレーシアで進化したインド料理？
ロティ・チャナイ ☺

マッドクラブのチリソース炒め
おいしいけど身がスカスカ ☹

真っ黒い
焼きそば
福建麺《ホッケンミー》 ☺

＊

二十八年ぶりのマラッカは、驚くほど観光地化していた。

薄汚れていた建物も町もきれいになって、ゴミさえ落ちていない。古民家は昔の姿を残したままリノベーションされ、ホテルやレストラン、土産屋などになっている。芸術家たちが手掛けた壁画が町を彩り、マラッカ川には遊覧船が行き来する。

あの頃は、すぐそこにあった海岸に、夕方になると釣り人が大勢出ていた。しかし今では海は埋め立てられて遠くなり、地元の人は、観光客がごった返す町中で、商売のほうに忙しい。

ずいぶん変わったものだが、僕も、今回は一人ではなく、妻との二人旅である。

初日の夜、雨の降る中、向かったのは、評判の雲呑《ワンタン》麺屋だ。

店内は満席、店先の寸胴からは、白い湯気が立ち昇っている。「中」にしようか「大」にしようか悩んでいると、隣のテーブルの若者が、「ビッグ！」と自分の椀を指差し笑った。男ならビッグだ。五分ほどで運ばれてくる。

丼には麺の上に小さめの焼豚と小松菜が載り、硬めの麺は軽く油を絡めてある。雲呑スープと分けて注文する人がほとんどだ。付け合せの青唐辛子の酢漬けをぶち込み、麺を啜った。

あっさりとした味、小麦のほのかな香り、豚ミンチも入っているようで、焼豚とともに旨味が広がり、青唐辛子がいいアクセントになる。徐々に胃に収まる重量感。薄口のスープを飲んで、アツアツの分厚い雲呑をホフホフいいながら食う。

味、満腹感ともに文句なし。キビキビ働く店の人たち、気軽な感じのお客たちもいい。「大」

で五リンギット（約百五十円）は、さすがに評判店である。

アナとはついぞ食べなかった料理だ。

アナの住む東海岸はマレー人が多数で、マラッカのある西海岸は中国系やインド系が多くなる。おかげで食は豊かになって、食いしん坊としてはうれしい。

グルメで有名なのはイポーとペナン。マラッカも悪くない。だから当時もマラッカでは、アナといる時食べられなかった反動のように、中華料理をよく食べた。

今回も、朝は飲茶《ヤムチヤ》である。近所の『榮茂茶室《ロンマウチヤースー》』で皮蛋《ピータン》入りお粥を食べ、お茶をがぶ飲みする。このお粥がまた格別なのである。

ピータンは細かく刻まれ、豚ミンチとショウガが隠れ、上から青ネギと揚げニンニクがパラリと振りかけられている。冷房のない店内は、通りに面して壁がなく、扇風機が暑い空気をかき回す。座っているだけでおびただしい汗をかく。これが何とも気持ちいい。

お粥だけでは物足りないので、もう一品。味のしっかりした肉まんの「大」には、肉汁の染み込んだゆで卵が入っておりうまい。エビがぎっしり詰まったエビ焼売は高いので（といっても二つで百円ほど）、たまにしか食べなかったが、口の中で弾けるエビがまさにプリプリ。現在、生涯一のエビ焼売である。

マラッカから南東にバスで二時間のところにあるのが、金子光晴がこよなく愛した町、バトパハである。「バトパハの街には、まず密林から放たれたこころの明るさがあった」（『マレー蘭印紀行』）とあるが、今では何の変哲もない地方の町だ。

「こんにちは！」
今回も、町の人から日本語で声がかかった。金子光晴がこの町を訪れたのはもう八十年以上前。それでも今なお日本人の旅人たちが立ち寄る。しかも日本人しか来ない。

金子光晴が泊まったのが、バトパハ川近くの日本人クラブがあった洋館の三階だ。画家の妻が「絶対ここから金子も見たはずよ」という場所に立ってスケッチする。

一階は店舗が入っているが、三階は鳩の住処になっていた。周囲に開発の音が響く中、この建物もいつまで持つか。

バトパハ川には、金子光晴が大好きだった火炎樹《カユ・アピアピ》はなく、ニッパヤシでさえ申し訳程度に残るだけである。それでも船着き場には赤褐色の肌をした船乗りたちが、その昔もこうだったろうと思えるような半裸体で作業していた。

食堂ではマッドクラブのチリソース炒めを注文した。金子光晴はヤシ油が苦手だったらしいが、マッドクラブはどうだったのだろう。オレンジ色の見かけは、いかにもおいしそうなのだが、脚の中を見て、これはいけないと思った。身がスカスカなのである。ただ味はいい。さすが名物である。妻は黙々と懸命に食べている。従業員に聞いてみた。

「これでもマレーシア産なの？」

「それが旦那、今では護岸工事のせいで、マングローブが壊滅的でしょ。これじゃマッドクラブは生きられません。インドネシアから輸入しているんです」

それで運ばれるまで数日間も餌《えさ》をやらないから、やせ細り、身がスカスカになるのだ。

金子光晴の時代に、バトパパハの奥地に広がっていたジャングルはほとんど切り倒され、のっぺらぼうになり、工場などが建てられている。もはや金子光晴が愛したジャングルなど潰《つい》えたように思える。

マラッカに戻った翌日、僕たちは行きつけの、菩提樹《ぼだいじゅ》の下のカフェでナシレマを食べていた。これがさっぱりしてうまい。ココナッツミルクで炊いたご飯に、目玉焼きと揚げジャコ、青菜炒めをのせたニョニャ料理だ。

ニョニャとはマレー人と中国人が結婚してできた文化で、食べ物や建物に見られる。

もし僕が、あの時、アナのところに戻っていたら、今頃はどうしていただろう。

「何かあったの？　ボーッとしちゃって」

妻が聞いてくるが、まさかアナのことを考えていたとは言い出せなかった。

僕はあの後、毎日のようにアナに手紙を出した。そして別れて二ヵ月半後、シンガポールから最後の手紙を書いた。散々悩み、迷った末の決断だった。

――僕は旅を続けます。もっと世界を見たいから。ステキな時間をありがとう。

あれから折に触れて、アナの笑顔が浮かんでは消えた。

しかし、会いに行こうと思ったことはない。

ジャングルの夢のような恋の味を、胸の奥に大切にしまっておきたかったから……なんてキザかなあ？

# その17 世界で一番チキンが大好き!

中米はその昔から、日本人宿が充実しているので、現地に根づいた日本人が経営しているので、治安の不安定な国が多い中、まずもって安心である。

客はもちろん日本人。こういった宿に泊まれば、旅の情報が得やすく、友達ができ、日本食を食べられる。自炊施設や、ドミトリーという大部屋があるところも多いので、安く滞在もできるのだ。人にもよるが、二、三泊は当たり前、長ければ数ヵ月間居ついてしまう人もいる。

二〇一〇年、僕と妻がグアテマラのアンティグアでお世話になったのも、そんな日本人宿のひとつ「ペンション田代《たしろ》」であった。ダブルで一泊百二十ケツァル（約千七百円）。

通貨単位のケツァルは、グアテマラの国鳥「ケツァ（ー）ル」を意味している。鳥の名前が通貨の単位になるとは……なんとなくグアテマラは、どこか違う次元にあるような雰囲気だ。

初日の夜、夕食のために出歩いた。

この国では、夜の外出は気をつけたほうがいいのだが、世界遺産の町アンティグアは、比較的安全が確保されているという。

丸石が敷き詰められた、歩きにくい石畳を歩く。オレンジ色の街灯に石畳が黒光りする。建物もスペイン植民地時代のもので、家々は、よじ登れないほど高い門塀に囲われている。富士山のような美しい形のアグア山のシルエットが、青黒い空に映えていた。

庶民的な食堂が見つからず、仕方なく観光客用の高そうなレストランに入った。

注文したのは「Pollo a la Parrilla（ポジョ・ア・ラ・パリージャ）」、チキングリルだ。ビールを飲みつつ待つこと数分、堂々とした大きさの、骨付きチキンの腿肉《ももにく》が出てきた。手に持ってかぶりつく。

「こ、こ、これは！」

瞬時に衝撃が走った。なんというチキンだ！

ジューシーでありながら、ブロイラーのような水っぽさがまったくない。かといって肉が引き締まり過ぎてもおらず、ちょうどいい感じの噛みごたえで、旨味が口いっぱいに広がった。

妻と目を合わせて無言でうなずき、がつがつ食べた。あっという間に骨だけになる。脂もしつこくなく、極上のチキンであった。

こんなチキン、食べたことがない。まさに食いしん坊、初日にして愉悦に浸る、だ。

そう言えば、空港からアンティグアに来る途中、やけにチキンの看板がたくさん出ていた。フライドチキンのチェーン店の広告看板だろうと思っていたが、観光客用のレストランでもこれほどうまいとは……恐るべし、グアテマラ。

ニワトリの起源は東南アジア説が有力で、世界で養鶏が進み始めたのは十八、九世紀というから、意外に遅い。日本もそうだが、最初は鶏卵の生産が主だった。中米にもたらされたのは植民地時代のこと。

昔聞いたベテラン旅行者の話が思い出される。

彼によれば、大型家畜を放牧できる広大な土地を持つブラジルやアルゼンチンでは牛や豚を多く食べるが、カリブ海の島々や、山がちな中米では広い土地が少なく、大型家畜の牧畜に向かない。そのために養鶏が盛んになってチキンが好まれるのだという……なるほど。

そんなことを考えながら、テーブルに置かれたビール瓶をよく見ると、ニワトリのマークであった。商品名は「Gallo（ガジョ）」、雄鶏のことである。料理のチキンは「Pollo（ポジョ）」、若鶏だ。

翌日のランチは、市場近くの庶民のレストランに行ってみた。女性たちのほとんどは、色鮮やかな民族衣装の貫頭衣《かんとうい》ウイピルを着ている。男性はシャツにズボン、野球帽やカウボーイハットをかぶった人が多かった。人々はおおむね小柄だ。カレーのようなものを食べていた。

聞けば、「Pepián（ペピアン）」という料理で、野菜とチキンのシチューだ。

これをピラフにかけて食する。骨付きの手羽元に、大ぶりなウィスキルというウリがついてくる。かぼちゃの種やローリエ、シナモン、ゴマも入っているようで、それらをミキサーで潰してソースを作り、野菜やチキンと煮込むのだ。

グアテマラの郷土料理らしいのだが、その名前から、スペイン料理の「Pollo en Pepitoria（ポジョ・エン・ペピトリア）」というシチューから来ているのではないのかと思われる。スペインではローストアーモンドを使うところ、こちらではかぼちゃの種を使うようである。カレー風味ではないスープカレーのようなものだ。

ピリリと辛いが、味が実に複雑で、あっさりしており食べやすい。そして何より、チキンが抜群である。辛さに汗をかきながらフハフハ食べた。

宿に戻ってひと休みする間、ペンションのオーナー田代さんと話した。

「グアテマラの治安の悪さには、参りますよ。上の子が通う高校では、去年五人も誘拐されて、気が気じゃないです。従弟《いとこ》は首都のグアテマラシティーに住んでいるのですが、この前、ほんの五分、車を離れたすきに車上荒しに遭いましてね。先週もコパンに向かったチキンバス、に乗っていた日本人旅行者から電話があって。山道の前後を通せんぼされたんだそうです。犯人の顔を見ないように言われて、拳銃を突きつけられながら車から降ろされ、地べたに腹ばいにさせられ、現金を奪われたといいます。現金は数ヵ所に分散して持っていたので、被害は最低限ですんだらしいのですが……」

チキンバスとは、ローカルバスの総称で、ニワトリを運ぶ人が多いからとか、ニワトリを運ぶように、車一杯に人を詰め込むからだとか。

しかし、これは外国人がつけたニックネームで、現地では「カミオネッタ」と呼んでいる。どれもアメリカのスクールバスのお下がりで、民族衣装のウイピルと同様に、赤や黄色や青など色鮮やかに配色されている。

ボンネットが突き出た車の表情は、チキンの顔に似てるかな。いや、国鳥ケツァールではないのか。

この鳥は、体中が緑や青や赤色で、尾が長く、世界で最も美しいと言われる鳥だ。両側がマリンブルー、真ん中が白のグアテマラ国旗の中にも、オリーブの葉の間に描かれている。

そんなバスが、山道では強盗に襲われるし、平地でもスリの温床になっているというから、物騒なことこの上ない。

ただ、外国人を狙ってということはあまりなく、標的は一般のグアテマラ人で、行きずりの犯行だという。殺人も多い国だが、動機は怨恨が最たるものだとか。

それにしても、こんなところでもチキンの登場である。体が汗ばんでくる。治安が悪いって嫌だなあ。

田代さんの話のせいで、さすがの僕でも、おっかなびっくりのグアテマラの旅になってしまった。ここまで言われて、チキンバスには乗る気になれず、ツーリストバスで移動することにした。こちらは外国人旅行者専用なので、スリは皆無、しかしやっぱり行きずりに強盗に出合うことがあるという。

行きずりが危ないなんて、何じゃい、この国は？

事情通によれば、米国・中米間自由貿易協定によって、アメリカ資本が中米に入り込み、地場産業が大打撃を受け、経済が停滞、雇用が減少、その結果、治安まで悪化したというのだ。貿易の自由化が犯罪者の自由往来も促進、食えなくなった人たちは、泥棒ビジネスや誘拐ビジネスに乗り出したというわけなのだ。

固い話はこれくらいにして、バスで北部のフローレスに向かう道すがら、途中の休憩タイムで、思いがけずおいしいものに出くわした。

名前は「タマル」。バナナの葉っぱに包んだ肉まんのようなもので、トウモロコシの粉から作った蒸しパンの中に、とろりとしたチキンのトマトソース煮が入っているのだ。濃厚な味が、淡泊なトウモロコシパンと実に合う。

フローレスは、世界遺産のマヤ遺跡、ティカル観光の拠点の町で、ペテン・イッツァ湖に面しており静かであった。夕方から湖のそばの食堂では、店先の広い歩道に焼台が出され、チキンが焼かれる。

ここでもビールは「Gallo」、食事は「Pollo」と、なんだかニワトリずくめだ。炭火で焼いたチキンはまたことのほか、うまい。ここは比較的治安がいいらしいので、落ち着く。

翌朝は、ホテル近くのカフェで典型的グアテマラの朝食だ。黒豆のフリホーレスにスクランブルエッグ、サワークリームにトルティーヤだ。フリホーレスは、まるで日本の小豆そのもの。スクランブルエッグやサワークリームと混ぜて、トルティーヤで包んで食べる。

名古屋で小倉マーガリンという菓子パンが昔からあるが、やけに似た味である。その後は、この朝食が病みつきになってしまった。「フリホーレスがなければ、グアテマラの夜は明けない」というくらいに。

日本人宿ばかりに泊まっていると、こうした至福のローカル食を見逃してしまいかねない。泊まる宿はいろいろあっていい。

ティカル遺跡観光の後、ボートで川を渡ってメキシコに入った。

すると待機していたミニバスに、三人の入国審査官が血相を変えて走り寄ってきた。バスの車内に密入国者がいるらしい。窓から外を見ていると、ひとりの係官が僕を指差し怒鳴っている。

「オイこら、密入国者、おまえだ、そうだ、おまえのことだ! バスから降りてこんかい」

(たぶんこんなことを言っている)

チキングリル

衝撃的なうまさ!!

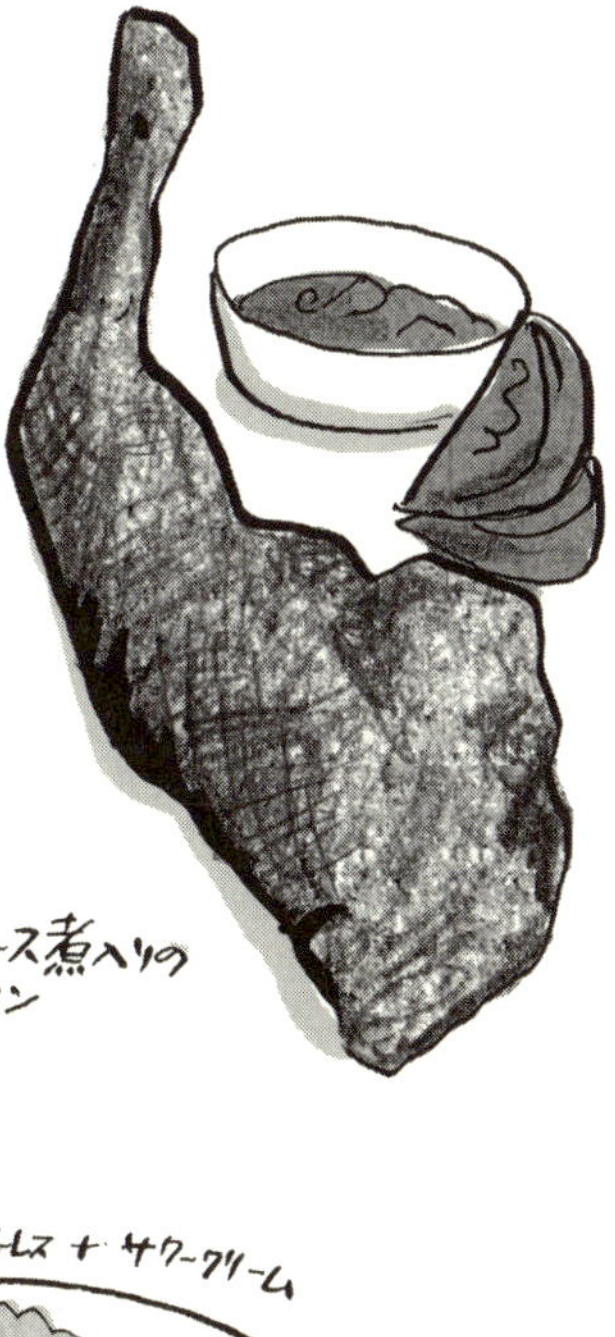

ガジョビール

タマル

チキンのトマトソース煮入りのトウモロコシパン

グアテマラの朝食

スクランブルエッグ＋フリホーレス＋サワークリーム

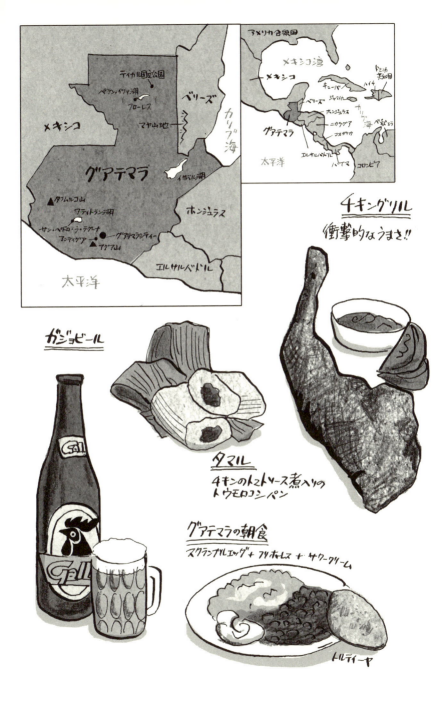

僕は慌てふためいて、バッグからパスポートを出した。

「冗談じゃない！　これを見てみろ、この赤いパスポートを」

日本人だぜえ！　おりゃあ！　控えおろう。

海外でなら、日本人が水戸黄門になれる瞬間、それがこんな時である。日本が悪く思われることはまずない。世界と友好関係を築いてこられた諸先輩方に感謝だ。

「ハア？」

係官は首を傾げ、傾げついでか、パスポートを上下逆に読もうとしている。

「ジャパン、ジャパン！」

同乗の外国人旅行者たちが、僕を指差し、大声で加勢してくれる。

それでも係官三人は、疑わしげな目付きだ。

僕は焦った。こんな時、困るのが、地方の国境に多い、わけのわからん係官である。パスポートの国名を読めない人もいる。

「日本人って、スペイン語でなんだっけ？　そうだ、ハポネス。ハポネス、ハポネス」

自分を指すが、語感がどこか頼りない。

「ダイゴさん、反対よ」と、妻が手の平を返すようなジェスチャーをした。

パスポートを上下逆さに見せていたからわからなかったのか。

「ソーリー、ソーリー」

僕が窓に貼りつけたパスポートを逆にして見せると、係官の首も戻って、ようやく納得した顔になる。

係官は次に、最後部に座っていた中年男を指差した。

「おまえだ！」

なんじゃそれ？

そんな当てずっぽうでいいのかと思っていると、これがなんと、ビンゴであった。

男は寂しそうに僕に一瞥《いちべつ》をくれると、すごすごとバスから降りて、その場でガシャリと手錠を掛けられ、パトカーでどこかに連れていかれた。

その後、立ち寄った田舎のドライブインで注文したのは、「Caldo de Pollo（カルド・デ・ポジョ）」、チキンのスープだ。骨付きチキンとゴロゴロとしたニンジンやジャガイモ、ウリ、白いトウモロコシが入っており、五臓六腑《ごぞうろっぷ》に沁《し》み渡るうまさであった。

密入国に成功した人たちもきっと、このスープを飲んで、心からホッとするにちがいない。そんな味だった。

そしてグアテマラのいたるところには、やはり「Gallo」や「Pollo」の看板が立ち並んでいた。「Gallo」はビールだけでなく、Tシャツのデザインや洗剤や米、家電量販店のマークにもなっていた。

「Pollo Campero」は、グアテマラ一のフライドチキンのチェーン店で、国内での人気は「ケンタッキーフライドチキン」をはるかに凌駕し、いまや世界十二ヵ国に進出している。

この国の人たちは、きっと世界で一番チキンが大好きなのだ。

「Pollo Frito」は定番のフライドチキン、「Arroz con Pollo Chapina」はチキンのパエリア、「Tacos de Pollo con Chorizo」はチキンとチョリソのタコスだ。辛いサルサソースをたっぷりつけていただくと、いくつでも食べたくなってしまう。

最後に立ち寄ったのが、山に囲まれたアティトラン湖畔の町、サン・ペドロ・ラ・ラグーナである。部屋を吹き抜ける風が心地よく、窓からは、遠くに形のいい火山が見え、近くの湖畔では、真っ赤なコーヒーの実を乾燥させているのが見えた。

コーヒーの実の酸っぱい匂いが漂ってくる。近所のカフェは、フランス人が始めた店で、濃厚で切れのいいコーヒーを出していた。毎朝、ここで極上の一杯をいただく。

外国人が多く住みつくアティトラン湖周辺の町々は、ゴミひとつなく清潔で、ホテルやレストランのほか、旅行会社やスペイン語学校なども充実していた。

人々は穏やかで、ある種、桃源郷のようなところであった。

この国の治安がいい方に変わるとすれば、きっとチキンが何らかの形で関わってくるにちがいない。

そう……まずは全国民が、大好きなチキンを、腹いっぱい食べられることが大前提となるはずである。

# その18 イギリスにはB&Bとパブがあるのだ

た。舛添要一《ますぞえよういち》前東京都知事が辞職に追い込まれた要因のひとつは、海外視察費用の高さであった。東京都知事は上限が一泊四万二百円だが、多くの道府県では二万九千円以下となっている。この予算では、ホテル代の高いロンドンやニューヨークなどで一流ホテルには泊まれない。ならば規定をオーバーしても仕方ないじゃないかと、一泊十九万円のスイートルームに泊まっちゃうのもどうかと思うが、一九四八年に作られた規定が、世界の現実と乖離《かいり》しているのも事実なのである。

ホテルのネット予約が世界中に広がったことで、繁忙期のホテル代金の高騰化と、逆に閑散期の低額化が進み、その差額があまりに大きくなっている。加えて、最低ランクの安宿でさえ価格が上昇、旅好きの友人など、「インドじゃここ四、五年で、四倍にもなったんだぜ」とぼやく。彼の場合は、一泊百円が四百円程度になっただけだが……。

こんなホテル価格高騰の折の強い味方が、イギリス発祥の「ベッド&ブレックファースト（B&B）」である。日本で言えば、朝食付きの民宿のようなもの。何年か前、妻と二人、イギリスを一ヵ月旅行する計画を立てた。当然、僕たちのような庶民が泊まるのは、B&Bである。宿泊費を安く抑えなければ、長期旅行などできっこないからだ。

ロンドンではB&Bが集まる地区がある。ビクトリア駅周辺と西部のアールズコートだ。これにパディントン、ラッセルスクエア周辺が続く。僕が見つけた格安B&Bは、アールズコートとウェストブロンプトンの間で、イギリスらしいコートヤード（中庭）のある集合住宅の一軒だった。リタイアした女性が家主で、一階で彼女が暮らし、二、三階が客室となっていた。

部屋の広さは八畳ほど、シャワーとトイレは共同。住宅街のただ中で、暮らすように滞在できたのはよかった。しかも朝食が英国風なのである。

イギリスの料理はまずいと、世界の多くの人は思っているだろうが、実は朝食に限っては、世界一級と称されている。「イングリッシュ・ブレックファースト」なる単語まであるほどだ。

この宿の朝食は伝統的なメニューであった。分厚いカリカリベーコンに、スクランブルエッグ、ベイクドビーンズ、焼きトマト、マッシュルームのソテー、オレンジジュース、薄いトースト、ミルクティーである。ベーコンは塩分が強い。ベイクドビーンズは缶詰を温めたものだが、文句はない。薄いトーストは、やや湿っぽい気がするが、慣れるとこれが癖になる。

日本のふんわり、モチモチ食パンなんて、食パンじゃない、あれは餅じゃないかと言いたくなるほどだ。ミルクティーは濃い味のアールグレイで、僕たちは必ず二杯いただき、食いしん坊にはたまらない、もう満腹、大満足の朝食だった。そしてオーナーのご婦人はこう言った。

「イギリスの食事がまずいなど、誰が言ったのでしょうか。そもそもお食事をうんぬんするのは、下品ではないかしら」

食事にあれこれ言うべきではないというわけだが、たぶんこうした嗜《たしな》みが、皮肉にもイギリスで料理文化の発展を阻害する素因となったにちがいない。

そして朝食を、このようにしっかりとるのは、イギリス人が「働くために食う」からだと言われる。反対にフランス人やイタリア人、スペイン人は「食うために働く」。だから宵《よい》っ張《ぱ》りで、いつまでも飲んだり食べたりしているので、朝はコンチネンタル・ブレックファースト、コーヒーにクロワッサン程度で十分なのだ。

アメリカン・ブレックファーストは、とくにアメリカが起源ではなく、コンチネンタルに、卵やソーセージなど温かい料理も含まれる朝食を指すという。

これがスコットランドに行くと、スコティッシュ・ブレックファーストになる。名物はキッパーにブラックプディング。キッパーはイギリスではニシンの燻製を指す。広義には魚の燻製で、サバの燻製など、ミリン干しのような味がする。これを冷蔵庫に残しておいて、夜、ビールの当てにして一杯飲んだりしたものだ。イギリス人は、キッパーの上に目玉焼きを載せたりして食べる。うまいのかなあ？　試したことはない。

またブラックプディングは、簡単に言えば血の混ざった太いソーセージのこと。これを輪切りにしていただくと、粗挽き肉のような歯ごたえでハンバーグみたい。鉄分が多いので、近頃は貧血予防で再評価されているとか。

イギリスの朝食は、このように、朝からモリモリ元気が湧いてきそうな気がする。

そしてこの宿でもそうだったが、B&Bではどこでもたいがい、部屋にはティーポットと紅茶セットが備えつけられているのがうれしい。外で値段の高いお茶を飲まなくてもすむのだ。

昼間はパブでランチを食べたり、サンドイッチ（これもイギリス発祥。サンドイッチ伯爵の考案だとか）を買ったり。ランチなら千五百円、サンドイッチなら五百円未満が相場だ。

サンドイッチの自販機まであり、サイズが大きいので、これひとつだけでも結構腹いっぱいになる。しかも、さすがに本場だけあってうまい。僕の好みはサーモンサンド。イギリス暮らしの長かった妻は伝統のキュウリサンド。これはバターとキュウリと塩、胡椒だけ。シンプルイズベストの定番サンドイッチだ（僕には物足りない）。これにリプトンの缶入りアイスティーでも買ってきて（テイクアウトのアイスコーヒーはまずいことが多いので要注意）、緑のきれいな公園で食べるのだ。こんなランチをとっている地元の人は結構多い。気分がいいね。

サンドイッチのパンがパサパサだと言われるが、ある程度パサパサしてないと、水っぽくなる。日本のパンは、パンそのものに水分が多いので（白米の食感に似ている）、どうにもパンの世界観からして異なるような気がしてしまう。

繁華街から離れた住宅街のB＆Bの問題は晩飯だった。なにしろ近くに店がない。パブも夜には食事は出さない。客もひたすらビールばかり飲み続けている。「食事なんかしたら、ビールが飲めなくなるだろ」とは、ある店の客の言。

日本のように、居酒屋風の店は少なく、食べながら飲む習慣ではないのだ。

値段の高いレストランで毎晩食べるわけにもいかず、日常的にお世話になったのが、地下鉄駅近くにあったインド、アラブ、中国系のお店に、イギリスらしいフィッシュ＆チップス店だった。インドと中華は、地方に行けば、客席すらない店も多く、まるでクリーニング屋にあるようなカウンター近くの席で、料理ができるのをじっと待つ。そして料理をアルミ製のボックス型保温容器に入れて紙蓋をしてくれる。それをいそいそと泊まる宿に持ち帰るのである。

インドなら、カレー二種類とライス、中華なら、酢豚や野菜炒めとライス、あるいは焼きそば。アラブなら、シシケバブとナン。それにビールだ。ここで部屋にあるティーセットが重宝する。顆粒《かりゅう》スープを買ってくれば、スープもできるし、カップ麺だってOKだ。しかしなんか簡単な夕食だ。これが翌朝のイングリッシュ・ブレックファーストにつながるのだろう（ただし朝食も質素なイギリス人も多いとか）。

イギリス人の友人のパットなど、伊豆の僕の家に一週間ほど泊まっていった時、夜は簡単なカレーライスなどをいたく気に入り、しかし朝は、強情なまでに「フライドエッグ（目玉焼き……しかも半熟）二個にベーコン、薄切りトースト二枚にオレンジジュース、ミルクティーでなければ朝食ではない、別のものは絶対イヤだ」と言い張った。

その時、昔ネパールで、山小屋にいるのに、「トーストがなければ朝食じゃない」と怒っていたイギリス人のことが思い出された。

だからなのか、イギリス人が開発した世界のビーチリゾートでは、トーストが必ずと言っていいくらいメニューにあるんだろうね。食にうるさくないわりに、頑固な一面もあるのだ。

さてここからは、イギリスならば避けては通れない道を行く。そう、フィッシュ&チップスだ。Cod（タラ）がもっとも有名だが、実はほかにも色々とある。

Haddockはコダラ、名前に反して体長は一メートルあるタラの仲間だ。Codよりもこっちのほうがうまいかも。Rockfishは岩場に生息するカサゴ。白身で上品な味わいは、日本では高級魚だ。まずいはずがない。Skateはエイのこと。これもイケる。そして僕が何より好きなのは、Plaice（カレイ）とSole（ヒラメ・カレイ）だ。中でもLemon Soleは日本のナメタガレイに似ていてとてもおいしい。有名なのはDover Sole。これはドーバー海峡で獲れた舌平目。英仏両

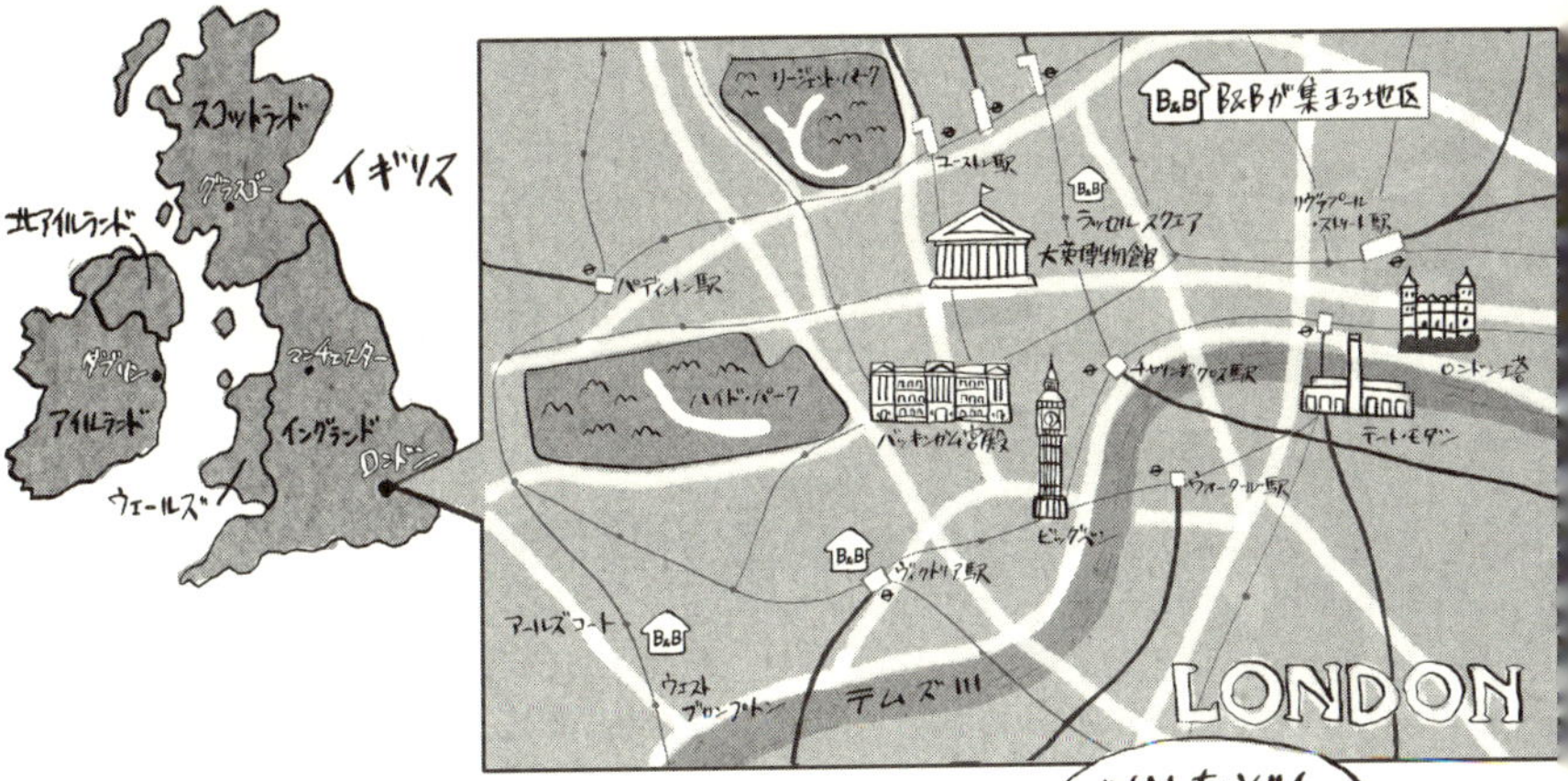
イギリス
スコットランド
グラスゴー
北アイルランド
ダブリン
アイルランド
マンチェスター
イングランド
ロンドン
ウェールズ
リージェント・パーク
B&B
B&Bが集まる地区
ユーストン駅
ラッセルスクエア
リヴァプール・ストリート駅
大英博物館
パディントン駅
ハイド・パーク
チャリング・クロス駅
ロンドン塔
バッキンガム宮殿
テート・モダン
ビッグ・ベン
ウォータールー駅
ヴィクトリア駅
アールズコート
ウェスト ブロンプトン
テムズ川
LONDON

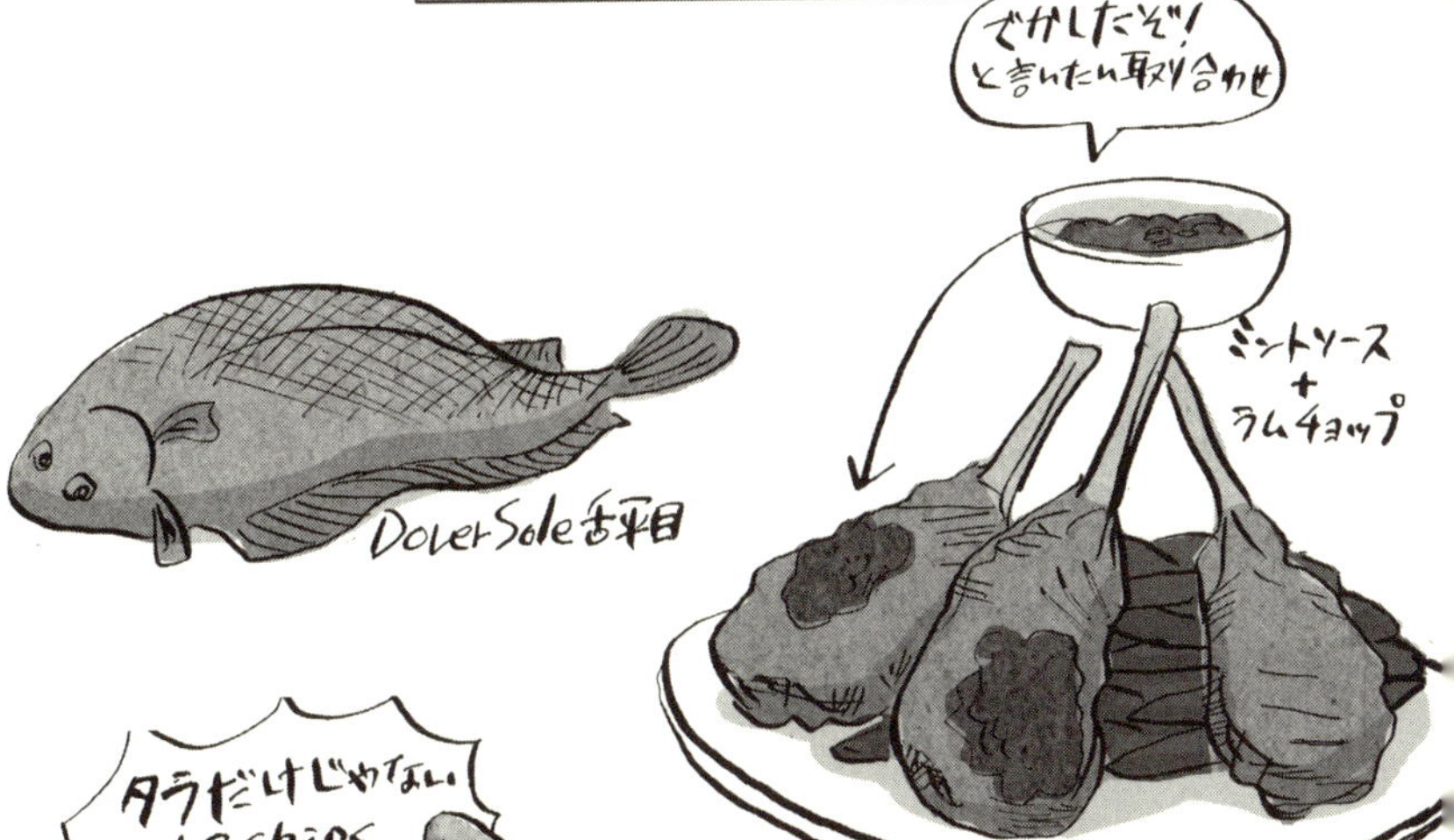
でかしたぞ！
と言いたい取り合わせ
ミントソース
+
ラムチョップ
Dover Sole 舌平目

タラだけじゃない
Fish&Chips
の魚たち
Skate エイ
Rockfish
カサゴ

国で名物である。

イギリス料理＝まずいの先入観が、ほんとはおいしいフィッシュ＆チップスを遠ざけているのかも。このフィッシュ＆チップスをテイクアウトするのが好きだ。

新聞紙にくるんでくれるが、歩いているうちに、余計な油が紙に染み込み、また塩とバシバシと振りかけた酢がいい塩梅に全体に絡まるのである。これを手づかみで食っては、エールビールで流し込む。エールは上面発酵のビールで、鼻から抜ける香りとふくよかな味わいがいい。これがまた合う。

地方に行くとB＆Bは、パブの二階にあるところも多い。中世の時代からの商売の形態だそうで、古い建物も多い。カンタベリーで泊まった宿など、建物自体が傾いており、寝ているといつしか足のほうがベッドからはみ出し、落ちてしまいそうになっていた。

こういうことに目くじらを立てていたら楽しめない。古いとはそういうことなのだ。

一階のパブには必ず夕方になると、近所のおやじさんたちを中心に、人々が集まってくる。パブの語源はPublic house（公共の家）だそうである。

同窓会のような年配の男女の集いもちょくちょく見かける。つまみはせいぜいピーナッツ程度で、とにかくみんなビールをよく飲む。よく笑い、大声で話して楽しそう。

今でもやはりパブだけでは、商売がなかなか難しいようで、ランチを出す店があったり、カンタベリーではパブをファミレスに改造した店に入った。妻はビーフステーキを、僕はラムチョップを頼んだ。グリルしただけのラムチョップの定番ソースは、ミントソースだ。

これを少しずつ付けながら、ラムチョップを頬張る。誰が考えた取り合わせか知らないが、「でかしたぞ！」と言いたい。牛肉より軽い味のラム肉が、さらに軽く感じられ、柔らかい噛みごたえがおいしく、肉汁が口の中にあふれる。最後に鼻から爽やかな香りが抜けていく。

イギリスは、肉用種の牛の伝統的な四種のうちの三種の原産地で、牛肉好きは有名だ。日本の肉じゃがは、イギリスのビーフシチューを真似たものだと言われているし、ステーキやローストビーフ、オックステールスープは言うまでもなくうまい。そして牧畜と言えば、羊だ。地方に足を伸ばせば、緑の美しい丘陵地帯に、石垣に囲まれて羊たちが草を食んでいる。牧羊犬が必ずうろつき、そんなのどかな光景は、アニメ『ひつじのショーン』そのままである。

そう、イギリスに来たらラム。それも骨付きラムチョップ。これも外せないのだ。

そしてイギリス南部のソールズベリーでは、十三世紀から続く旧市街の中にあるB＆Bに泊まった。部屋で軽くテイクアウトしてきた中華を食べて、夜の街に繰り出す。路上で若者の音楽家が三人、チェロとビオラとバイオリンを弾いている。クラシックだ。英語でBuskersと呼ぶが、訳せば「大道芸人」となる。どこの町でも結構見かける。しばし立ったままで聴き、大きなチェロケースに小銭を投げ入れる。人通りはそこそこ。車の通りはめっきり少ない。

一軒のパブに入った。日本の居酒屋ほどではないが、店内が賑《にぎ》やかな声に包まれている。隣の席に座っていた男が話しかけてきた。

「どこからだい？」

「日本から」

どこから来てどこへ行くのか。旅人の会話はいつもこうして始まる。

男は僕たちにギネスビールをおごってくれた。

「ようこそ、ソールズベリーへ。僕はオーストラリアから移住してきた」

歳は僕と同じくらい、四十代半ばで、テニスのコーチが生業だという。若いころはモテモテだったが、おっさんになってからどうにもいけない。人生下り坂である。

男は異邦人の僕たちを相手に、ビールが進むばかりか、愚痴《ぐち》も進んだ。

「女房にも逃げられて、このままここでテニスのコーチをやっていてもどうなのか。来年の契約が更新される保証もないし、別の人生もあるんじゃないか。どう思う？　オーストラリアに帰った方がいいのか。帰っても、家も職もないけど」

しまいには、もうグダグダである。

その時「カラン、カラン！」とパブのベルが鳴った。

夜十一時、閉店の合図だ。さあ、帰った、帰った。

僕たちは彼に別れを告げた。

「Have a nice life（よい人生を）」

「Have a nice journey（よい旅を）」

男は決まり文句を言って、寂しそうに手を振った。

B＆Bとパブめぐり。これぞ庶民の、楽しく味わい深いイギリスの旅……。

## その19 どうしたって麺食いである

まだ幼き日、近所の友人宅で遊んでいると、友人のお母さんが、おやつ代わりにインスタントラーメンを作ってくれた。

丼の中には、生卵がポトリと一個落とされている。味噌汁のような色のスープを一口啜るや、僕の脳裏にガツンと激しい衝撃が走った。

「なんだん、これ⁉」(三河《みかわ》弁)

生まれてはじめての味覚で、しかも抜群のうまさだ。

麺をツルツル、モグモグ食べてスープを飲む。この動作を無言で繰り返す。最後に薄い膜に守られてきた生卵に箸を突き刺し、残り少なくなった麺とスープに絡ませて、ズズズッと啜るようにして、子供ながらにスープを全部飲み干した。

世の中には、こんなにうまいものがあったのだ。

友人が得意げに、空になった紙袋を見せびらかした。

「これが『サッポロ一番　みそラーメン』だがね。知っとったか？　おまん(おまえ)、知らんかっただら」

友人は三河弁丸出しで言った。

僕は帰宅するや、さっそく母親に『サッポロ一番』をねだった。

こうして僕の麺食い人生は始まったようなものである。

生まれ故郷の愛知県岡崎は、味噌煮込みうどんが名物で、どこで食べても、たいていうまい。今でも帰省すれば必ず食べる。

だからか、ラーメン文化は育つことなく、うまいラーメンの記憶はない。

いや、あった。『ベビースターラーメン』（おやつカンパニー）である。ほぼ毎日のように食べていた。油で揚げた麺を砕いたチキン味のスナック菓子。指でつまんで食べるより、顔を仰向《あおむ》けにして、開けた袋を口に持っていき、口の中がいっぱいになるまで流し込み、バリボリやるのだ。

食いしん坊の愉悦、ここにありなのだった。

考えてみれば、今から三十年くらい前には、まだ日本で今ほどのラーメンブームはなかったはずである。

一九八五年から、海外を放浪するようになった僕は、だから正直、日本のラーメンブームに今でも乗れてない。日本で進化系ラーメンの類《たぐ》いを食する前に、アジア各地で、進化しちゃった麺料理の数々を、食べてしまったからである。

最初にはまったのが、タイのバンコク、ヤワラーと呼ばれる中華街の路地裏にある店の油麺だった。店名は『バーミー・ジャップガン』。

大量に湯がいた麺を、油で一気に混ぜ、サラダ菜を敷いた大どんぶりに、手づかみで投げ込む。その上から油を少々かけて、また千切ったサラダ菜を載せ、分厚い煮豚を数えもしないで、十枚程度放り込み、ネギをふったら出来上がり。これには、「ナムソム」というタイのオレンジジュース（塩入り）がピッタリだ。

汚い路地裏で、ハフハフ食べる。

タイのラーメンは日本の半分ほどの量しかない店がほとんどの中、ここではその四倍はある。まだ二十代だった僕でも、食べ終わると、いつも腹一杯すぎて、気持ち悪くなっていた。口の悪い地元の連中は、「バーミー・コンジョン（貧乏人のラーメン）」と呼んでいたが、金持ちも、ベンツなどを表通りに横付けし、嬉々としてテイクアウトを持ち帰る。汁がないから、クーラーのほどよく効いたゴージャスな我が家ででも食べるのだろう。麺を硬めに湯がいてあるので、簡単には伸びない。今でも繁盛しているが、量は当時の三分の二程度に減った。

タイで驚かされたのは、多くのラーメン屋でさつま揚げのような魚の練《ね》り物《もの》を入れることだった。揚げ豆腐もあった。これは毎日のように食した。

モヤシや小松菜を麺の鍋で湯がき、スープは透明な鶏がらスープ。仕上げにネギとパクチーだ。ここにタイの四種の調味料（クルワンポン）を好みでかける。一味唐辛子に、ナムプラー（魚醬）、ナムソム・プリック（唐辛子入りの酢）、それに砂糖だ。砂糖の代わりにピーナッツの潰したものを置く店もある。辛、塩、酸、甘と言われる、タイの味がこれで完成するのだ。

麺も米粉麺のきしめんやうどんのようなもの、ビーフン、ラーメンとさまざまで、しかも汁あり、汁なしと注文できる。これを一軒の屋台で出しちゃうのだから、大したものだ。残念なのは、自分で好きな具材を選ぶ習慣がないこと。

しかしマレーシアに行くと「釀豆腐《ヨンタオフー》」なるものがあり、さつま揚げや豆腐のような具材が、日本のおでんさながらに大きい。しかも種類が豊富で、自分で選び、ラーメンにトッピングしてもらうのである。こうなれば、練り物＆麺好きには垂涎《すいぜん》の「おでんラーメン」となる。

マレーシアと言えば、ペナンでよく食べたのが、「クレイポット・イーミー（伊麺）」である。固焼きそばを土鍋に入れて、あんかけスープでグツグツ煮込む。土鍋ラーメンだ。

麺を保存するために油で揚げたのが伊（府）麺で、中国の広東《カントン》が発祥とされている。チキンラーメンやベビースターラーメンと同じだ。伊麺の麺は、チキンラーメンより太く、鍋焼きに向いている。暑いペナンで食べれば汗がだくだく、たっぷりの野菜の甘みと合わさって、堪えられないうまさだ。

インドネシアで有名なのが、「Bakso（バクソ）」。つい「馬糞」と当ててしまいたくなるような、大ぶりな丸いミンチの入ったスープ麺である。麺はラーメンや春雨が混ざっていたりする。

インドネシアでは、地方の島嶼《とうしょ》部などに行くと、『Indo mie』という銘柄のインスタントラーメンが、レストランでも出てくる。しかも汁を少なくしたものが、「ミーゴレン（焼きそば）」というから、泣けてくる。

インド洋に浮かぶニアス島でのこと。

「おばちゃん、間違いなくミーゴレンだよね。ミーは麺、ゴレンは炒《いた》める、そうだよね」

僕の必死な形相《ぎょうそう》に、おばちゃんは、これまた真剣な顔をしてうなずいた。

「そうだ、ミーゴレンだよ。野菜と卵も入っているやつ……」

待つことしばし、出てきたのは、やはり汁の少ない「Indo mie」だった。

「ちゃんとゴレンしたの？」

「ああ、ちゃんとしたさ。なんなら厨房に見においで」

厨房にガスはなく、燃えて黒くなったココナッツの殻が囲炉裏に残る、その片隅に、たしかに炒めた風の中華鍋があった。捨てられたインスタントラーメンの袋にも「Mi goreng」と表記されている。

「いったい何が言いたいんだい」

「だからさ……そう、麺が違うだろ。普通はインスタントなんて使わないぜ」

「あんたねえ……」

おばちゃんはとうとうと話した。

それによれば、生麺など、華僑の店が二軒あるテレクダラムという町まで行かないとないし、保存がきかないから、ここでは出せない。だからインスタント麺になってしまうのだそうである。

この方程式は、インドネシアの地方で成り立つようで、麺製造が華僑の手にゆだねられているせいで、地方で華僑が少なくなるほど、反比例してインスタントラーメンを出す店が多くなるということが、その後の旅でわかった。

だからか今では、インドネシアはインスタントラーメン消費量世界第二位につけている（世界ラーメン協会調べ）。ちなみに一位は中国、三位は日本だ。

東南アジアには福建《ふっけん》、広東から渡来した華僑が多く住む。インドになるとほとんどおらず、わずかに東部のコルカタで、小さな中華街が残るのみだ。

《モモ（餃子）》
インド
《トゥクパ（ラーメン）》
ダラムサラはチベット料理がうまい
手で食べるヤキソバもイケるぜ
コルカタの焼そば《チョウメン》
インド
外国人ラーメンブーム
TONKOTSU
日本
てんこ盛り！
中国
南米北麦
北京の《ジャージャー麺》
上海「徳興館」の《燜蹄二鮮麺》
徳興館
チャイハネの木陰で世界麺会議
マルコ・ポーロ
中華麺の西端
中央アジアの《ラグメン》

ここの華僑がインドにもたらしたのが「チョウメン」である。これ、焼きそばのこと。彼らが入植したのは、イギリス植民地時代のことらしい。そしてインドでは、インドネシア人ほど麺食い人でないにもかかわらず、インスタント麺より、乾麺が流通している。地方のインド人が、すっかり馴染んだ風に、チョウメンを手で食べているのは、妙におかしい。

しかし、いったいどうやって、あの広大なインド全土に乾麺を広めたのだろう。三十年前にくらべれば、最近では、どこでもチョウメンが食べられる印象なのだ。

そんな僕の疑問に答えてくれたのが、北インドのダラムサラで仲良くなったチベット人だった。この町にはチベット亡命政府の行政機関が設けられ、六千人ものチベット人が暮らし、ゲストハウスやレストランを営む者も多い。標高は千八百メートル。夏でも涼しく、イギリス人が避暑地として開発した。

この町には外国人旅行者が長逗留《ながとうりゅう》することも多い。なんたって、チベット料理が食べられるのだ。チョウメンはもちろんのこと、トゥクパ（ラーメン）やモモ（餃子）が食べられ、しかもうまい。長逗留する間に、ダライ・ラマ法王の法話があれば、聞くこともでき（三日前から法話初日までに要予約）、たぶん一般人がもっとも会えるチャンスの高いノーベル平和賞受賞者となっている。

トゥクパやモモは、ベジタブルと、ノンベジタブルがある。ノンベジは、たいがい羊肉が入ったもので、これのモモなど絶品だ。トゥクパは、薄い塩味で、インドカレー香辛料攻撃に疲れた胃には、これほどの良薬もないだろう。

さて、チョウメンがインド中に広まったという話であった。

「それはたぶん、チベット人の商人が、インド全土に広がったせいじゃないかな。インドに亡命政府が設立されたのが一九五九年。以来、インド社会で教育を受ける、僕たちのような若者が成長し、支援を受けて大学まで行ける制度さえできているんだ。毎年数百人以上のチベット人が中国から亡命していて、インド国内には十万人以上のチベット人がいる。そんな彼らが乾麺を手に、インド中に散らばって商売したからじゃないかな。そう考えると、チベット人が、インド人の食文化を変えたと言えなくもない」

真偽のほどは定かではない。しかし、たしかにこの三十年で、チベット人がかなり広い地域で、商売するようになっている。

それはちょくちょくインドに行っている僕にも納得できた。

大国インドと中国の間に挟まるようにあるチベットから、チベット人が命からがら八千メートル級のヒマラヤ山脈を越えて亡命したことで、麺までも、ヒマラヤを越えてインド中に広まったようなもの。チベット人がこれほどインドにいなければ、チョウメンは、コルカタを中心とした地域食で終わっていたかもしれない。事実、コルカタの中華街は年々衰退している。

かの玄奘三蔵《げんじょうさんぞう》は、ヒマラヤ山脈を越えられず、今の中央アジアまで迂回して、シルクロード経由で仏典を中国に運んだ。一方、乾麺は、二十世紀にチベット人とともにヒマラヤ越えを果たしたのである。

そう言えば、麺のもとになる小麦は紀元前七千年頃、西域からシルクロードを伝わったとされている。小麦の栽培は長江の北で根付き、「南米北麦」という中国の農業のかたちができた。そして六世紀には麺が生まれていたという（『斉民要術』）。

なるほど、だから北京《ペキン》の炸醤麺《ジャージャー》はてんこ盛りで、南部広東などのワンタン麺は量が少ないのだろう。麺を主食として扱うかどうかの違いがよく表れている。

そんな麺料理は、東は日本でうどんやそばを生み、南はベトナムでフォーとなり、西はイタリアでパスタになった。そして中華麺の西端は中央アジアにあった。

その麺がラグメン。これがまたうまい。

太麺に、羊肉やタマネギをトマトで煮込んだソースをぶっかける。いわゆるぶっかけ麺ですな。伝統的なお店はチャイハネで、木陰《こかげ》に置かれた、縁台のもう少し高い台の上に絨毯を敷き、そこに座るのだ。

ある日、ベルギー人のジョン夫妻やイギリス人のマークと一緒に食べた。

「ラグメンは、まるでミートソース・スパゲティだね。やはりパスタはマルコ・ポーロが運んだのではないのか」

ベテラン旅行者のマークは唸る。

「いや、インドからアラブ世界に到るまでは、麺の空白地帯となっている。麺がシルクロードを西に行ったのなら、この現実をどう説明する？」

「となると、パスタは海から運ばれた？」

マークは言って、ラグメンを静かに啜った。

そしてこのラグメン、字面《じづら》が何かに似ているでしょう？

そう「ラーメン」です。ラグメンがラーメンになったという説もあるそうだ。

最近の中国で忘れられない麺と言えば、昨年上海《シャンハイ》で入った『徳興館』。創業一八七八年の老舗《しにせ》だ。ここの「燜蹄二鮮麵」は、なんと分厚い焼豚と、鯉《こい》の唐揚げ入りなのでした。味は醤油味。鯉の唐揚げがホクホクとしてうまいねえ。

店内では誰も話さず、黙々と食し、骨をテーブルに積み上げる。こんな様子を通路に立った順番待ちの客がじっと見つめる。日本の人気ラーメン店さながらの光景だった。こんなトッピング、日本人じゃ考えつかない。

タイの「バーミー・ペッ（アヒルラーメン）」もいいし、マレーシアの「ラクサ」は、カレーとラーメンが合わさって、まさにインド支那半島の面目躍如だ。「福建麵」という黒焼きそばの赤貝入りも外せない。このように、進化しちゃった系は、実に奥が深いのですな。

観光庁によれば、訪日外国人にも、寿司の次にラーメンが人気で、しかも満足度も高いと報告されている。

しかし麺食い外国人の好みが、とんこつ味に限るって、知っていました？

今やとんこつ味が「tonkotsu」と国際語になるほどで、実は外国人のラーメンブームは、とんこつラーメンブームだったのです。

# その20 戦う国の人々のおもてなしの心

湾岸戦争勃発の前年、一九九〇年の夏である。

インド・パキスタン国境のインド側の町、アムリッツァルから、すでにきな臭い雰囲気が漂い始めていた。両国の国境地帯は長年紛争が続き、事態が悪化すると国境が閉鎖され、陸路で越えられない時もあるという。アムリッツァルの町中には土嚢《どのう》で防壁が築かれ、自動小銃を構える兵士が目を光らせるほどだった。

当時、沢木耕太郎《さわきこうたろう》の『深夜特急』が大ヒットし、その影響でアジアを横断する旅が、大学生たちの間でブームになっていた。しかし海外暮らしだった僕は、そんなことなどつゆ知らず、ひとり国境を越えて、陸路でパキスタンに入った。

「『深夜特急』を知らないとは、バックパッカーとも思えないやつだな。いや、おまえの場合は、単なる風来坊《ふうらいぼう》か」

国境で偶然会った山口《やまぐち》さんとは、八年ぶり、ネパールのポカラで出合って以来の再会である。山口さんは同じくベテラン旅行者の目黒《めぐろ》さんと二人で、北西部のアフガニスタンとの国境の町、ペシャワールを目指していた。

『深夜特急』ではアフガニスタンを横断しているが、この時はアフガン紛争が終結したばかりで、まだ旅行者が入国できるような状況ではなかった。

それでも多くの日本人旅行者が、ペシャワールに集まっているという。

「あそこは、見ておくべきアジアの町のひとつだからな」

数々の町を見てきた目黒さんは、重々しく言った。

僕はそれから一週間ほどしてから、ペシャワールに向かった。

山口さんたちと待ち合わせをしていたのは、旧市街にある『カイバル・ホテル』である。アフガン紛争取材の戦場カメラマンや、バックパッカーの常宿だった。

「カレーとケバブにも飽きただろう?」

目黒さんは、開口一番そう言った。

そのとおりなのである。パキスタンに入ると、インドよりも食事が単調になり、主食はナンか無発酵の薄い丸パン、チャパティーばかりだ。

朝はナンだけでいいとしても、昼と夜が油の浮かんだカレーか、串焼き肉(ケバブ)になってしまう。肉はマトン(羊)かチキンだ。インドのようなベジタリアンメニューは少ない。炊き込みご飯のプラーオもあったが、カレーと同じく少々油がきつかった。

目黒さんたちに連れて行ってもらったのは、『グリーン・ホテル』内の中華レストランである。注文したのは卵チャーハン。一人前が日本の二人前はあり、油のギトギト感の少ないチャーハンは、灼熱の砂漠の中で、涼をとるような爽やかさに満ちていた。

久しぶりのチャーハンに、僕は思い切りがっつき、満腹である。

「ダッラに行くけどおまえも行くか?」

山口さんが聞いてきた。

ダッラとは、トライバルエリアと呼ばれるパキスタンのどの州にも属さないアフガニスタン国境地帯に位置する町で、町全体が銃器の製造と麻薬の「密売」でなく、「販売」を生業としているらしい。

本格的に物騒になってきた。

バスで一時間ほど、途中で検問を受け、ダッラに到着。

町はやはり噂どおりだ。アヘンと大麻樹脂を中心に商い、銃器はピストルからロケットランチャーまであった。はげ山の斜面を標的に、機関銃を撃ちまくる人もいる。パキスタン政府の法律が及ばない地域なのだった。銃器はすべて手作り、カラシニコフなどのコピー商品で、何でも作れちゃうそう。

僕たちはそんな、銃の試し撃ちをする音が鳴り響き、麻薬の試し吸いをする煙の漂う町で、サモサを食べた。

サモサとは、三角の春巻きのようなスナックで、中にはカレー味のポテトが入っている。これと甘いチャイを飲む。インド料理の名物だが、パキスタンにもある。一度食べたらやみつきで、中に入った香辛料クミンシードが食欲をそそる。

それにしても、あまりにシュールな光景の中でのサモサであった。

近頃は、タリバンやISも、この町から武器を買い付けているという。ダッラは、十九世紀の第一次アフガン戦争で、インドの宗主国だったイギリスが戦争に負けて置いていった武器を複製し始めたのが、誕生のきっかけになった。日本の幕末の頃である。つまり店の中には、創業百五十年の老舗武器工場もあるということだ。

そして物騒な感じは、ペシャワールも似たようなものだった。

夜九時以降は外出禁止令が発令されて、町中には、西部劇さながらにライフル銃を手に買物をする人たちがうろついていた。アフガン難民も多く住み、民族衣装もいろいろだ。真っ黒なドレスで頭からすっぽり隠れた女性たち、色鮮やかな民族服にきれいなスカーフをかぶった女性もいる。男は丸い帽子をかぶっている人が多かった。

行きつけのアイスクリーム屋のおやじは、真っ白な裾《すそ》の長いシャツとズボンをはいていたが、顔は真四角で、「寅《とら》さん」にそっくりだった。聞けば、アフガンから来たハザラ人だという。この民族は、日本人と面立ちが似ていることで有名だ。

ペシャワールにはアフガン料理を食べさせる店も結構あった。

ボラニはお焼きのようで、中にジャガイモやニラが入っていた。マントゥは餃子《ギョーザ》に似ているが、ロシアのペリメニと同じく、サワークリームをつけていただく。両方とも間違いなくうまかった。

そしてカレーが、アフガン料理屋にはなかった。ショルバ（スープ）かグシュトゥ（煮込み）になり、カレー系の香辛料を使わなくなる。

なんだかカイバル峠が、カレー文化の壁のように見えた。

アフガン料理はこのように、インドのカレー文化圏の影響はさほど受けずに、シルクロード経由で、中央アジアや中国とのつながりが深いのである。

それはかつて玄奘三蔵《げんじようさんぞう》がインドから仏典を中国に運んだ道と重なる。その道を通じて、ハザラ人の血が、仏典と同じく日本に流れて行ったのかなあ。

僕は山口さんたちと別れ、さらに西を目指すことにした。南西のクエッタに行くには、トライバルエリアをバスで走るのが距離的には近いが、道路も治安も悪い。そこで大回りになるが、寝台列車で行くことにした。千六百キロ、四十時間ほどの旅である。

何の気なしに予約したのは値段の高い四人部屋のコンパートメントだ。これが大きな間違いだった。世界中、飛行機でも列車でもホテルでも、値段が高くなればなるほど、プライバシーが保証され、安全性が高まるものである。

しかしそうなると、違法な物売りが入ってこられず、食料などを手に入れることができない。食堂車もなく、何も用意してこなかった僕は、飢えに直面したのであった。

こうなったら、駅で何か買い込むしかない。そう思って、同室の男に、身振り手振りで訴えると、三人組の男たちは「それはダメだ！」と言い張った。

「あなたはこの国のゲストなのです。水や食料はこちらでご用意させていただきます。旅とは苛酷なものです、そしてそんな旅をし、見聞を広めている人々を、我々は尊敬するのです。到着まで、私たちがお食事をご用意しましょう」

髭面の男が、片言の英語でそんなことを言う。

商売でペシャワールからクエッタに行くのだそうである。

さっそくどこで買ってきたのか、マトンカレーと丸いナンが供された。

ナンは、実はインドではあまり出てこない。日本のインド料理屋の多くは、パキスタン風である。これは一九八九年一月まで、パキスタン人がビザなしで日本に入国できたので、その時期に日本の滞在許可を得た在日パキスタン人がインド料理を広めたせいではないのか……と僕は見ている。

さて、久しぶりに油ギトギトのマトンカレーを食べてみた。すると、やけにうまい気がした。肉の臭みがまったくないのは、ミントとコリアンダーを入れているせいだろう。お盆ほどの大きさもあるナンを三枚も平らげた。すでにパキスタンに来て三週間が経ち、乾いた灼熱の気候に体が馴染んできている。油分を欲しがっているのだ。

だから、最初はあれほど感じた油のギトギト感を感じなくなっているのだな。

和辻哲郎《わつじてつろう》ではないが、風土が人を形成し、料理を育《はぐく》む。

うまいとはすなわち、人体が必要としていることでもあるのだ。

フムフム……乾いた体に油が染み込むようで、実にうまいのだ。

食いしん坊の脳内回路が、ここにきて開通したのかも。

味覚は、舌だけで判断するのではなく、体全体を通して、脳が判断するのではないのか？

食後はチャイをがぶ飲みだ。これまた、甘くてうまい。そして小腹がすいたらいつでも食べられるようにと、ビスケットまで用意してくれた。

インドもパキスタンも、イギリス文化の影響で、お茶のお供はビスケットなのである。

サッカルという町までは、インダス川沿いを南下していったので、小麦畑が広がっていた。

そこから南に位置する元首都のカラチには向かわずに、北西に進路をとった。

英語の新聞を買って来てもらうと、イラクがクウェートに侵攻し、アメリカが戦争準備に入

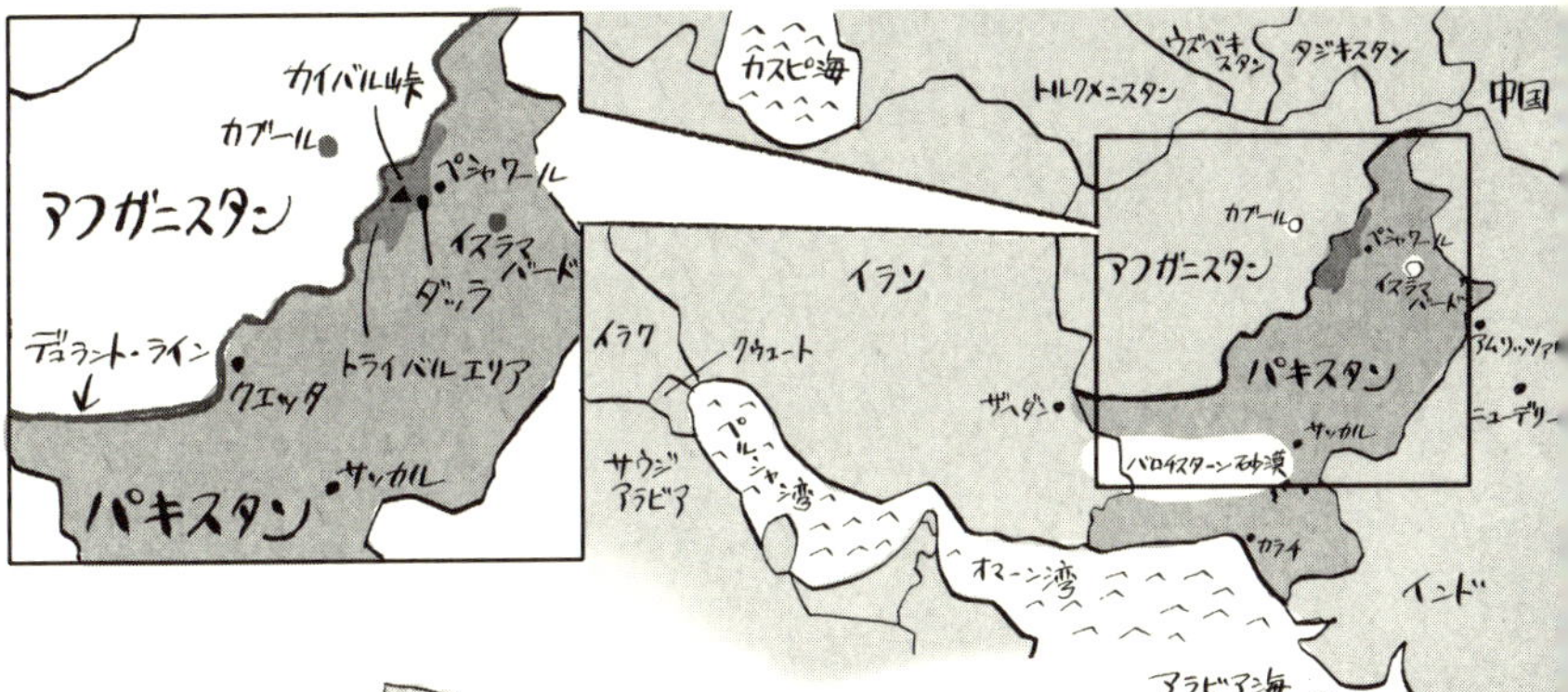

ボラニ
(ジャガイモやニラが入ったお焼きのよう)

ったという。ますますきな臭くなってきた。あたりには乾いた大地が続くようになり、二日目の午後、列車はクエッタに到着した。

男たちに礼を言って別れると、僕はひとり、リュックを背負って、砂ぼこりの舞うクエッタの町に入った。ペシャワールよりも田舎臭い感じだ。

正面から五人連れの若い男たちが来た。一メートル九十センチ近い長身の大男を真ん中に、堂々とした雰囲気を醸《かも》し出《だ》している。いったい何者なのだろう？

大男と目が合った。

「アッサラーム・アレイクム（あなたの頭の上に平安を）」

僕はイスラム教の型通りのあいさつをした。

全世界のイスラム教徒に通じるので、とても便利だ。

「アレイクム・アッサラーム（あなたの頭の上にも）」

男は言って、かたわらの小柄な男と何か話した。小柄な男は英語が話せた。

「旅の方のようですが」

「日本から来ました」

小柄な男の通訳に一同ざわめく。

「で、宿はお決めなのですか？」

リュックを見て小柄な男は言った。

「いえ、まだ」

するとリーダーが何か言う。

「我々はバロチスターン大学の学生で、学生寮に住んでおります。あなたは旅の人。我々がおもてなしをすべきと考えます。ぜひとも寮にお泊り下さい」

それからリーダーの部屋で宴会である。しかしイスラム教徒だ。酒は飲まない。出てきたのは、なんと緑茶であった。しかも甘く、カルダモンが入っている。これはこれでうまい。

彼らはアフガニスタン出身のパシュトゥーン人で、聞けばアフガンでは緑茶が主流なのだとか。リーダーはある族長の子息で、パシュトゥニスターンを建国するのが夢で、将来を嘱望《しょくぼう》されている。取り巻きに守られているのはこのためだ。

「もとは、一八九三年にイギリスが勝手に決めた、デュラント・ライン（パキスタンとアフガニスタンの国境線）がそもそもの間違いさ。国境をインダス川にしておけば、パシュトゥーン人が国境で分断されることはなかった。中途半端な場所に国境を作ったから、パシュトゥーン人は自国を建国できず、パキスタン、アフガン両国とも不安定になっている」

小柄な男がこの地域の実情を話してくれる。

パシュトゥーン人は、アフガニスタン人口の半数近くを占めるが、居住するのは東部から南部に限られており、アフガン全土を統治するのは至難の業《わざ》だ。

食事はマトンのケバブにやたらに太いきゅうりとトマトのサラダ、それに丸いナンである。顎を使って肉を嚙むと、ジュワッと出る肉汁の旨味がたまらない。

きゅうりはポリポリ、トマトは太陽の味がした。ナンも嚙みごたえがある。

しっかりと嚙むことがすなわち食事であった。食うことは生きること、生きることは、灼熱の気候や、砂漠、不幸な歴史との戦いだった。彼らと食事を共にしていると、食うことは、戦うことに他ならないと思い知らされる。そのくらい嚙みごたえがあったのだ。

まあ……食材が硬かっただけだけどね。

僕はそれからまた列車で、イランのザヘダンを目指した。

バロチスターン砂漠の中を寝台列車は走った。あるはずの席がなく、仕方なく床でナンをかじり、水を飲んでしのいだ。真夜中、列車が砂漠の真ん中で止った。

多くの乗客が外に出た。

漆黒の空には満天の星が浮かび、流れ星が次々と降るように落ちていく。

美しい砂漠の夜だった。

そしてこの砂漠の北には、デュラント・ラインが引かれているのだ。

この呪われたような国境線がある限り、この地域に平安など訪れないのではないか。

イランのザヘダンに着くと、イラク軍の侵攻で、クウェートなどから逃げてきた出稼ぎの人たちがあふれていた。誰もが山ほどのナンを抱えていた。

翌年の一月、湾岸戦争がはじまった。そして戦争は終わることなく、今ではパキスタンでさえ、治安が悪化し、旅行しにくくなってしまった。

# その21 ロマンチック街道の魔法

日本人は、なぜかドイツのロマンチック街道が大好きである。

そもそもこの街道は、第二次世界大戦後、西ドイツに駐留していた米軍人が、家族と休暇を過ごすのに、街道沿いの小さな町々へ足を運んでいたのがきっかけで、注目された。

それを聞きつけたドイツ政府観光局が、ここがかつてローマへと通じる道だったところから「ロマンチック街道」と命名したのである。それを日本人が、「ロマンチックな中世の町が残る街道なのね」と理解した。こんな経緯で、ローマへの道が転じて、まるで魔法をかけられたみたいに、日本人の間では、「ロマンチックな街道」として定着したのであった。

僕が添乗員をやっていた頃、まさかこんな裏話を、旅の前半にするはずがない。

みなさんのせっかくのロマンチックな気持ちが台無しになってしまうからである。旅も終盤に差し掛かってから話す。

ところがある年の初夏のツアーで、ロマンチック街道に入るや、この裏話を僕からマイクを奪って、話した客がいた。川島要《かわしまかなめ》さん、六十二歳。川島機器の社長で、娘の礼子《れいこ》さんとの二人参加であった（人名、社名いずれも仮名。以下同じ）。

話し終わると、川島さんはどんなもんだいと礼子さんを見る。

彼女は父親の自慢ぶりを受け流し、車窓の景色に夢中だ。

なんとなく緊張している父親と、リラックスする娘の姿は好対照だった。

それにしても父娘の二人参加はめずらしい。

ロマンチック街道は、木のほとんどない緑の丘陵地帯を走る。小麦畑やジャガイモ畑などが連なる中、道は片側一車線と広くなく、昔の風情を残している。

「北海道の夏の景色みたい」

と感想を漏らしたのは、おばさま三人組の一人、村田《むらた》さんだった。

「岡崎君、次のトイレ休憩では時間厳守にしてくれよ。どうせドイツ料理など、何を食べても、うまくはないし」

前のほうに座る川島さんが言ってくる。

それは僕がフランクフルトで、勝手な時間配分をしたことへの当てつけだ。

フランクフルト中央駅にほど近いフレスガスには、レストランなどが軒《のき》を連ねる。

その中に、全国チェーンのデリカテッセン「Schlemmermeyer（シュレンマーマイヤー）」がある。ここではソーセージを焼いており、パンにはさんで食べさせてくれるのだ。

フランクフルトでこの店を逃す手はない。デリカテッセンなどツアーに組み込まれることがないから、余計に貴重なのである。

僕はここで勝手に、予定にはなかった長めのトイレ休憩を取った。ドイツと言えば「ヴルスト」、すなわちソーセージだ。しかもこういったざっくばらんな店がおいしい。これを食べずに帰ったら、川島さんに何と言われようが、食いしん坊添乗員の名折れなのである。

ドイツ全土でヴルストは、種類が千五百以上と言われる。茹でて食べるフランクフルターは、太くて長い。細長いチューリンガーが焼きソーセージの定番である。短めで中指ほどの太さのニュルンベルガーも焼く。いずれも産地限定で、規格が定められている。例えばフランクフルトソーセージなど、日本でも、全国のコンビニで売っているが、ドイツではそういうことは許されない。産地でなければ、「フランクフルト風」としなければならないのだ。それくらいソーセージが厳格に扱われており、ドイツ人のヴルストへの深い思い入れを感じる。

この店では、オリジナル商品も含めて何種類も焼きヴルストが売られていた。

僕は店頭で、何を食べるか迷いに迷った。「パリッ」とした歯ごたえの次に、「ジュワーッ」と熱々の肉汁が口の中で飛び散る焼きヴルストは、うまいのなんのって。

レバーケーゼは、日本では考えられないほどに分厚いハムステーキのようなソーセージ。考えただけで唾が出る。そしてベルリン周辺が発祥と言われる、カリーヴルスト。子供から大人まで大人気のカレーがかかったソーセージである。おやつがてら立ち寄ったのだが、三種類制覇はさすがに無理だ。でも全部食べたい。さて、どうしたらいい?

「いいのかい、岡崎君、時間のほうは」

川島さんは、添乗員なみの気遣いだ。

「いいんです！　それより何を食べるか」

そこへ村田さんが助け舟を出してくれる。

「わたしたち三人で二種類注文するから、あなたは一種類注文して、みんなで分けて食べない」

というわけで、我々四人は、四人で三種類を制覇した。どれもドイツでしか味わえないソーセージだが、とくにカリーヴルストは、大好物のカレーとソーセージが合体しており、申し分なかった。

満腹、満腹！　大満足だ。

「岡崎君、添乗員というのはね、旅程管理責任者なんだろう。それを君はなんだね。たかがソーセージごときで。時間にルーズになるのはいかん」

川島さんは、社長業のくせが抜けないのだろう。

どうしたって上から目線で、指導的言動が目立った。

「だいたいドイツの食い物には、はなから期待などしておらん」

ソーセージ大好き人間の僕としては、それはどうかなと思う。

それに何が不満なのか、川島さんはツアー当初から口を開けば、文句と小言と指導の連続で、おばさまたちを中心に辟易《へきえき》とさせていた。

バスはロマンチック街道を行く。標識にはドイツ語と日本語の表記もある。かつて森が広がっていたドイツだが、今やほとんど森は残っていない。昔の森には、秋になると豚が放たれ、ブナの実などをお腹いっぱい食べて太ったところを解体し、ソーセージやハムを作り、冬の保存食料にしたのだという。だから今でもドイツは、世界有数の豚肉好き国民となっている。

塩漬けの脛肉《すねにく》を香味野菜と一緒に煮込んだアイスバイン、スープに入れる肉団子のクネーデル、カッセラーは、塩漬け豚肉の燻製である。いずれも塩漬けキャベツのザウワークラウトと実に合う。キャベツ好きの僕としてはたまらんのです。

車窓の景色を眺めつつ、僕はそんな話をマイクに乗せて話した。

昼過ぎにはロマンチック街道で一番人気のローテンブルクに到着した。

「まるで中世の街みたいよね」

村田さんたちが感嘆の声を漏らした。

城壁に囲まれた中に木組みの美しい家々が軒を連ね、道や広場は石畳敷である。許可車しか入れないので車は走っていない。中心となるマルクト広場には、大勢の人たちがいた。

「人まで中世さながらの服装じゃない！」

三人組の一人、福山《ふくやま》さんが驚きを隠さず言った。

すかさず川島さんが、僕からマイクをもぎ取った。

「毎年、五月から六月のこの時期に、マイスタートゥルンクという中世の祭りが開かれるのです。そこで当時の衣装で音楽仮装パレードをするんです」

「パパったら、説明なら岡崎さんがしてくれるでしょ」

立って話す川島さんの上着の裾を礼子さんが引っ張る。

彼女から、川島さんの事情を聞いたのはその夜のことだった。

僕は昼間、仮装パレードの最中に、「Walter Friedel（ヴァルター・フリーデル）」という老舗菓子店で「シュネーバル（雪玉）」という銘菓を全員に買ってきた。グレープフルーツくらいの大きさで、クリームの入っていないシュークリームのようなもの。中世に考案されたお菓子だ。

ホテルでの夕食後、みなさんに一つずつお配りし、希望者と一緒に食べながら、コーヒーを飲んでいた。

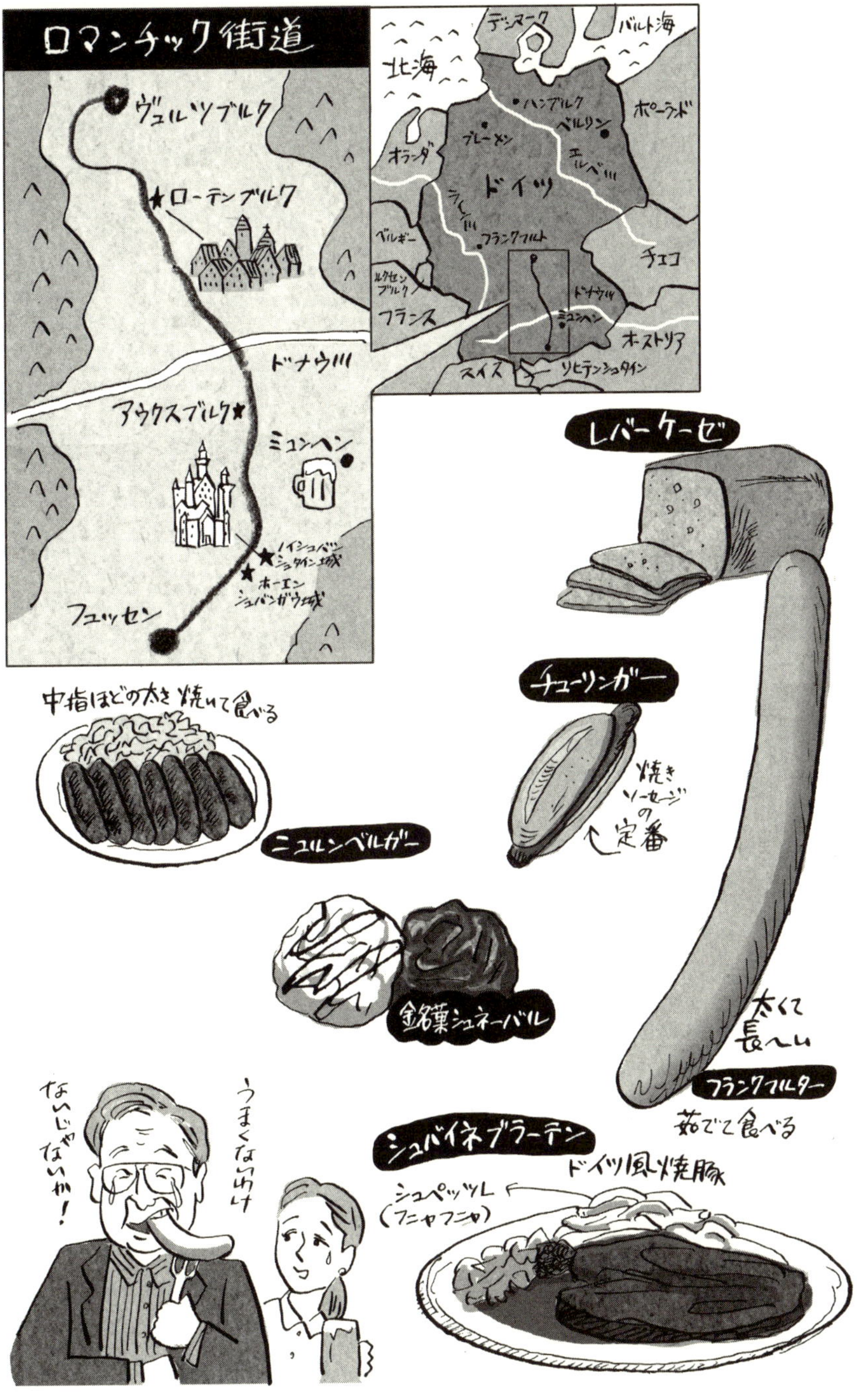
ロマンチック街道
ヴュルツブルク
ローテンブルク
ドナウ川
アウクスブルク
ミュンヘン
ノイシュバンシュタイン城
ホーエンシュバンガウ城
フュッセン
北海
デンマーク
バルト海
ハンブルク
ポーランド
ブレーメン
ベルリン
オランダ
エルベ川
ドイツ
ライン川
ベルギー
フランクフルト
チェコ
ルクセンブルク
ドナウ川
ミュンヘン
フランス
オーストリア
スイス
リヒテンシュタイン
レバーケーゼ
中指ほどの太さ 焼いて食べる
チューリンガー
焼きソーセージの定番
ニュルンベルガー
銘菓シュネーバル
太くて長〜い
フランクフルター
茹でて食べる
シュバイネブラーテン
ドイツ風焼豚
シュペッツレ
（フニャフニャ）
うまくないわけないじゃないか！

「サクサクして、薄いパイ生地みたいね」

村田さんの隣の兵頭《ひょうどう》さんが、口に白い砂糖を付けて言う。

「すみません、父がみなさんにご迷惑をおかけして」

一口食べると、礼子さんはそう言って、集まった人たちに謝った。

それから礼子さんは訥々《とつとつ》と話してくれたのである。この春まで五年間、川島さんは会社を経営しつつ、妻の看病も懸命にやってきた。気の休まる日などなかった。長い闘病生活の末に妻が亡くなり、少しはリラックスしてほしいと思って、礼子さんが旅に連れ出した。

「父は、なかなか悲しみを現実のものとして受け入れられないでいるのです。岡崎さんに命令口調で話すのを見ていると、ほんとイヤになっちゃう。肩書など捨てて旅を楽しんでほしいのに」

「あなただって、お母さまの闘病中、お父様のお世話で大変だったでしょ」

兵頭さんが彼女を慰めると、礼子さんはうつむいて、こぼれた涙を指でふいた。

翌日から、おばさま三人組の態度が変わった。

毛嫌いしていた川島さんに、まとわりついて話しかけるのだ。そのたびに、川島さんは、うれしそうにうんちくを披露しているようだった。時に遠目に礼子さんを見つめては、父親らしい温かいまなざしを向けている。目に入れても痛くないとは、きっとこのことである。

ロマンチック街道を南下する。最終地点はノイシュバンシュタイン城、バイエルン王、ルートヴィヒ二世が建てた城である。

近くに彼の父君が建てたホーエンシュバンガウ城がある。近代化が進む中で、ルートヴィヒ二世は、中世の騎士の時代への憧れを持っていたとされている。

ホーエンシュバンガウ城は無骨な騎士の時代の城そのもの。それに引き替えノイシュバンシュタイン城は、騎士への憧れを美しく表現した城である。

二つの城の近くのレストランで、僕はこんな話をしながら、みなさんとランチを取った。メニューはドイツ風焼豚と呼ばれるシュバイネブラーテン。野菜と一緒にオーブンで焼くだけ。付け合わせがパスタのようなシュペッツレ。軟らかい肉はほっぺが落ちそうで、甘いソースとよく合った。ドイツ人は、ほんとに豚肉のおいしい食べ方を知っている。

「岡崎君、これはいかんよ。いったいどういう味覚をしているのだね。ドイツ人っていうのは。ソースが甘すぎる」

ボーイに聞くと、ソースにはジンジャークッキーを使っているという。

ドイツ以北で肉料理にジャムなどを付けるのは定番である。慣れればこれも結構イケるが、最初は奇異に感じる人もいる。

「それにこのフニャフニャのスパゲティもなんだ！　まったく腰がない。腰抜けもいいとこじゃないか」

全員げんなりした顔で川島さんを見た。

「パパ、いい加減にして！」

礼子さんは言い放つと席を立ち、プイッと表に出ていってしまった。

親子のいさかいが、ツアー全体に暗い影を投げかける。

しかしおばさま三人組は訳知り顔で、僕に向かって、まかせておきなさいと胸を叩いた。

ちなみに、シュペッツレに腰がないのは本当で、でもこういう料理なのである。

おかげでソースは絡まりやすい。ただ、ドイツ人にスパゲティを茹でさすと、やわらかくなりすぎるのも事実だ。

川島さんは、ツアーが最終盤にさしかかっても、こんな調子であった。

せっかく愛娘と旅行にきたのに、残念というほかなかった。

最後の夜はミュンヘンのホフブロイハウスで迎えることになっていた。ミュンヘンが誇る地ビールとヴァイス（白）ヴルストを食べてもらおうというものである。

天井の高い店内は、開放感が漂う。席は満員、ビールと料理を楽しむ人々でにぎわっていた。ここのビールはかつて王宮が醸造していた。ルートヴィヒ二世など、王様のために作られたビールを、今の時代に飲めるのだ。創業は一五八九年、ヴァイスビールが有名である。

こういう夜は僕だって飲んじゃうもんね。きめの細かい泡の口当たりがよく、ホップの苦みがシャープで、ややスパイシーな味わいだ。うまい！

「ハイハイ、みなさん、こっちを見てください。重大発表があります！」

村田さんがジョッキ片手に席を立つ。

「ここはひとつ、いつまで経っても子離れできないお父様に、どうしても子離れしてもらわなくては、礼子さんだって大迷惑です。父と娘の旅なんて、これが生涯、最初で最後になるかもしれないのに。それもあともうちょっと、旅を楽しんで！」

「パパ！　わたし好きな人がいるの。わがまま放題のままのパパだったら、心配で、結婚なんて、できないじゃない！」

礼子さんがジョッキを手に泣いている。

これを言うために、彼女は旅に誘ったのかもしれない。

それを同性のおばさま三人組がいつしか勘づいていたのだ。

「ここは笑顔で送り出してあげないと。奥さまの看病で頑張ったのは、この子も同じだったのよ」

福山さんが母親代わりのように言う。

川島さんは顔色を失っていた。

愛娘に嫁ぐ時が来たという現実を、簡単には消化できない様子だ。

いきなり、ゆがいたヴァイスヴルストにかぶりつく。みんなを見回して言った。

「うまくないわけ、ないじゃないか！」

ガツガツ食って、ビールで流し込む。

「ほんとに素直じゃないんだもんね」

礼子さんが呆れ声で言った。

川島さんは、ビールが進むにつれ、緊張気味だった表情がやわらぎ、ロマンチック街道の魔法にかけられたかのように、ほんのりと上気した顔になる。

僕はこんなに仲のいい父と娘を、初めて見た思いであった。

# その22 仏教が育てたベジタリアンと、カレーパンの謎

インド半島南端の海上に位置するスリランカ。共和制のこの国では、民族対立が原因で、一九八三〜二〇〇九年まで、激しい内戦が続いていた。

僕が妻とともに訪れたのは二〇〇六年のこと。スマトラ沖地震による津波の被害からようやく立ち直り、内戦も終結に向けた動きが見え始めていた。

そんな中、旧首都のコロンボはごく普通に見えた。市場は賑わっているし、物々しい感じもしない。外国人旅行者も見かけた。それでも内戦中らしく、大統領官邸がある官庁街の交差点では、土嚢を二メートルくらい積み上げた防壁の中で、兵士が自動小銃を構えていた。

僕と妻は、毎朝この兵士に右手を上げて挨拶をして交差点を渡り、角にある『Taj Restaurant』に通った。

コロンボには庶民的な店は多くなかったが、この名店があれば十分だった。

中でもどうしても食べたかったのが、ストリングホッパーである。

インディアッパーとも呼ばれるこの料理は、インド、スリランカ料理の中でも異彩を放つ。見た目が日本のソーメンそっくりなのだ。

これとよく似ているのが、タイにある「カノムチン」と呼ばれるタイ風ソーメン（米麺）だ。「カノム」はお菓子、「チン」は中国人のこと。中国人労働者がおやつ代わりに食べていたことに由来するらしい。

この麺に、タイの人々は、グリーンカレーやレッドカレーをかけ、モヤシや高菜《たかな》の漬物（パッカート・ドーン）など野菜をたっぷりと混ぜていただく。

近ごろは、日本でもうまいとの評判で、じわじわと浸透しつつある。『いなば』のタイカレー缶詰を、ソーメンにかけて食すのだ。カレーがスープ風だからいいのであろう。

ストリングホッパーの場合は、カノムチンとは違い、麺とカレーを別々に注文する。

この時、僕はショーケースからスープ風のウリのカレーを選んだ。

しかしストリングホッパーは曲者《くせもの》だった。見かけはソーメンのくせに、フォークですくおうとすると、毛糸玉のように、全部くっついてきてしまうのだ。

作り方はカノムチンの麺と同じく、穴をあけた瓢簞《ひょうたん》に、米の生地を押し込んで麺にする。

ところがここでは、日本やタイのように、スルスル食べる「麺」という概念が抜け落ちている。これには愕然《がくぜん》……。

どうしたって「玉《だま》」になってしまうのだ。

しかも玉となった麺にカレースープが染み込まず、味気なかった。カノムチンを食べた経験上、ウリカレーをかけても、うまいはずだという確信はある。うまいはずなのに、うまくない。

この命題をどう解くか思い悩みながら地元の人を見ていると、突然、答えの糸口が見つかった。彼らは当然のように手で食べているのだ。

なるほどね！

手食料理は手で食べたほうがうまいに決まっている。

インドにかぶれた友人たちは、必ずと言っていいくらいインドカレーは手で食べる。それと同じく、ストリングホッパーも手で試してみたらどうだろう。

そう思い立ち、麺玉にカレーをかけて、麺玉を指で潰しつつカレーとまぜまぜ口に運んだ。

すると何てこったい！

カレーとつぶれた麺玉が絡み合い、ほのかなココナッツの香りと唐辛子の辛み、カレー調味料の味わいに、スリランカらしい魚の出汁まで、絶妙なハーモニーを奏でるのである。

軟らかめの麺の食感もいい。ないのは麺らしいスルスル感だけ。

麺とは似て非なるもの……それがストリングホッパーの正体だった。

旅の序盤から、食の驚きに直面しつつ迎えた四日目のこと。

部屋でお茶を飲んでいると、妻が血相を変えて飛び込んできた。

「大変よ、今ホテルの前でスケッチをしていたら、警察官に呼び止められて。今すぐパスポートを見せろって、一歩も引かないのよ」

妻は、僕とは別の驚きに、顔を強張《こわば》らせていた。

世界の多くの国では、たいてい日本人だとわかった時点で、相手が「ジャパン！　フレンド」とか言って、和むものである。

それが通用しないことに、妻は焦っているようだった。

慌ててパスポートを持って下に降りた。

しばらくして戻ってくると、妻は大きくため息を漏らした。

「……スパイに間違われたの、初めてよ」

平穏無事な日常であっても、これが内戦下にある国の現状なのだった。

それから僕たちは、列車で中北部のアヌラーダプラへ向かった。

文化三角地帯と呼ばれるエリアの一角で、この町とポロンナルワ、キャンディを結んだ内側に、ダンブッラの黄金寺院や、壁画で名高い岩山のシーギリヤがある。いずれも世界遺産だ。もっとも古い遺跡がアヌラーダプラで、紀元前三世紀に、インドのブッダガヤから釈尊《しゃくそん》が悟りを開いた菩提樹《ぼだいじゅ》が株分けされたという言い伝えがある。

半球状のダーガバ（仏塔）がいくつも建ち、二千年前のダーガバの柱も残されている。その周辺には貯水池があり、満々と水をたくわえていた。

貯水池を作り灌漑《かんがい》設備を整えることで、水を安定的に供給、そこから稲作が発展したのだ。

スリランカの上座部仏教は、水と密接な関係があるのかもしれない。

一方、中国から渡った仏教が根付いた日本も、水の国である。山が多い地形だから水が豊富で、日本料理の神髄は割烹料理にあると言われる。

「割」は「切る」こと。「烹」は「煮炊《にた》きする」こと。煮炊きに水は必須だ。「水に流す」という感覚も日本独特で、独自に水の文化が発達したように思える。

「仏教」というキーワードで、実は日本とスリランカには深い関係がある。

アヌラーダプラのイスルムニヤ精舎《しょうじゃ》は、東京の浅草寺《せんそうじ》の援助で仏像の色の塗り替えが行われたそうだし、スリランカには、日本の寺が経営に参画する幼稚園があるという。二〇〇四年に発生した津波被害では、日本の仏教界が支援を積極的に行ったという話も聞いた。

僕たちは、この文化三角地帯を移動しながら丹念に見て回った。

中でも美しいのが、シーギリヤの壁画だ。ジャングルの中に忽然《こつぜん》と巨大な岩山が現れる。岩山の上からは広大なジャングルが見渡せる。誰もが近寄り難い場所に王宮を築き、美しき壁画を描かせた。それが「シーギリヤ・レディ」と呼ばれるフレスコ画だ。

ここに王宮ができたのは五世紀。父親である前王のダートゥセーナ王を殺して、王子カーシャパが即位して、遷都《せんと》したのだ。

貯水池を築き、稲作を発展させた前王を殺したカーシャパは「狂王」と呼ばれ、即位後十一年で、弟モッガラーナとの戦いで敗れて、自殺した。その後、弟のモッガラーナが王位に就き、都をアヌラーダプラに戻し、シーギリヤは仏教徒の手に託された。

この話はとても有名だし、シーギリヤそのものも世界に類を見ない仏教遺跡だ。

今では鉄製の錆《さ》びて壊れそうな階段を登って行くのだが、当時は梯子《はしご》でもかけていたのだろうか。壁面が垂直に近い岩山は、そうでもしなければ登れそうにない。

週末はスリランカ人観光客でごった返し、錆びた鉄の階段が壊れやしないか、気が気ではなかった。

こうして遺跡を観光している間に、僕の頭を悩ませたのは食事のことだった。

スリランカの正式名称は「スリランカ民主社会主義共和国」である。社会主義国の特徴として挙げられるのは、飲食店が少ないことだ。

中国やベトナム、ロシアも、その昔はそうだった。

今でこそ自由経済を取り入れているが、配給制の時代が長かったせいだろう。外食産業が育たなかったのだ。また内戦が続いたことで、ドッと観光客が押し寄せることがなかったからかもしれない。

スリランカとは、「光り輝く島」という意味で、自然は美しく、きれいな鳥が飛んでいる。ビーチリゾートもある。立派な世界遺産もあるのに、外国人観光客はいまだ多くはないのだ。

町によくあるレストランは、ショーケースに作り置きのカレーが置かれた店だ。ハエがたかり、決して清潔とは思えず、しかも温め直してくれない店も多かった。

食いしん坊にはつらい現実である。

フランス人の友人クレアから、「スリランカはベジタリアンの楽園よ」と聞いていただけに、残念でならない。

ただし、真新しいパン屋がどの町にもあり、なんとカレーパンが売られていた。しかも日本では決して食べられないような本格的なカレー味。ベジタブル、チキンにフィッシュ、ゆで卵があった。

そして必ずインドでもよく食べた「Cutlet」も置いてある。これはイギリス仕込みのコロッケのことで、日本語に直せば「カツレツ」となる。ベジタブルカトレットは、日本のポテトコロッケをイメージしてもらえばいいだろう。

しかしなぜスリランカで、カレーパンがこれほどまでに浸透しているのだろうか。

世界中で、カレーパンなど日本にしかないと思っていたのだ。

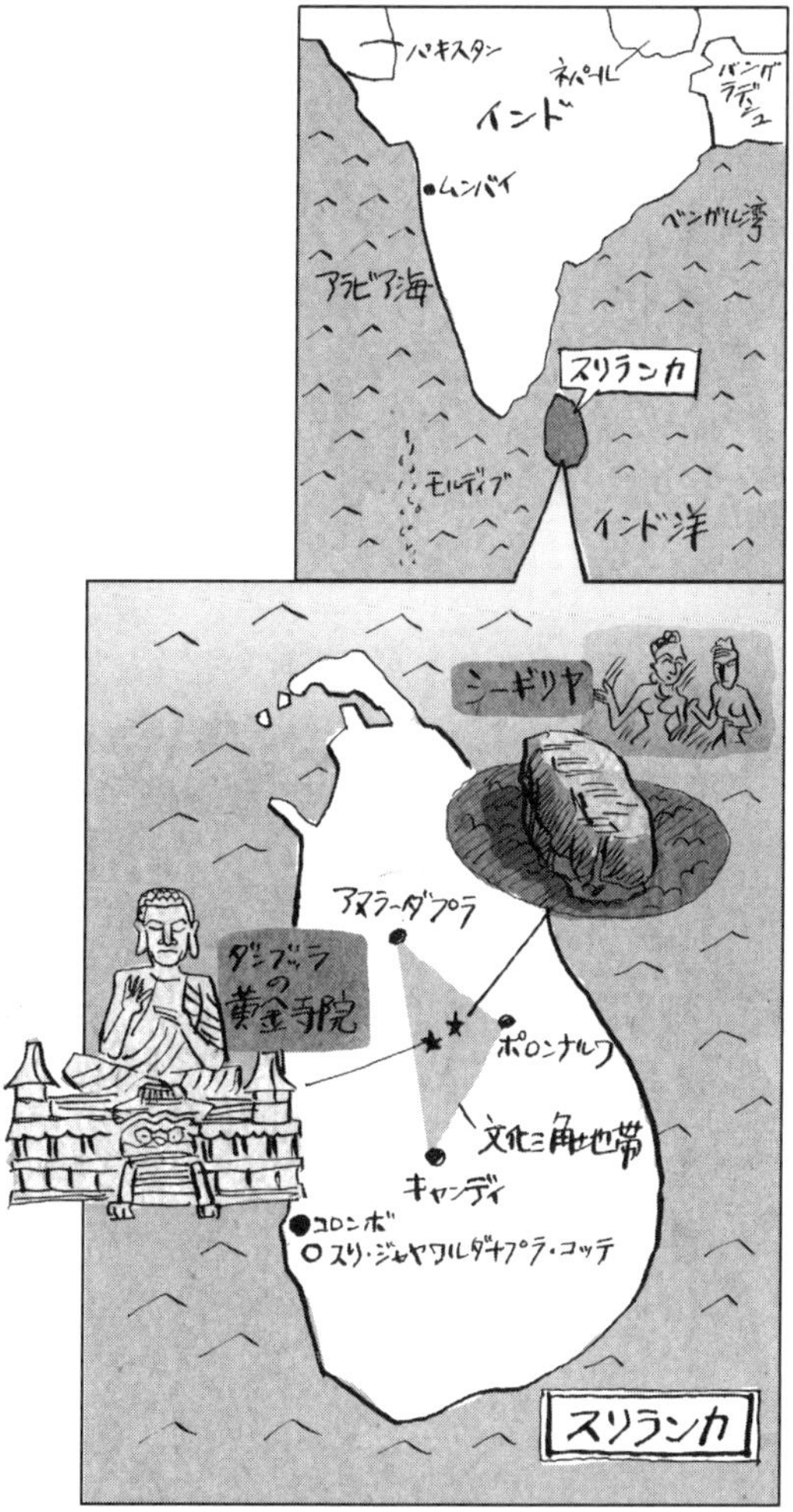

パキスタン
ネパール
バングラデシュ
インド
ムンバイ
ベンガル湾
アラビア海
スリランカ
モルディブ
インド洋
シーギリヤ
アヌラーダプラ
ダンブッラの黄金寺院
ポロンナルワ
文化三角地帯
キャンディ
コロンボ
スリ・ジャヤワルダナプラ・コッテ
スリランカ


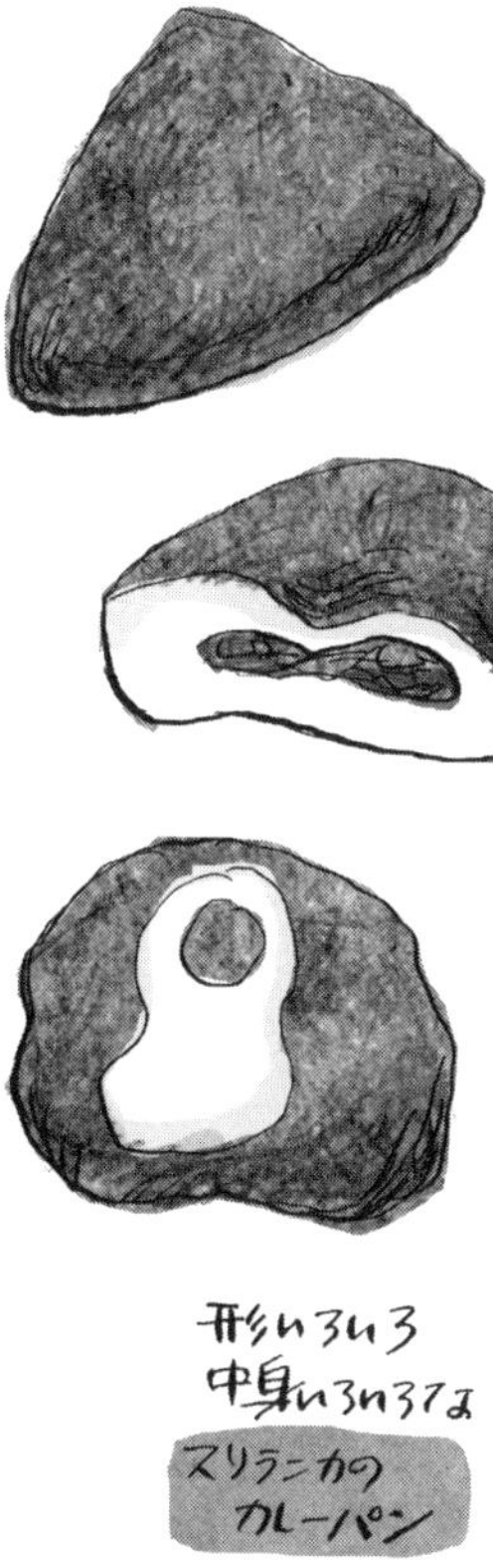

形いろいろ
中身いろいろな
スリランカのカレーパン

見た目は日本のソーメンそっくり!
ストリングホッパー

サムドラゲストハウスのおばちゃんの家庭料理
ようやく出会えたスリランカカレー!

日本のカレーパンは、ロシアのピロシキが起源とされている。東京の名花堂《めいかどう》（現カトレア）が考案したとする説や、新宿中村屋《なかむらや》が、インド独立運動家のラス・ビハリ・ボースからインドカレーを伝授されて作ったのが最初とする説がある。そしてカレーの本場インドでは、ついぞカレーパンなど見たことがなく、最近タイあたりで見かけるカレーパンは、日本人が持ち込んだものである。

パンの概念がおやつに近いアジア全域で、日本の『山崎製《やまざき》パン』が、総菜パンや菓子パンを中心に製造販売を展開し、成功させたのだ。

しかし、そんな山崎製パンも、インドやスリランカには進出していない。そうであるなら、スリランカにカレーパンを広める名店でもあったかというと、どうもそうでもないようだ。

では、いったい誰が、カレーパンをスリランカに普及させたのか？

このカレーパンの謎への調査を続けつつ、おかげでランチは毎日のように、カレーパン＆カトレットになったが、問題は夕食である。

中華料理店なら間違いなくおいしいが、なかなかスリランカカレーに出合えない。

おいしいカレーが食べたい！

カレーの国で、思わぬ事態であった。コロンボなら高級カレー店がある。

ところが地方にはない……ああ、社会主義が恨めしくなる。

ポロンナルワの遺跡のそばのゲストハウスで、安さに惹《ひ》かれて泊まったのが『サムドラゲストハウス＆レストラン』。この宿のおばちゃんは、僕が室内で電熱コイルで湯を沸かしていると、猛然と怒った。

「電気代がいくらかかると思ってるんだい？　この国の電気料金はバカ高いんだからね。よしておくれよ。ところで晩ご飯は七時でいいんだね」

レストランの看板に惹かれて夕食も頼んでみたが、こんな調子では、おいしい料理を作ってくれそうな気配は微塵《みじん》もなかった。

ところがどっこい、このふくよかなおばちゃんは、ふくよかさと比例して、抜群にうまい家庭料理を出してくれたのだ。

夕食は薄暗い中庭で。真っ白いおいしそうなライスと、カレー各種が次々に運ばれてくる。ジャガイモ、ナス、ダル（豆）のカレーに、青菜炒め、キャベツとココナッツを炒めたマッルン、唐辛子とココナッツを炒め合わせたポルサンボル。

どれも刺激的に辛いがうまい。そしてどれもが、ご飯が進む料理ばかりだ。

ポルサンボルは、インドネシアの調味料「サンバル」ととても似ている。

インドネシアから入ってきたのだろうか。それとも仏教のように、スリランカからインドネシアに伝わったのか。

いずれにしても、ようやく出合えたスリランカカレーに、僕はご飯を三杯もお代わりし、満腹である。

翌日には、大豆で作ったソーヤミートカレーが供された。これまた小さく刻んだ肉のような食感で、成形された豆に、カレーが染み込みうまかった。

野菜料理の豊富さは、さすがスリランカ、ベジタリアンの楽園である。

そう言えば、自身がベジタリアンのクレアは、こんなことも言っていた。

「日本って、ベジタリアンにとっては最高の国のひとつね。ヒジキに切り干し大根、豆腐料理にきんぴらごぼう、大根の煮付けに納豆、天ぷら……全部、大好き」

言われてみれば、仏教の影響で、日本では精進料理が発達している。日本とスリランカは、味は全く異なるが、ベジタリアン天国という共通項もあったのだ。

さて、問題のカレーパンである。

帰りの空港で、スリランカ貿易五十年のMさんと知り合った。七十代の実業家の彼は、あっさりこう言った。

「ああ、カレーパンね。あれは私が××に教えたのだよ。そうしたらうまいって評判で。一気に全土に広がった」

……ほんまかいな、カレーパン。

帰国後、アジアの食文化に詳しいライターの前川健一《まえかわけんいち》氏、『カレーライスと日本人』の著作もあるフォトジャーナリストの森枝卓士《もりえだたかし》氏に聞いてみた。

しかし二人とも「知らないなあ」ということだった。

おかげで僕は、今でも「スリランカのカレーパンの謎」が、頭にこびりついて離れない。

困ったものである。

# その23 イスタンブールのキョフテ・パーティー

僕がトルコのイスタンブールに初めて降り立ったのは一九九〇年、二十八歳の時である。住んでいたタイのバンコクから飛行機でインドのデリーに飛び、その後は陸路でアジアを横断してきたのだ。当時イスタンブールには日本人旅行者も多く、旧市街にある『ホテル・モラ』に泊まると、友人はすぐにできた。

なにしろこの町は文明の十字路、旅人たちの交差点だったのである。

「コンゴ川を船で遡行《そこう》している時に、人が船から転落したの。助けなきゃって言ったのに、地元の人は『死んだ』って言うの。まだ川面《かわも》に顔を出して生きているのに。でもその内、消えて見えなくなったけど……。アフリカって、生と死がくっきりしている。それくらい苛酷なの。でも大好き、アフリカ」

そう語ったのはアフリカ帰りの峰子《みねこ》であった。

「イラクで戦争が起こりそうじゃないですか。隣国のシリアやヨルダンは、大丈夫でしょうか、イスラエルを抜けてエジプトまで行く計画なのですが」

心配そうに話す大学生の池《いけ》ちゃんに、中東帰りの斉藤《さいとう》さんが、鼻の下の髭をなでながら飄々と語る。

「戦争ってのは、地域限定的だからね。シリアやヨルダンならまず心配ないさ。ただし、イスラエルでパスポートにスタンプを押されたらダメだぞ。別紙に押してもらう。そうしないと、イスラム教国のほとんどで入国を拒否される」

僕たち四人はモラで出合い、この日はランチを食べるべく、シルケジ駅近くの細い路地にあるロカンタに来ていた。

ロカンタとは大衆食堂のことである。

店頭にずらりと並べられたおかずの種類は二十以上で、温めてもらっていただく。おかずはいつも同じとは限らず、ロカンタで毎日違う料理を食べれば、世界三大料理のトルコ料理も、かなり制覇できるにちがいない。それほど種類が多かった。

フランスパンと水はたいてい無料だ。店内は髭面の労働者風の男たちで混雑していた。僕たちは店頭でおかずを選び、席に座った。

ほどなくパンと水、湯気を立てたおかずが運ばれてくる。

この日、峰子はイマーム・バユルドゥを注文していた。直訳すると「イマームが気絶した」という料理名である。イマームとはイスラムの宗教指導者のこと。そんな沈着な人でも気絶するほどうまいという意味が込められている。

挽肉とタマネギとトマトを炒《いた》め、それを素揚《すあ》げしたナスで挟んで焼いたもの。オリーブオイルの絡み具合がナスのうまみを抜群に引き立てる。

彼女はスプーンで口に運んでは満面の笑みである。

見ているだけで喉が鳴る。

斉藤さんはパンを食べつつ、イシケンベ・チョルバスの白濁したスープを飲んでいた。中にはぶつ切りにされた牛の胃壁や腸などの臓物が入っているので、ときおりガムを嚙むように、口を動かしている。ニンニクや唐辛子をかけて食べるが、ほのかに残る臭みが病みつきになる一品だ。

池ちゃんは、ライスの入ったトマト味のロールキャベツを、僕はエティリ・クル・ファスリエを食べていた。これはトルコの家庭料理の定番で、白インゲン豆と羊肉をトマトで煮込んだもの。羊肉の歯ごたえと、豆のやわらかさのコントラストがトマト味でまとめられている。パンを千切ってソースに浸して食べると、これまたうまい。

食べ放題のパンで毎食満腹。食いしん坊にはなくてはならないロカンタである。

「ロールキャベツの発祥はトルコだって知ってたか？」

斉藤さんが訳知り顔に言う。

全員、池ちゃんのロールキャベツを見ながら首を横に振った。

「ドルマって、ブドウの葉っぱなんかで、米や挽肉を巻いた料理があるだろ。あれが起源さ。なんと紀元前のギリシャ時代に遡るらしい。ロシア名物のガルブツィというロールキャベツも、元を辿れば、ここ、イスタンブールに行きつく」

「なるほど、ロシアは正教ですからね。イスタンブールは、その昔のコンスタンチノープルでビザンティン帝国の首都。ギリシャ正教のかつての総本山がアヤ・ソフィア。正教と一緒に、宮廷料理のひとつだったこのロールキャベツも、ロシアに運ばれたってことですか……」

池ちゃんが、歴史の重みを嚙みしめるように、ロールキャベツを食べた。

「ところでダイゴ、あなた、これからどうするの？　そろそろお金だってないんでしょう？　作家になりたいって言ったって、あなたじゃ無理、絶対に無理！」

峰子に言われて、僕は大きくため息をついた。

この時僕は、羅針盤のないような旅に倦《う》んできていた。作家になりたかったが、どうすればなれるかわからず、風まかせに生きるのにも、そろそろ限界を感じていたのだ。

その前に、明日を生きる糧《かて》を見つけなければならない。ヨーロッパで働くなら、この町に長《なが》居《い》は無用だ。

「だったら日本領事館に相談に行けばいい。あそこには旅行者上がりの森本《もりもと》がいる。あいつに頼めば何とかしてくれるさ」

斉藤さんが言って、スープを啜った。

世界の日本大使館や領事館には、まれに旅行者上がりの現地採用職員がいるのだ。

翌日僕は、新市街にある領事館を訪れた。森本君を指名して話を聞いた。

「まったく、しょうがないですねえ。領事館は職安じゃないっすよ。日系企業で募集の話は聞かないし、ここじゃロスやバンコクみたいに就職は簡単じゃない。ウーン……、そうだ！」

森本君は、ポンと手を叩き、『ユーリック』を紹介してくれた。

モラのすぐそばにあるトルコ絨毯屋だ。灯台下暗《もとくら》しとはこのことで、ユーリックもまた日本人旅行者たちの溜り場だった。店に行けばチャイが出るから、ウダウダおしゃべりして過ごすのである。そのうち一人や二人、絨毯を買っていく者もいる。日本領事館の人たちや、日系企業の人たちも、誠実な商売をする店主アルパッサンの人柄に惚れこんで、買いに来る。アルパッサンと大学を出たばかりの弟のハッサンは、日本語が堪能だった。

アルパッサンに相談すると、僕のバイトは店番、週給で即決した。

チョジュックと呼ばれる小僧さんが三人いたが、まだ十代の彼らは日本語を話せなかった。僕がいれば、アルパッサンたちも自由に動ける。そこで採用されたわけである。

僕のバイト生活が始まった。朝八時半、モラから徒歩一分の店に行く。

朝食は、近所の店にチャイとホットサンドを注文して出前してもらう。ホットサンドの中身はハムとチーズだ。

僕は本を読んだり、表を見たりして客を待つ。すると斉藤さんや峰子、池ちゃんが来て、チョジュックが注文してくれたチャイを飲む。建築家のHさんなど、冷蔵庫から勝手にビールを出して飲み、しまいに広い店舗の片隅で昼寝したりしていた。

峰子は元信金勤めの旅行者で、アフリカが大好きだった。斉藤さんは印刷会社を辞めて画家をやりつつ、トルコ語やトルコ絨毯の勉強をしている。池ちゃんはテレビ局に就職が決まり、学生時代最後の海外旅行を楽しんでいた。

「日本語のガイドブックがない中東でも、これさえあれば、大丈夫ですよね」

池ちゃんは、そう言って、店に置いてあった「旅行ノート」のページをめくった。

そこには伝説の旅行者富永省三《とみながしょうぞう》による手書きの中東各都市のマップが描かれていたのだ。

彼は地図マニアで、旅する先で地図を描く。しかも詳細で、欧米人が手にするガイドブック『ロンリー・プラネット』をしのぐとさえ言われ、その名声は、インドからこのイスタンブールまで轟《とどろ》いていた。旅行者の中で、富永さんの名前を知らない者など「モグリ」だ。

ナスにはさんである
イマーム・バユルドゥ
エティリ・クル・ファスリエ
白いんげん豆と羊のトマト煮込み
牛の臓物入りスープ
イシケンベ・チョルバス
サバサンド
タマネギ入れるべし!
富永省三
伝説の旅行者たち
蔵前仁一
おまえ本を書け、本を
ガラタ塔
ヨーロッパ側新市街
ボスポラス海峡
ガラタ橋
シルケジ駅
ホテル・モラ
グランドバザール
トプカプ宮殿
ユーリック
ヨーロッパ側旧市街
地下宮殿
アヤソフィア
ブルーモスク
アジア側
マルマラ海
イスタンブール中心部
ボスニアヘルツェゴビナ
セルビア
ルーマニア
ブルガリア
イスタンブール
黒海
ロシア
ジョージア
モンテネグロ
コソボ
マケドニア
イタリア
アルバニア
アルメニア
ギリシャ
アンカラ
トルコ
イラン
地中海
シリア
イラク

「そうそう、蔵前《くらまえ》さんがもうすぐ来るって、聞いた？」

峰子が言った。

蔵前さんとは蔵前仁一《じんいち》。彼が著した『ゴーゴー・インド』が無茶苦茶面白く、この人もまた、旅行者の中では知らない人はいない有名人となっていた。

しかしまあ、富永さんも蔵前さんも、日本に帰れば、一般的には誰も知らない人だったが……。

「ところで今日、これからサバサンドを食べに行くんだ。おまえは店を空《あ》けられないだろう？よかったら買って来てやる」

イスタンブール名物サバサンド……。

長さ二十センチほどのフランスパンに横からナイフを入れる。そこに辛めのタマネギ、焼サバを挟み入れ、レモンをギュッと搾るだけ。

最近では日本でも、サバサンドを出す店があるが、ほかの食材を入れるのは、御法度《ごはっと》だと僕は思う。それからタマネギを入れないのも間違いである。正統的なサバサンドとは、焼サバとタマネギがあればいいのだ。

食すれば、まずはフランスパンのカリッとした歯触りと香ばしさ。次にやわらかい焼サバが、タマネギで魚特有の臭みを消しながら、うまみを残して、パンの甘みと融合するのだ。

そして「ウメーッ」の第一声が、声となるかどうかは人それぞれとして、喉元に込み上げる。

なぜに、かくもうまいのか。

まずはパンがうまいのである。本場フランスはもちろん、トルコも負けじとうまい。アナトリア高原は小麦の一大生産地。パン作りには硬水が適していると言われるので、水のせいかもしれない。

魚はイスタンブールでは高級でべら棒に高い。サバはたぶん輸入ものだが、それでもうまい。きっと炭火で焼いているせいだろう。ガラタ橋の近くでは、船で調理するサバサンド屋が毎日店を開けており、渡し船を待つ人や、勤め帰りの人たちが、立ったままパクついている。

ユーリックには多くの日本人客が来た。旅行者はもちろんのこと、ライターや漫画家、カメラマン、戦場ジャーナリスト、留学生、大金持ちの有閑マダムなんて人もいた。普段日本では出合えないような人と出合えるから、それが楽しみで、店にやってくる人も多かった。

しばらくすると、蔵前さんと小川京子《おがわきようこ》さんがやってきた。小川さんは蔵前さんの奥さんだ。二人はアジアから陸路でイスタンブールまで来て、アフリカを目指すと言っていた。初対面かと思ったら、僕は二人とパキスタンのクエッタで、すでに会っていた。名前を聞かなかっただけである。

ある日、ユーリックから独立して絨毯屋を開いた日本人のK君が、自分の店の屋上で、宣伝を兼ねてキョフテ・パーティーを開くことにした。

キョフテとは、日本で言えばつくね焼のようなもの。会費は無料。飲み物は持参だ。この店はユーリックの兄弟店のようなものだから、僕も手伝いに駆り出された。

行くと屋上では仕込みが始まっていた。

ニンニクをたっぷり刻み、羊挽肉にキョフテ用のミックススパイスを混ぜ込んでいく。これを棒状にして金串に刺せばできあがり。肉の塊のシシケバブだと高くつくので、キョフテにしたわけである。しかもキョフテはみんな大好きだ。

BBQ用の焼き台に炭を入れるころには、三十人近い旅行者が集まっていた。

K君が次々にキョフテを焼いては来た人たちに配った。みんな屋上の適当な場所に座ってビールを飲んだりしながら舌鼓《したつづみ》を打つ。

キョフテはミックススパイスが独特でうまかった。羊肉もいい。熱々《あつあつ》をホフホフ言いながら食べ、ビールで流し込む。焼き台から煙がもうもうと上がる向こうに、四本の尖塔を従えて建つ、アヤ・ソフィアの威容が見えた。

キョフテを頬張りながら、右耳にピアスをはめた蔵前さんが話しかけてきた。

「そういやあ、おまえの話、おもしろいから、本を書け、本を。おまえの話なら本になるぞ。口もうまいから、編集者が騙《だま》されるかもしれないし。ハッハッハ」

僕はもちろん、峰子も斉藤さんも池ちゃんも言葉を失っていた。

蔵前さんは、実際に本を出版した人である。

休刊中の旅行雑誌もいずれは復刊させると言っている。

「ほうら、見ろ！」

一瞬、間を置いてから、僕は峰子に向かって吠えた。

僕が作家になれるなど、彼女を筆頭に誰も認めなかった。それを作家兼編集者の蔵前さんが、おまえの話なら本になると言ったのだ。

「確かにおまえの口なら、騙される編集者がいるかもな……その手があったか！」

斉藤さんは腕を組んで唸った。

「あのねえ！」

この時、僕の体の奥のほうで炎がスパークした。

イスタンブールでのバイトも辞めて、日本に帰って作家になるぞ。

それから数年後、蔵前さんが帰国して、『旅行人』という旅行雑誌を発刊するや、僕は連載をもらった。池ちゃんは記事を書き、富永さんも世界各地の地図を掲載、斉藤さんは連載漫画の中で登場していた。

さらにその後、旅行人は出版社にまで成長し、蔵前さんが僕の口に騙されてくれたのか、僕の『添乗員騒動記』が出版された。この作品は、後に角川文庫から再版されるや、ベストセラーになり、シリーズ化され、僕はついに作家になった。

あのキョフテ・パーティーがなかったら、今ごろ僕は、どうしていただろう。

イスタンブールは、僕にとってはまさに人生の交差点。

みんなとの付き合いは、今でも昔のままである。

# その24 台湾満腹弾丸ツアー

僕が羽田《はねだ》空港に到着したのは、午後十一時。すぐにでもベッドを確保したかった。それが早朝発のLCC（格安航空会社）を使って、海外に行く旅行者の鉄則である。この場合、ベッドとは空港内の椅子のこと。だから深夜の羽田空港は難民収容所のようになる。違うのは、眠っているのが観光客という点だ。

今回利用したツアーは、航空券＋ゲストハウス（一泊分）で、なんと一万三千五百円！ただし羽田空港発が早朝、着が深夜になるので、僕のように、前後泊が必要な人もいる。こういったツアーを使って、台北《タイペイ》へ行くのが最近流行りつつある。なんたって、台湾は食の殿堂。散歩感覚で、庶民に人気のおいしい台湾飯をサクッといただけるのだ。

羽田空港内の、割と静かな五階の椅子に寝転んで時間を過ごせば、いつしか四時を過ぎていた。同行する編集者のY君に連絡すると、彼は空港に向かう途上とのこと。

腹は減ったが、ここは我慢だ。羽田で高くてまずい飯など食いたくない。胃袋の容量は、台北での安くてうまい飯のために取っておくのだ。

しかし飛行機に乗り込むや、あまりに喉が渇いて、夜明け前から、ハイボールとつまみを注文してしまった。LCCなら当然有料で、五百円也。おかげで爆睡した。

台北では桃園《タオユエン》空港に到着し、バスで高鉄桃園《ガオティエ》駅へ。

台湾高速鉄道の車両は、日本の新幹線の700系を改良した700T型である。外見も、乗り心地もまるで日本の新幹線だ。二十分ほどで台北駅に到着。ひとまずコインロッカーに荷物を預け、Y君が暗証番号の印字された紙を財布にしまって、いざ町へ。

しかし一向に駅地下街から抜け出せなかった。

階段を登ったり降りたり。まるで大阪の天王寺《てんのうじ》駅のように迷路だ。

ようやく地上に出るも、地下道を通らなければ広い通りを渡れず、逆戻り。エスカレーターもエレベーターもあまりない。なんだか鍛えられているようだ。それにしても腹減った！

ようやく地上に出て、ＹＭＣＡのビルの脇を通って目指す店に。

黄色い看板に、『阿仁福州包《アーレンフージョウバオ》　三個十元』と赤字と青字でしっかり書いてある。

小籠包《シャオロンバオ》と言えば、『鼎泰豊《ディンタイフォン》』があまりに有名だが、一個二十元（約七十二円）もする。こちらは三個十元（約三十六円）の福州包という焼き小籠包だ。六個ずつと、肉粽《ロウゾン》（肉ちまき）に油飯《ヨウファン》を注文。両方とも紙ボウルに入れられ甘いタレがたっぷりかかる。

まず福州包から。ピリ辛の赤いタレを付けていただく。味は、うまいに決まっている。ピリ辛ダレが実によく合う。辛さを絡めると、肉のうまみが倍増するのだ。

肉粽の中に入ったピーナッツの食感もいい。油飯は、醬油で煮込んだ肉の入ったおこわで、双方とも腹にずっしりと来る。烏龍茶はセルフで飲み放題だ。

若き店主が鉄板で、ジュワーッと音を立てながら、焼きそばを焼く。隣で中年女性はラーメンを作る。焼き小籠包係の若い女性は、東南アジアからの出稼ぎだろうか。肌がやや浅黒く、中年女性とお喋りしていたら、丸い焼き台から焦《こ》げ臭いにおいが漂ってきた。

焼きそばを作り終えた店主が呆れ顔で焼き台の蓋《ふた》をとり、大量の水を流し込んだ。

水が気化する猛烈な音と同時に、店内が真っ白な水蒸気に包まれた。

「日本人だったら、怒るよね」

「ですね。やっぱり文化の違いです」

僕の言い分にY君がうなずく。

ミスをした店員はヘラヘラしているが、たぶん内心、悪いとわかっているので、追い打ちをかけるような叱責《しっせき》はしないのだ。東南アジアでもそうした習慣だ。

計五十個近い焼き小籠包が黒焦げとなり、ビニール袋に捨てられていく。

店を出て、ふたたび町に出た。飲食店ばかりが続く。何種類もおかずを並べるおかず屋では店で食べてもいいし、紙製の四角い容器に入れてもらってもいい。麺屋、お粥屋、唐揚げ屋、かき氷屋、三明治と書かれたサンドイッチ屋や、ハンバーガー店、日式ラーメンは日本式のラーメン屋、持ち帰り寿司屋、吉野家の牛丼、モスバーガーにカフェもあった。中心は各種の中華だが、そこに日本食が結構ハバを利かせて入り込み、アメリカン・ファストフードが少し顔を出す。日本ほどにイタリアンなど西洋料理の攻勢はない。しかも独立系の店が多かった。

――生きるとは、仕事して稼いで食べること。

台湾人の哲学らしいが、町自体がその哲学を体現している。

しかも安く提供してくれているところがうれしい。金勘定が先に来るような、薄っぺらなチェーン店など太刀打ちできないだろう。芳醇《ほうじゅん》な食のにおいだけでなく、ほんの小さな各店の、漲るやる気が町に横溢《おういつ》している。そんな個人商店の彩りが観光客を魅了する。歩いて楽しい町になるのだ。このところ台湾が、日本でも人気のわけである。

しばらく歩いていると『永和豆漿《ヨンハンドウジャン》』の看板が見えてきた。厨房が店の前面に来て、奥が座席だ。小さな店ではこんな間取りが多いが、厨房が見えるのは何だか安心である。

まずは鹹豆漿《シエンドウジャン》を頼んだ。温められた豆乳の中に、ネギやショウガ、揚げパンの千切ったものを入れ、酢をかける。五秒で完成、運んでくれた。

狭い店内では、七人の家族連れがワイワイやっている。

「やさしい味付けですね」

Y君がプラスチック製のレンゲで、豆乳スープを口に運んで言った。

混ぜると酢の効果で豆乳が分離し、日本の茶碗蒸しのようになる。じんわりとおいしい。

メニューを見ていると、葱餅《ツオンビン》も食べたくなってくる。

葱餅とは、ネギ入りお好み焼きのようなもの。それが丸められて切って出される。シンプルならまさにうなった。鹹豆漿と合わせて五十元（約百八十円）。さすがに満腹である。

店を出ると、近くの大学の学生たちが大挙して飲食店に集まっていた。もう昼なのだ。

食いしん坊としては、女子大生のみなさんと一緒に食したかったが、肉粽と油飯がずしんと胃の底に鎮座しており無理である。

それにしても、何という安さだ。一人頭に換算すると、二店で合計二百七十円で満腹になっている。しかもおいしい。そりゃ誰だって、満腹弾丸ツアーで台北に来たくなるよね。

国立故宮《こきゅう》博物院を見学した後、ゲストハウスに向かった。場所はＭＲＴ（地下鉄）忠孝敦化《ツオンシヤオトンフア》駅徒歩一分の『グリーンワールドホステル』だ。

ビルの七階の受付ロビーは、二百平米くらいはありそう。お茶や水、三台あるパソコンでインターネットも無料。広いトイレの奥がシャワールームできれいに掃除されている。洗濯機もある。朝食込みで三千円強の値段だ。台北はゲストハウスでも日本並みに値段は高い。部屋には二段ベッドが八台置かれていた。うれしいのはその広さとクッションのよさだった。スタッフによれば、客は台湾人と外国人が半々だとか。

ロビーでは、勉強している学生グループや、弁当を食べる若い女性、ビールを飲むおっさん旅行者などがいた。

こんな宿に泊まる時には、ビーチサンダルにコップ、シーツ代わりの布、日本手ぬぐいに寝間着を持っていくといい。

午後七時、ぐっすり昼寝した後で、ＭＲＴに乗り込んで寧夏夜市《ニンシャーイエシー》に向かった。海鮮で有名な夜市である。片側に店舗、片側に屋台が二列に並ぶ。百メートルほどの間に、五十軒以上は店があるだろう。夜市では、歩きながら食べる人も多いが、それでは落ち着けない。しかも一つの店だけでなく、数店でいろいろと楽しみたい。

こんな時には、ちょっとしたテクニックが必要である。

僕はＹ君と、ひとまず全体を歩き回り、コンビニでビールを買った。

そしてハマグリグラタンを屋台で買い求め、羊肉炒めのある屋台の席に陣取った。ここでは羊肉炒めと青菜炒めをひとまず注文し、目の前の別の店で蚵《オ》仔煎《アジエン》（牡蠣《かき》入り卵焼き）と牡蠣のニンニク醤油漬けを紙容器に入れてもらって運んだ。

夜市はこうでなければ面白くない。

ただし、席をお借りする以上、その屋台では多めに注文したほうが、店のほうも気分がいいだろう。というわけで、もう一品、平打ち米麵の焼きそばも注文した。

あたりではイカを焼くにおい、煮物やフライドチキンのにおいも漂っている。テーブルの横では、すさまじい火力で、次から次へと炒め物が作られる。そんな各種のにおいが充満する中で、僕とY君は、時折《ときおり》あたりのネオンを見上げつつ、杯を重ねた。ビールが進む！

大ぶりなハマグリの貝殻に入ったグラタンは、濃厚ながらさっぱりしている。蚵仔煎は、台湾や東南アジア各地で食べられる広東《カントン》料理の名物だ。羊肉の炒め物や青菜炒めは客家《ハッカ》料理だろう。日本人好みであっさりとした味付けである。

「うまいですねえ！　やけにうまいです。こんな羊肉、食ったことないですよ。なんですかこの爽やかな味は……」

台湾四度目のY君は、レストランよりもうまいんじゃないかと唸った。

レストランなら、東京でいくらでもいい店がある。しかし外でこうして食べられるうまい店は、台湾に来ないとないのだ。

どの店も、観光客より地元の人たちで混んでいた。

僕たちの隣のテーブルも、地元の若いご夫婦だ。仕事帰りに夜市で待ち合わせて、食事して帰宅する。女性の社会進出が、世界でもトップクラスと言われるこの国ならではの光景だ。

共働きで、食事は外食、おかげで外食文化が育ち、物価が安く抑えられているために、購買

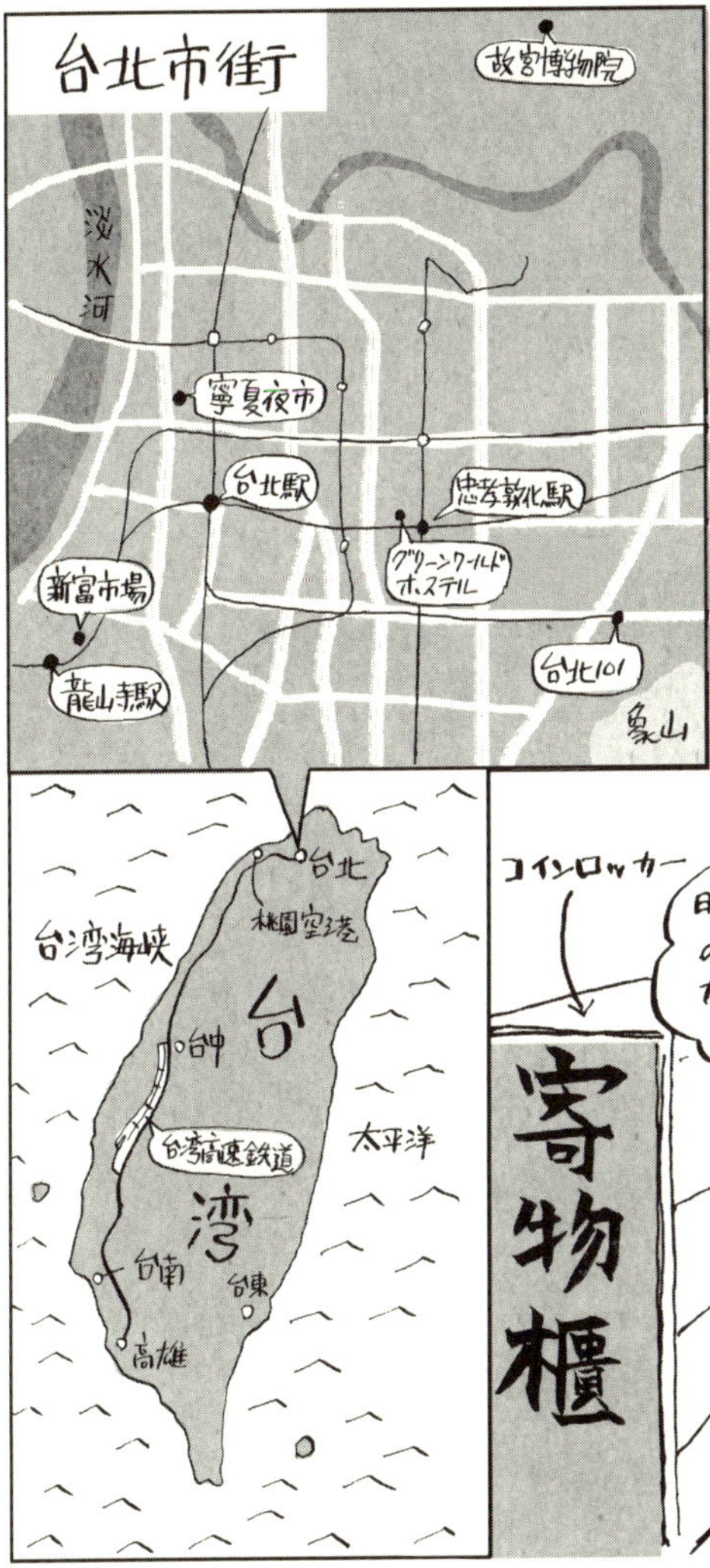

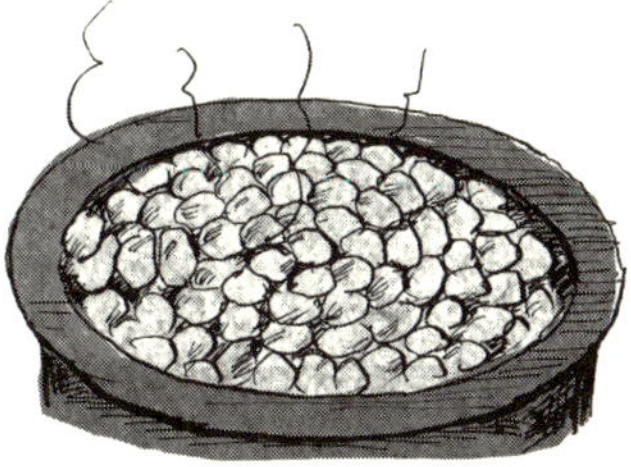

福州包《フージョウバオ》

胡椒餅《フージャオビン》

鹹豆漿《シェンドウジャン》

力平価は日本以上に高い。

だから日本にもじゃんじゃん旅行に来ている。爆買いは、じつは中国本土の人より台湾人が先行していた。それは政治を信用しない中華人の「まとめ買い」に過ぎないのだとか。防範未然《ぼうはんみぜん》と呼び、いざという時のために備える考え方だ。そのまとめ買いが、本土にも伝播し、日本で爆買いと呼ばれるようになったのが真相らしい（『爆買いの正体』鄭世彬著）。

時刻は夜の十時近かった。僕たちはタピオカジュースを飲みながら歩いた。この時間でもセーラー服姿の女子高生がグループでうろついている（台湾のセーラー服は可愛いことで有名）。なんという治安のよさだ。さらに道ばたにゴミがまったく落ちてない。

時間厳守、法順守、公衆衛生、日本語は日本統治時代の遺産だという。

買い物袋を持った女性たちも、まだかなり町に出ている。

自分で稼いで買い物をする。そのまっとうな喜びが、この町にはごく普通にあるようだ。

翌日は早くも最終日である。

荷物を台北駅のコインロッカーに預けて、帰りは駅から空港まで直行バスに乗ればいい。

朝は下町の龍山寺《ロンサンスー》駅近くでお粥でも食べようと、ＭＲＴで行く。地上に出たところで胡椒餅《フージヤオビン》を窯の中で焼いていた。店の広さは一畳ほどしかなく、窯も座席も歩道を利用している。

「あと二十分で焼けるよ！」

年配のおやじさんは日本語で言うが、待つのは嫌なので歩きだす。

ところが道に迷ってしまって、二十分後、気が付くと、おやじさんの店の前にいた。「できた？」と聞くと、おやじさんはうなずく。

食い物はこのように縁に導かれることもある。パンの中に、ネギがたっぷり入った醤油味の豚肉煮が詰まっている。ホフホフ……焼きたては熱すぎてなかなか食べられない。それにしたってうまいねえ。一個三十五元（約百二十六円）である。

これなら待ってもよかったと納得。おやじさんはニコニコと、我々が食べるのを見ている。

それだけでは到底足りないので、新富市場《シンフーシーチャン》に続く路地の角に、屋台に毛のはえたようなお粥屋を見つけた。お世辞にもきれいとは言いがたいが、小さな厨房の前におかずが並び、その前のカウンター席には、常連らしきおやじたちが顔を並べる。雪菜《ゆきな》（高菜に似ている）炒めに白菜炒め、脂身ばかりのカリカリ叉焼《チャーシュー》に、厚揚げの煮物を小皿に取り分けてもらう。

店主の老婆はしきりに魚の唐揚げをすすめてくるが、こういう場合、値段が高いに決まっている。でもまあいいやということで注文し、お粥も合わせて二人で千円少し。

歩道のテーブル席で、道行く人を見ながら食事する。結構うまい。

「こんな店、一人じゃ入れませんよ」

Y君が嬉々として箸をすすめる。

ここでも味付けは薄味だ。次々とタクシーが止まり、運転手がこの店に来て、ちゃちゃっと食べて車に戻る。タクシー運転手の集まる店に、うまい店あり。すると常連らしき老人が、怒って席を立つ。金を払おうともしない。注文したのはお粥と厚揚げ煮だけ。しかもほとんど食べていない。治療中なのか、歯がないために、うまく噛めなかったようである。

「じゃあ、これ、いただくね」

隣のおやじが厚揚げ煮を横取りした。

「だったら金を払えよ」

「金はあいつが払うべきだろ」

その老人はバイクで逃げる。

食い逃げならぬ、食わず逃げである。常連だからこそ許されることなのだろう。

店の老婆もおやじも、苦笑い……。

下町の朝の可笑しな一コマだった。

その後、町を散々歩いて、蔣介石《しょうかいせき》の銅像と衛兵交代を見て、ヒーヒー言いながら象山《シャンシャン》に登り、台北101に上がった。

夕方コインロッカーに行くと、Y君が暗証番号の印字された紙がないと言う。

係員に開けてもらう手間賃は二百元（約七百二十円）。ところが飛行機が遅延したせいで、二百元の食事クーポンが出た。

僕たちはそのクーポンを使って、空港のフードコートで各種揚げ物をつまみにビールを飲んだ。

なんだか旅は行って来いである。

それにしても台湾は、うまかったなあ。

# その25 ホイアンの冬

現在、二〇一七年二月十四日午前九時（日本時間午前十一時）。

僕はベトナム中部の町、ホイアンにある宿の一室で、この原稿を書いている。

部屋続きのバルコニーからは、周囲の景色がよく見える。

道路を挟んだ向かい側には、平屋や二階建ての家屋が続き、右手には緑が美しい田んぼが広がる。所々でヤシの木が生え、水牛が草をはみ、小さな池には真っ白い家鴨《あひる》が飼われている。シラサギが群れをなして飛び、あたりには雀《すずめ》のほか、チム・チャオ・マオという鳥が、人家のてっぺんに止まっては、毎朝美しい声でさえずる。

冬でも朝の最低気温は十八度ほど。天気が良ければ昼間は二十五度を超え、半袖半ズボンでちょうどいいくらいだ。

この宿に来て二週間。最初の四日間はホイアンの町を歩いて、あるいは自転車に乗って、ほぼ全域を見て回った。

海外で執筆するときに大事なのは、まず自分がどこにいて、周囲に何があるのか、物価はどの程度なのかといった、基礎情報を把握することだ。食いしん坊としては、どの店がうまくて安いかを、距離感も含めて頭に入れておく必要がある。

さすがに二週間も滞在すると、生活のペースが生まれる。

起床は午前七時。それから顔を洗ったり、手で洗濯したりして、コーヒーをいれる。広いバルコニーの椅子に座って、朝のさわやかな空気を吸いながらあたりを眺めて、ゆったりと本日の執筆計画などを考える。

宿の前の通りは片側一車線で、田んぼの向こうに学校があるので、バイクに乗せられ送ってもらう子供が多数。高校生くらいになると、自分でバイクや電動スクーターを運転していく子たちもいる。隣に並んでおしゃべりしながら運転するのは危ないぞと思いながら、朝の光景を見る。走る車は、バイクに比べていたって少なく、しかも多くが最新型のトヨタ車などだ。古い車種は、一斉に排除されてしまった感じだ。

朝食は階下のバルコニーでとる。

毎朝決まって、フランスパンとオムレツ、濃厚なベトナムコーヒーである。

カリッと香ばしいフランスパンは、ベトナムのどこでも同じ型で、三十センチほどと短い。これを真ん中から指で割って、オムレツを挟み入れ、そこに甘辛のチリソースとケチャップ、それに胡椒をかけていただく。不思議と毎日食べていても全然飽きない。滞在中はずっとこれでいいと思っているくらいだ。うまい！

作ってくれるのは、この宿のオーナー姉妹のティーさん(27)かニュムさん(25)だ。

おっさん風に言うならば、自分の娘に朝食を作ってもらうようなもの。何を食べたってうまいに決まっている。

実家は別にあるこの姉妹、市内のホテルに勤務しながら、二十代の若さで、一年前にセカンドビジネスとして、この宿の経営を始めた。

二人とも大学で英語を専攻したので、流暢に英語を話す。部屋は二階に三部屋と、三階は、僕と妻が使用するかなり大きなファミリールームの一室のみで、計四部屋である。

「両親の老後のことを考えると、今から準備しておかなければならないでしょう？　働けなくなっても両親が困らないように、姉妹でこのビジネスを始めたのです」

眼鏡をかけたティーさんはそう語る。

父親は僕より一歳年上で商売をやっており、母親は若干若く、フォーの店を営んでいるとか。

おっさんとしては、この健気《けなげ》な娘二人に、心がじんわりと温まる。自分の娘じゃないのにね（ちなみに僕に子供はいない）。

三日前のこと、妹のニュムさんがこんなことを言った。

「毎日同じメニューでは飽きるでしょ？　今日は麺でいいですか？」

ベトナムでは朝食にフォーなど麺類を食べる習慣がある。

フォーとは、最近日本でもおなじみのやわらかい米粉麺で、きしめんを薄くしたような形のもの。特に女性に人気だ。生野菜やハーブ類などをたっぷりと入れ、ライムを搾《しぼ》っていただく。さわやかな麺料理である。

ニュムさんが作ってくれたのはブンだった。

これも米粉麺なのだが、冷麦ほどの太さで丸い。透明なスープの中に、豚肉と豚の血の塊が一つ、それにパクチーが入っていた。冷麦よりも滑《なめ》らかな食感は、米粉からできているせいだろう。ツルツル具合が気持ちいい。定番の生の唐辛子もかじったら、辛いったらありゃしない。わかっていても、病みつきになる。豚の血の塊はコクがあり、搾って入れたライムの香りがさわやかで、僕も妻も一気に平らげた。

「どう？　おいしかった？」

ニュムさんが、バルコニーのテーブル席に来て、心配そうに丸顔を覗かせる。

「ゴーン（おいしい）！」

と言うしかないでしょう。

その日の夜九時、今度は長女のティーさんが部屋に来た。

「グッド・イブニング！　どうぞ、お夜食に召し上がってください」

彼女が皿に盛ってきたのは、フランスパンを縦に半分に切り、その上にパテを塗って焼き上げたものだった。

出来立ての熱々をいただく。三十五平米ある部屋はベッドが二つあって広く、ティーさんがベッドの端《はじ》っこに座って、ソファで食べる我々を見つめる。

まずひと齧り……なんだ、この香り。懐かしい気がするぞ。

そしてふた齧り。なるほど、わかった！

「魚のすり身をフランスパンに塗ったのですね？」

「わかりましたか。バイン・ミー・チャーという料理です。おいしいですか？」

「とってもおいしいです！」

「じゃあ、また作って差し上げますから」

おっさんは、もうフニャフニャである。

部屋の掃除をしてくれるのは十九歳のディンさんで、姉妹が忙しい時には、もう一人、三女で女子大生のトゥーさんが店番などに来る。

昨日夕食から帰ってくると、ロビーのソファで若い男が毛布にくるまって寝ていた。名前は聞いていないが、彼がティーさんの彼氏だ。多少肌寒くなった夜、二人で毛布にくるまっていることも普通にある。ミノムシみたいな状態で、外から帰ってきた客に顔だけ向けて、「ハロー!」と言ってくれるのである。

このように公私の区別がいい加減なところが、僕にはうれしい。

この宿の名前は『グリーン・バレー・ホームステイ』。

その名のとおり、彼女たちのお宅に泊っているような感覚なのだ。

こんな感じは、三軒隣の行きつけのフォー・ボー（牛肉入りフォー）屋でも同じようなもの。おばちゃん一人で朝から晩まで切り盛りしているのだが、小さな店内の隅にボンボンベッドが置いてあり、僕たちが行っても、フォーを出し終わると、そのベッドで横になったりしている。野菜と一緒に大根の漬物の薄切りがトッピングとして出されるのが特徴だ。すでに二週間で五回も行った。

多少なりとも滞在すると、こんなふうに行きつけの店が生まれる。

昨夜行ったのはチキンの専門店で、フォー・ガー（チキン入りフォー）やコム・ガー（チキンのせライス）などを出す。

おばちゃんたち四人は、奥の席で金をかけてカードゲームを楽しんでいた。ゲームの合間に

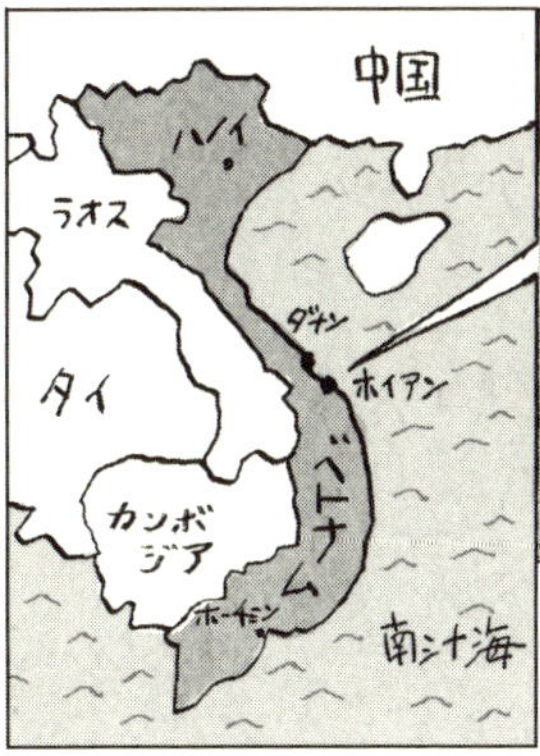
中国
ハノイ
ラオス
タイ
ダナン
ホイアン
ベトナム
カンボジア
ホーチミン
南シナ海

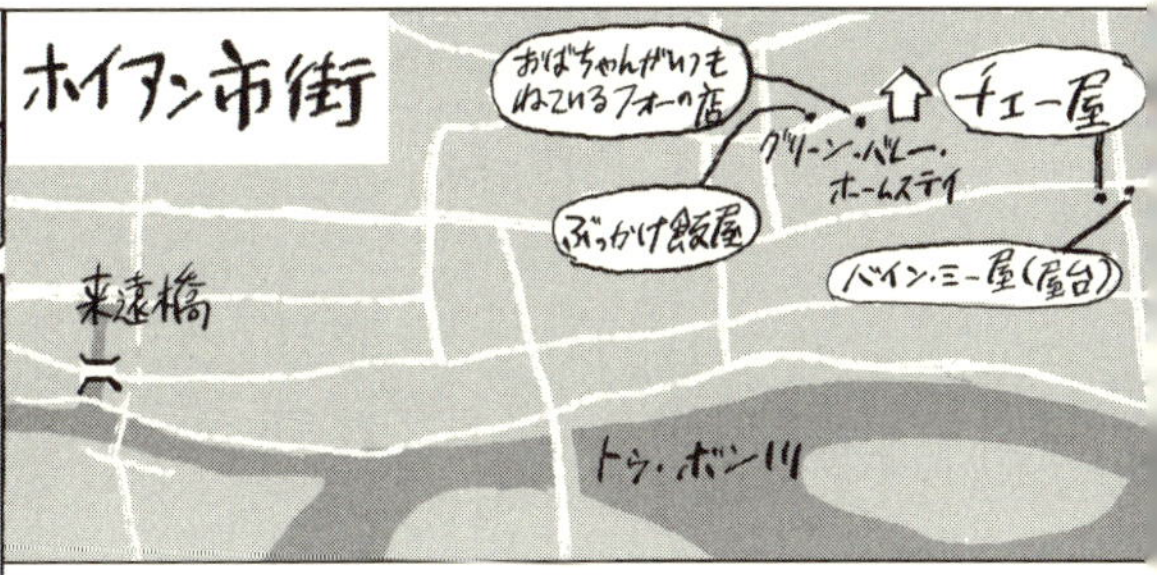
ホイアン市街
おばちゃんがいつもねているフォーの店
チェー屋
グリーン・バレー・ホームステイ
ぶっかけ飯屋
バイン・ミー屋(屋台)
来遠橋
トゥ・ボン川

来遠橋《らいえんばし》
(日本橋)

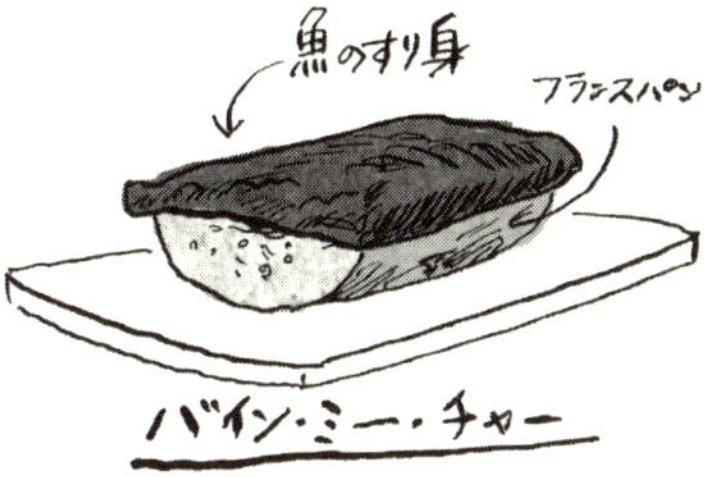
魚のすり身
フランスパン
バイン・ミー・チャー

ご存知 フォー

フランスパンサンドイッチ
バイン・ミー

甘味噌風のタレ
トッピングのサラダ菜
カオラウ

料理をこさえるイージーぶりは、悪くない。

それでいてうまいのだから、文句のつけようもない。

よく昼食に行く一軒は、歩いて二分の店だ。店内はとてもきれいで、フォー・ボー屋のおばちゃんとは違って、きっちりしている。目のぱっちりとした三十代くらいの髪の薄いおやじさんが店主で、ホイアン名物カオラウが自慢だ。

カオラウもまた米粉麵なのだが、やや茶色い。これは梘水《かんすい》を使うからだとか。そしてホイアンの水（硬水）も重要だ。米粉とこれらを合わせて生地《きじ》を作り、太めに切って乾燥させたものが市場で売られている。これを湯がいて調理するのだ。

スープはなく、甘口のベトナム醬油と唐辛子を混ぜた味噌のようなタレに、砂糖を入れる。トッピングはサラダ菜と厚切り焼豚で、これらを混ぜていただくのだが、麵も焼豚もかなりの歯ごたえだ。

そしてこのタレ、なんと名古屋の味噌カツにかかる甘味噌にそっくりで、汁なし味噌煮込みうどんを食べているような錯覚に陥る。しかし、黄色い太麵を見ると、池袋《いけぶくろ》大勝軒《たいしょうけん》のつけ麵を思い出す。大勝軒ほど大盛りではないものの、結構な量がうれしい。

そうして律儀そうなおやじさんが、僕たちの食べる様子を見ていて、なぜか食べ終わってから、暑い日には冷たいお茶を、寒い日には温かいお茶をポットに入れてきてくれる。

おいしいお茶をがぶ飲みし、おかげで満腹になってしまうのだった。

ホイアンには十六世紀から十七世紀にかけて、朱印船貿易の発展により日本人町もあった。

一五九三年に建造されたという来遠橋《らいえんばし》（日本橋《にほんばし》）は、今も健在で、多くの観光客をひきつけている。この一帯が一九九九年に世界遺産に登録された旧市街地で、その賑わいは、東京の浅草《あさくさ》をもしのぐ、ものすごさである。

こんな日本との縁から、じつはカオラウも伊勢《いせ》うどんがルーツだなどと、まことしやかなデマが流れているが、ありえない。まずうどんとは原料が違う。食感も違う。おしなべて中華世界にはぶっかけ麺料理が多く、カオラウに限ったことではない。

学生時代に日本料理店で働いていたティーさんはこう言った。

「エッ？　カオラウとうどんとは、全然違います。だって、うどんはやわらかいでしょ。カオラウは固すぎて、あまり好きじゃありません。うどんのほうが大好き！」

フォー屋の娘らしい言い分である。

話がそれたが、もう一軒の昼の行きつけが、今日、この原稿を書き終わってから行こうと思っているぶっかけ飯屋だ。おかずは六種類くらいあり、こちらは野菜が中心で、ほかに、豚か鶏の網焼き、魚の煮物などから選べる。

どこでもそうだが、庶民の店ではお茶はセルフで飲み放題だ。ハス茶やショウガ茶が用意されている。

店によってはあえて砕《くだ》いた米を使うところもあるが、この店は普通の米だ。

昼間は四台ある電気炊飯釜《すいはんがま》が常時米を炊いている。それほど人気の店である。

面白いのは何を食べても三万ドン（約百五十円）になることだ。肉を選べば、その分、野菜類が少なくなるといった具合に調整され、飯は大盛り、チンゲン菜のスープもついてくる。

そして町では、フォーやカオラウ、コム・ガーも、どの店でも三万ドンなのである。

バイン・ミーは、ベトナム一うまいと評判の店で二万ドン。焼豚がたっぷり入って、文句なしの味である。ところが屋台では三万ドンだったりもする。だったら買わないと言うと二万ドンになる。そして庶民に人気の屋台では、豚のハム入りで一万五千ドン。ここが僕のお気に入りだ。

外国人用のレストランは、メニューにもよるが、おおむね庶民の店の倍以上の値段はする。やたらに多いカフェも同じで、外国人用の店では二、三倍の価格が当たり前になっている。

こんなところは相変わらずベトナムで、旅行通の間では、ベトナムこそが、最後に残されたアジアらしい国だと言われる。つまり、普通にぼったくりに遭《あ》う。

四日前、近くの大都会ダナンまでバスで行ったら、行きは三万ドンだったのに（地元民は二万ドンらしい）、帰りは十万ドンと、若い車掌に吹っ掛けられた。

「あの子、まるで飛んで火に入る夏の虫よね。あなたったら、吹っ掛けられて、嬉々として相手をやっつけるんだもん。結局三万ドンで済んだけど、あの子、かえって可哀相だったわよ」

昔の癖でつい、僕は年甲斐もなく、やり合ってしまったのである。

僕の初訪越は一九八九年で、以来六回目だが、やり合った回数は数知れない。

今回は田舎のホイアンにいるせいか、人のギスギスした感じはまったくなく、ティーさんやニュムさんには、豊かな明日が待っているように思える。

それくらいこの国は、ゆっくりとではあるが、着実に発展している。

しかも頼もしいことに若い世代が多くいる。

夕食後には必ずチェーの店に立ち寄る。甘味処《かんみどころ》である。

庭のような店内の、小さな椅子に腰かけて、昨夜は黒豆とゼリー、白玉を、たっぷりかかったココナッツソースにからめていただいた。一万ドン（約五十円）と安くてうまい！　温かい白玉には緑豆餡《りょくとうあん》が入っており、ほっこりとする。こんなスイーツ、日本では到底食べられないよね。絶品である。

あと二週間、この町でみんなのお世話になりながら執筆である。仕事は順調。そろそろお昼に行こうかと思ったら、土砂降りの雨が降り出した。でも、しばらくすれば止むだろう。

そうそう、今日はバレンタインデーだ。

市場でバラの花を三本買ってきて、妻にプレゼントしなくっちゃ。

そう思って町に出ると、目抜き通りには、花やチョコレートの屋台がたくさん出ていた。

さて、本エッセーも、今回が最終回になりました。

ではまた、みなさん。

世界のどこかでお会いしましょう。

# あとがき

最初に海外旅行に出たのが二十一歳の時……。

一年近くもほっつき歩いて、僕は人生の核心に辿《たど》り着いた。

——そうだ、人生とは旅である。旅なら一生続けられる楽しみになるにちがいない。

我ながら「アホだねえ」と思う。

しかし当時は真剣そのもの。世界の異なる空気や景色、人々、習慣、そして食べ物に魅了され、「旅こそ我が人生宣言」をしたようなものだったのだ。

普通は、どうやって飯を食うか、すなわち働き、家庭を持ち、子供を作り、社会の中で一定の役割を担うのか。その中で金持ちになるとか、エラくなるとか、出世するとか考える、これが幸福論なのだろう。

ところがなぜか僕には、この人間として基本的なところがスッポリ抜け落ちていた。

一生かけてフラフラと世界を見て回りたい。

そういうバカげた幸福論に取りつかれ、以来三十五年近くたった今でも、この考え方は変わらずにいる。

三十代で海外専門の添乗員をやったことで、行った国の数は飛躍的に増え、さらにあちこち海外旅行し続けているので、今や訪問国数は八十五ヵ国に達した。

「でもさ、そんなに海外ばかり行っても、日本を知らないようじゃどうしようもないんじゃないの？」

意地悪な人からそんな指摘を受けることもある。

そこで二〇一〇年、「65日間日本一周」と銘打って、夕刊紙「日刊ゲンダイ」で毎日連載しながら、妻の運転する車で沖縄を除く四十六都道府県をドライブ旅行した。翌年には、沖縄にも行ったので、これで日本は、全都道府県踏破したことになる。

この場を借りて、毎日のように運転し続けてくれた妻に感謝の意を表したい。

つい話が逸れてしまったが、本書は世界の食べ物紀行だ。

旅が病みつきになり、アホな人生を送ってしまった僕が、世界で食べてきた、あんなこんなの料理を、愚かしいとも思える旅のワンシーンとともに、書き綴《つづ》ったものである。

ネットを見ると、レストランなどの口コミがある。

おいしかった、まずかった、サービスがなってなかった等、なるほどと納得できるものもあれば、自分本位すぎやしないかと思うものもある。

とくに海外での口コミは、勘違いから生じているものや、日本にはない味に、投稿者本人が、本当の「おいしさ」に気づかず、「おいしくなかった」と感想を書き込んでいるケースが少なくないように思う。

そもそも、うまい、まずいには、個人差があり、食べつけないものには、拒絶反応を起こしてしまって、即座にまずいと感じてしまうこともあるだろう。

誰だってそう、僕など、子供の頃は、卵焼きとソーセージがあればよかった。時に蟹《かに》やアワビや寒ブリなどが、北陸にある父親の実家から送られてきても、おいしいとは感じられず、あまり食べなかったものである。

——それがアラ不思議。

海外に出るようになってから、それまでは嫌いだった、肉やホルモンまで食べられるようになり、今ではダックかヨーロッパの秋の鴨《かも》、ラムチョップにミントソースを付けて食べるのが大好物になっている。ホルモンが臭旨《くさうま》いというのもわかった。

好きも嫌いも、食べてみなくちゃ始まらないのが、海外の旅だったのだ。

何しろ、メニューを見ても、どんな料理か見当がつかないばかりか、字が読めない、言葉すらわからない、英語でも通じないことだってあるのだ。

しかし腹ペコともなれば、出されれば、どんな料理であれ食べるしかない。

それが高じて、あれもこれもと食べてみて、味覚の世界がグーンと広がったのである。

ネットで見ると、美食の国、台湾《たいわん》の中華粥《がゆ》の評判があまりよくない。ところが口コミを熟読してみると、まずいと評する人たちは、誰もが粥を単体で食べていた。

地元の人は、誰一人として、粥を単体で食べたりしないのに……。

中華粥は、おかずをのせて、おかずの汁で味付けして食べるものである。

粥の上で、煮卵を箸《はし》で割る。ほんのり甘い醤油の味が粥に移り、その粥をズズッと啜《すす》って、半分に切った煮卵を頬張《ほおば》れば、至福の時だ。再び、口の中に味が残っているうち、粥をかっ込む。そして残りの煮卵だ。

煮卵一個で粥一杯はかっ込める。まずいはずがなかった。

日本人は、中華系の人々のように、白いご飯におかずをかけて食べる習慣はあまりない。そこで、別々に食べてしまって、「中華粥はまずい」となってしまったのだろう。

フランスの世界遺産、モン・サン・ミッシェルに添乗員として行った時のこと、お客の面々は、ふわふわオムレツ（スフレ・オムレツ）を、それは楽しみにしていた。

満潮時に海に囲まれるモン・サン・ミッシェルには、その昔から巡礼者が訪れていた。

ただ、周辺の土地でできるのは放牧くらい。料理の素材を集めるのは容易でなかった。

そこで、旅籠《はたご》を営むプラールお母さんが作ったのが、地元産のバターを使った巨大オムレツだった。まだ卵が貴重で値段の高かった十九世紀後半の話だ。

これが『ラ・メール・プラール』のスフレ・オムレツである。一人前三十四ユーロ（四千円超）と泣けてくるような値段だが、それでも食べてみたいのが人情である。

店に入って、オムレツが運ばれると、お客の一人が言った。

「岡崎さん、ケチャップないかしら」

日本人としては至極当たり前のリクエストである。

僕はウェイトレスの年配女性にケチャップを頼んだ。

「オムレツにケチャップですか？」

女性の表情が、にわかに曇った。

「ケチャップをかけたりしたら、ケチャップ味になって、卵の風味が損なわれてしまいます。アメリカ人でもあるまいし、日本人が、ケチャップですか？」

アメリカ生まれのトマトケチャップは、フランス料理にはなじまないと言う人もいる。こうまで言われては、僕も引き下がるしかなかった。

僕は自分なりの解釈を加えて、説明した。

「百年前の巡礼者の気持ちになって、味わっていただければとおっしゃっています。ここはひとつ、オムレツそのものの味を楽しんでみてはどうでしょう？」

「それもそうよね」

お客には、ケチャップなしで食してもらったのだが、評判は散々だった。

フワフワしすぎて、頼りない食感なのである。上質のバターを使っていると言われても、バターと卵だけでは、どれほどの人が、このオムレツの風味を理解できるのか。

それでも日本人には、評判はよくないのに、なぜか今でも大人気である。

そう、海外に出ると、言葉も習慣も料理もわからないまま、どこがうまいのか首を傾《かし》げたり、思いがけないことから未知の味覚の扉が開いたり、騒動になることもある。

さらに辛《から》かったり、酸っぱかったり、甘かったり、しょっぱかったり、まずいがゆえに思い出深いこともあり、時には、腐っていることもあるから油断ならない。

だけど、そんなこんなが、しみじみと滋味《じみ》深く、心に残っているのだ。

僕には、こうした旅のすべての経験が「おいしい」と思えるのである。

だからこそ、旅は止められないのだ。

というわけで、アホみたいに、旅する人生を送り続ける岡崎大五の腹ペコ騒動記――読まずして、立ち去るなかれ、ですぞ。

最後に、「小説現代」の連載企画から単行本の制作までお世話になった、講談社編集者の岡本淳史さん、鈴木有介さん、迫力満点で、何度観ても味わい深いイラストを提供して下さった伊野孝行さんに、心より御礼申し上げます。

また「B GRAPHIX」の日下潤一さん、赤波江春奈さんには、ひとかたならぬご尽力をいただいた。お二人のデザインの力なくしては、これほど文とイラストが、相乗効果を生む作品には仕上がらなかったと思っています。感謝の言葉もありません。

そして何より、岡崎大五の騒動記を楽しみにして下さっていた、読者のみなさん、お待たせしました。

二〇一七年八月一日

岡崎大五

初出…………「小説現代」2015年4月号～2017年4月号

岡崎大五　おかざき・だいご

1962年、愛知県生まれ。文化学院中退後、世界各国を巡る。30歳で帰国し、海外専門のフリー添乗員として活躍。その後、自身の経験を活かして小説や新書を発表、『添乗員騒動記』がベストセラーとなる。主な著書に『日本の食欲、世界で第何位？』『裏原宿署特命捜査室さくらポリス』『黒い魎』『サバーイ・サバーイ 小説 在チェンマイ日本国総領事館』など。2017年10月現在、訪問国数は85ヵ国に達する。

腹《はら》ペコ騒動記《そうどうき》　世界満腹食《せかいまんぷくた》べ歩《ある》き

2017年10月10日　第1刷発行

著者……岡崎大五《おかざきだいご》

発行者……鈴木 哲

発行所……株式会社講談社

〒112-8001
東京都文京区音羽2-12-21
電話　出版　03-5395-3506
　　　販売　03-5395-5817
　　　業務　03-5395-3615

本文データ制作……講談社デジタル製作

印刷所……豊国印刷株式会社

製本所……大口製本印刷株式会社

定価はカバーに表示してあります。


ISBN978-4-06-220791-1　N.D.C.914 286p 19cm